百年江南·范小青中短篇小说集

长棋

范小青 著

四川文艺出版社

图书在版编目（CIP）数据

长棋 / 范小青著. — 成都：四川文艺出版社，
2020.1
（百年江南·范小青中短篇小说集）
ISBN 978-7-5411-5529-1

Ⅰ.①长… Ⅱ.①范… Ⅲ.①中篇小说—小说集—中
国—当代②短篇小说—小说集—中国—当代 Ⅳ.
①I247.7

中国版本图书馆CIP数据核字（2019）第222055号

BAINIANJIANGNAN FANXIAOQINGZHONGDUANPIANXIAOSHUOJI

百年江南·范小青中短篇小说集

ZHANGQI
长 棋

范小青 著

出 品 人　张庆宁
策划统筹　崔付建　陈　武
责任编辑　罗月婷
特约编辑　罗路晗
责任校对　汪　平
封面设计　叶　茂

出版发行　四川文艺出版社（成都市槐树街2号）
网　　址　www.scwys.com
电　　话　028-86259285（发行部）　　028-86259303（编辑部）
传　　真　028-86259306

邮购地址　成都市槐树街2号四川文艺出版社邮购部　610031
印　　刷　山东泰安新华印务有限责任公司
成品尺寸　149mm×215mm　　开　　本　16开
印　　张　19.75　　　　　　字　　数　229千
版　　次　2020年1月第一版　印　　次　2020年1月第一次印刷
书　　号　ISBN 978-7-5411-5529-1
定　　价　38.00元

目 录

长 棋

　　小文到了该谈对象的时候就谈了一个对象，叫志权。两个人在同一个单位，天天见面，该说的话好像也都说得差不多了，自从谈了对象，也没见得比从前更多说些什么，反正互相都是有好感的。这就行，也不在乎话多话少，来日方长，以后有的是说话的时间和机会。

　　志权常常到小文家坐，小文的父母是做老师的，话也不多，大概在课堂上说多了，回来就不想多说什么。再说老师总是比较忙的，即使愿意说说话，恐怕也没有很多时间，他们都是带的高三毕业班，为了学生的毕业考试，忙得恨不得连脚也架起来和手一起工作才好。所以每次志权来了，他们只是象征性地打个招呼，就进自己屋里忙去。志权也没有别的什么想法，小文跟他说，她的父母对他还是满意的，这志权也相信。志权来了就在小文家的客厅里坐坐，和小文说说家长里短的事情，或者看看电视，电视里有什么话题也跟着说说。这样一个黄昏的时间也就过去了，志权到了该回家的时候他就回家去。小文也不送他，反正第二天他们又可以见面。

有一天，志权到小文家来，也是和平时一样看看电视。那一日电视里没有什么好的节目，也没有什么能引起志权一起说说的话题，志权东看看西看看，就看到对面的沙发下面有一本书掉在那里，他弯了身体捡起来，一看是一本围棋杂志。志权很开心，他翻那本围棋书看看，问小文："你们家谁会下围棋？"

小文摇摇头。

志权拍拍围棋杂志，说："肯定有的，要不然怎么会有这书，是不是你父亲会下棋？"

小文笑着说："他不会呀。"

志权说："肯定肯定，哎，你去叫他出来，我跟他下一盘。"

小文还是笑，说："你一说到棋什么的，就神气了。"

志权说："那是，你叫你父亲吧。"

小文说："他不会来的。"

志权看着那本围棋杂志，说："那这书是谁的？"

小文好像犹豫了一下，后来她说："大概是我舅舅的。"

志权说："你舅舅会下棋，真是的，你怎么早不告诉我，我跟他下下。你说我跟你舅舅的水平比怎么样？"

小文说："我怎么知道。"

志权说："你怎么不知道，我的水平你知道吧，有数的吧，你舅舅的水平怎么样你也有数吧，一比不就比出来了。"

小文说："我比不出来，我不知道你的水平怎么样，人家都说你是臭棋，我舅舅的水平大概是比较好的。"

志权说："人家的话你能听呀，你最好带我到你舅舅那里去，我们杀一盘你就知道我的水平了。"

小文说："我们和我舅舅不来往的。"

志权奇怪地说："怎么会，哪有这样的事情，亲不过娘家舅么。"

小文说："我舅舅和我爸爸不对。"

志权叹了一口气，不再说什么了。

小文看他没精打采，说："我们去看电影。"

志权说："看电影有什么意思。"

小文说："那去唱卡拉 OK。"

志权说："卡拉 OK 有什么意思。"

小文说："就是，都没有意思，下棋最有意思。"

志权说："那是。"

星期天下午志权到棋院去找人下棋，去迟了些，别人都双双对对地入了座，连一张空位子也没有了。志权站了一会儿，就有一个六十多岁的老头缩头缩脑地过来，拉拉志权的衣袖，说："我们到别的地方下。"

志权就跟着出来，到隔壁的一间屋，看里面没有人，倒是有棋桌棋盘摆着。老头说："进去下。"

志权也不问那是什么地方，就跟着进去。他们坐下来，只互相看了一眼，也没说什么话，老人就说："怎么，让你三子？"

志权一笑："说得出，你让得动？"

老头看他一眼，说："你这样的，我见多了去，说出来吓你一跳，章立辉我还让他先呢。章立辉你知道吧？"

　　志权笑起来，这老的，看起来也是个吹，章立辉谁还能不知道，这城市里下棋的人谁不以章立辉为荣，全国业余十强。志权说："我说出来也吓你一跳，章立辉说我长棋比他快。"

　　老头说："好好，不让三子，让先总让得动吧。你请。"

　　志权执黑先行，输了一盘。

　　老头得意地说："北方人有句俗话，是骡子是马牵出来看看。"

　　志权说："你这种下法，算什么，从来没见过，野路子，胜之不武。"

　　老头说："笑话，笑话，什么叫胜之不武，胜就是胜。"

　　志权脸色不好看，说："再来。"

　　又来一盘，志权又输了，志权后悔不迭，两次都是不该输的棋。

　　老头说："看起来让三子，还是跟你客气。"

　　志权说："说得出。"

　　又执黑先行，这回志权赢了，老头点了烟抽。

　　志权说："你这棋，真是没有什么。"

　　老头说："不是二比一？"

　　志权说："你这棋，赢了也没有什么了不起，什么时候你跟我舅舅下一回，叫你输得心服口服。"

　　老头朝志权看看，说："你舅舅？是谁，这地方能和我走几下的也不多，我怎么不知道有你舅舅那样一个人，他叫什么？"

　　志权想了想，说："他姓王。"

　　老头说："和我同姓，倒是好，王什么？"

　　志权说："王，王……反正是姓王，王一，王一什么。"

　　老头看了志权一眼，说："哈，王一峰。"

志权说："你怎么知道，你也认识他？"

老头说："那当然，还有谁能不认识自己的，只是不知道哪里多出来一个臭棋外甥。"

志权也不觉得难为情，说："噢，你就是王一峰，小文的舅舅，也不见得怎么样么。小文说得真是很了不起似的，让我如雷贯耳呢，今日相见，真是不过尔尔。"

老头说："你就是小文的那个呀，小文把你吹得，棋圣似的，原来这么个臭棋，笑煞我也。"

志权说："小文怎么会告诉你我的事情，你明明瞎说，小文家和你不来往的不是吗？"

老头说："听她的，她家老头子不睬我，她和她娘还能不睬我呀。再说本来是她家老头不好么，你想想天下哪有那样的理，下棋下不过我，就说不跟我来往，要我输给他再让我进门。我输给他？他那点水平，我想输还不知怎么输法呢。"

志权笑起来。

老头说："我跟他说，你要下过我，先拜我为师，他就说永远也不下棋了。哪能呢，这几天心里不知道怎么活爬着呢。"老头幸灾乐祸地笑。

志权说："怪不得，我去了也不和我说话，躲在屋里说是改作业本子。"

老头说："改什么作业本子，肯定是在看棋书，想吃掉我。长棋，没那么容易呢。小伙子，怎么样，拜我吧。"

志权说："你说得出，跟你学棋，还不把我的好棋学坏了。"

他们说了一会儿话，后来又下了几盘，两人互有输赢，志权输得多些。老头很得意，还要再下，后来就进来一个人，朝他们看看，说："你们是谁，怎么到院长室来下棋，谁让你们进来的？"

老头说："当然是院长叫我们进来的，你知道我是谁？"

那人倒有点吃不透，又看看老头，没有说话。

老头说："你是新来的吧？"

那人点头，说："院长叫你们进来，院长自己怎么不知道，人家告诉他屋里有人在下棋，他还问我是谁呢。"

老头说："院长老糊涂。"

那人说："那我去问问院长再说。"

那人一走，老头就对志权说："我们走吧，今天也下得蛮畅了是吧，互相水平也都有数，你大约差我三子。"

志权说："你说得出，明天我们再来。"

老头一边说话一边听着外面的声音，说："我们不要到这地方来，这地方人太多，没有意思，还是到我家去。"

最后说好隔日到小文舅舅家再下。他们走了出来，走出一段，就听后面有人在说："喏，就是他们，那老头说的……"

志权回头想看看，小文舅舅拉住他说："走吧走吧。"

第二天，志权告诉小文他已经和小文舅舅交过手了，水平差不多少，所以还要到舅舅家去继续决一高下，舅舅让小文带他去，说是那地方不好找，连地址也没有告诉志权。小文听了志权的话，好像要说什么，张了张嘴却没有说出来。志权说："求你了，你就领我去一次，下回我就自己去了。"

小文看看志权，说："你能不能不去？"

志权说："那怎么行。"

小文就领着志权到舅舅家去，路上小文对志权说："你少下一会儿就回吧。"

志权说："下起来看吧。"

小文说："舅舅身体不太好，可能血压高一点，还是少下。"

志权说："你听他的，他那是烟幕弹。"

小文摇了摇头，不再说什么。小文舅舅家果然很偏僻，不好找。拐了好几个弯，看到有一处矮小的平房，那就是了。他们进去，看里面也是弄得一塌糊涂，家里也没有什么好些的东西，也没有别的什么人。小文舅舅已经坐等了好一会儿，看他们来，就去泡茶。小文告诉志权，舅舅一直是一个人过的，没有成家，现在老了，小文妈妈倒是想让他搬到小文家住的，可是舅舅不愿意。

小文舅舅泡了茶端过来，还不等志权他们喝上一口，就摆了棋盘，说："让三子吧。"

志权说："说得出，看你年纪大的分上，让二子。"

让二子下起来就不同让先那样一边倒了，志权主动得多，小文舅舅则有些吃力，说话走棋之中，难免有些失风度。志权也是当仁不让，虽然让二子在先，但此时全无低人一等的感觉，只当是对下的意思。两个人唇枪舌剑，互不相让，一会儿面红耳赤，一会儿又指手画脚。小文在一边看着，也不知应该帮谁说话，看舅舅实在有点过分，就说："舅舅，你已经让了志权二子，就不要太顶真了，就算是输，也还是你赢。"

舅舅看她一眼，说："咦，你怎么还在，你可以走了。"

志权也看她一眼，说："就是，你在这里也没有用。"

小文说："我走了你们打起来怎么办？"

小文舅舅说："笑话，下棋的规矩你也不懂，水平差不多的人才可能打起来，像我们这样差得太远，要打也没有什么打头的。"

小文说："那你还这么顶真。"

舅舅说："你以为让他二子就到头了，还早呢，这一路下去，三子四子也有得让呢。"

志权说："你说得出，你先输了这一盘就没有话说了。"

再下去小文舅舅果然棋力不胜输给了志权。老头子一头的火，看小文站在一边，说："你还不走，都是你，站这里讨嫌。"

志权说："拉不出屎怪马桶，睡不着觉怪床。"

老头"哼"一声，说："就是这样，女人在场，我总是倒霉的，我和女人犯冲。"

志权笑着说："怪不得你是独身主义。"

老头说："那是。"

志权回头看着小文笑，却发现小文眼泪汪汪的，志权说。"你还当真呀，他的话你怎么当真呢。"

小文没有说话。

小文舅舅说："女的就是这样，怪。"他朝小文看看，又对小文说，"你走吧，我们还早呢。"

志权说："就是。"

小文走后，志权发现小文舅舅越下越弱，他乘胜追击，连赢了几盘。再下，就看到老头的手抖起来，志权快活地围了他一大片，口中说："你抖什么抖，有本事你就不要抖。"

老头说："我抖什么，我是看你输红了眼，让你缓一口气，真是不识好歹。"

志权忍不住笑起来，说："你这人，真是没见过的。"

老头说："你这样的也是没见过，水平这么差，还缠住人家下棋，也不撒泡尿照照自己的脸。"

再往下就不是下棋，而是下嘴了，最后还是志权败下阵来，狼狈逃窜而去。

过了一日，志权忍不住到小文舅舅家去敲门，敲了半天没有人开门，才发现门上贴着一张纸，纸上写着，我与高手下棋。志权想大概到棋院去了，就追到棋院，四处看过来，没有老头子的影子。棋院的人看志权四处乱转，问他找谁，志权说是找王一峰。棋院的人好像很奇怪，说你找他做什么。志权说下棋呀。棋院的人说你真是没有人下了才找他下，现在我们这里的人还有谁肯跟他下棋。志权忙问为什么。棋院的人说，你看他敢不敢到我们棋院来下，连来都不敢来了。志权说前几天我还和他在隔壁下来着。棋院的人说原来就是你呀，你上他的当了，我们现在都不跟他来往的，主要是这老头棋德太差棋风太恶劣。他说周教授你知道吧。志权说我知道周教授，是这地方围棋界一位高手，前不久听说死在围棋桌上。棋院的人告诉志权，周教授就是气死在王一峰手下的。凭棋力，周教授把王老头子甩几甩也不在话下的，可是一下起棋来，王老头子就蛮不讲理，那一天已经看到周教授不行，大家劝王老头子别再下了，老头子还是胡搅蛮缠，周教授后来指着王老头子就倒了下去，你想想这人。

志权想了想重新又回到老头这边来，拼命敲门，敲得隔壁邻居都出来看。志权说："你开门吧，你在里边，我知道。"

老头子又熬了一会儿终于出来开了门。志权进去一看，正一个人在家里摆棋。志权说："高手呢？"

老头说："那还用问。"

志权说："那就是我啰。"

老头说："你好意思说。"

他们就下起棋来，志权到底年轻，很快掌握了老头的要害，攻其弱处，让先也有了五成的把握，于是提出来对下。老头急了，说："对下，你做梦。"

志权说："让你醒醒梦也好。"

老头站起来指着志权的鼻子说："你小子，还想不想讨小文做老婆。"

志权说："随你采取什么手段，你不行就是不行。"

老头说："虎落平原被犬欺，我主要是一本书找不到了，我的好东西都在那书上，那本书要是找到了，你来试试。"

志权说："什么书？"

老头说："一本围棋杂志。"

志权问："哪一本，是哪年哪一期的？"

老头笑了，说："你真是问得出，我能告诉你吗，笑话了。"

志权也笑，说："那你就去找那本书吧。"

老头看了看志权，突然一拍大腿，说："我倒想起来了，一定是他偷的。"

志权问是谁，老头说："你老丈人，小文她爹，除了他没有别的人。"

老头这一说，志权倒是想起来是在小文家的沙发底下看到过一本围棋杂志，不过是早就过了期的，当然也难说，说不定那一期上真有一副好局在上面呢。志权想着就兴奋起来。老头子看出来了，问他是不是知道那本书。志权笑，说："我能告诉你吗？"

下一次志权到小文家去，就去找那本杂志，可是怎么找也不见，问小文，小文说不知道，又叫小文去问她爸爸。小文爸爸从自己屋里出来，说："什么围棋杂志？"

志权不好说是你偷了小文舅舅的，只是支支吾吾说不清楚。小文爸爸看着他那样子，说："我跟你说，你本来是一个很好的要求上进的年轻人，我们都看着你的。你可不要跟着那老头学，他的一生是被棋毁了，反正他也这一把年纪了。你还年轻，你不能的。"

志权说："是的。"

小文的爸爸坐下来，和志权说起小文舅舅的事情。志权才知道小文舅舅真是让棋毁了他的一生，打成右派也是为棋，老婆走了也是为棋，一事无成也是为棋，总之小文爸爸认为志权一定不能再和老头子多来往。小文爸爸也不是蛮不讲理的人，他认为偶尔找老头子下几盘也不是不可以，但是千万不能被老头子迷住。志权说："是的，不过那本杂志好像我在这里看到过的。"

小文爸爸叹了口气，说："我真是白说了，对牛弹琴。"

小文爸爸回自己屋里去。

志权说："真奇怪，那本书上次我来明明看见在这里的。"

小文说："你也要像我舅舅那样？"

志权说："你说得出，我怎么会，我只是想赢他罢了。对了，你帮我到你舅舅那里探探，到底是哪一年哪一期的。"

小文说："我探不出来的。"

志权说："你试试。"

　　小文就去试试，一试也就试出来了，回来很高兴地告诉志权说是哪一年的哪一期。志权记下后，立即四处去找这本杂志，可是找来找去找不到，因为这是一本三年前的杂志，志权以及他的一些棋友在三年前大都还没有开始学棋，即使三年前已经开始学棋，也不见得就知道去订些围棋刊物来看，那时只在棋眼里翻跟斗，根本不懂棋理什么的。志权到图书馆去找，人家看他也不是做学问的样子，说一般几年前的杂志早就装订封存起来，没有介绍信是不给查找的。这样志权转了几天也没有弄到那一年那一期的那一本围棋杂志。

　　志权通过一个熟人，去拜了章立辉为师。章立辉很忙，每个星期只能给志权这样的学生辅导一次，而且每次都有好多人一起学的。章立辉也不过就是让他们自己对下，他四处走走，看到哪里，高兴指点就指点一下，不想说话他就不说，也有的时候，志权连续好几次都没有听到章立辉对他说过一个关于下棋的字。但是尽管如此，只要是每个星期能在章立辉身边坐上一回，多少也能得些"气"回来，这样学了不长时间，志权再找小文舅舅下棋，就真的可以对下了，每次总要下得天昏地暗。有时候志权已经饿得撑不住了，提出来吃过饭再下。老头哪里允许，说饿？这一会儿时间就饿了，你这就算是尝到饿的滋味了？笑话，你知道我们从前饿得吃什么，吃棋子。志权说，你说笑话。老头说，谁说笑话，我们用泥做的棋，你懂不懂，实在饿得不行，就拿泥棋子来吃，老精就是吃泥子胀死的。志权说，老精是谁。老头说，老精就是老精，我们一起的，下棋太精，我们都叫他老精。志权说，你越说越像真的了，老头说，这本来就是真的，你不信我把泥子拿出来给你看看。志权说，好的你拿出来我看看。老头就翻箱倒柜，到处找。哪里有什么泥棋子找出来。

志权就笑，老头也笑，说，鬼，也不知弄到哪里去了。

志权现在和老头对下，互有胜负，老头却永远是一种居高临下的腔调。志权想，怪不得周教授能让他气死过去呢。老头每次摆谱，志权就说："你有什么了不起，下了一辈子的棋，还不如我三年的棋，你还是跳了长江算了。"

老头说："你有什么了不起，跟了章立辉算是有长进了，你那点长进在我眼里，真是屁也不值，你还是跳了黄河算了。"

志权注意到老头的手越来越抖，终于有一天，老头抖着抖着，头往桌子上一栽，就晕过去了。

志权吓住了，连忙把老头送到医院，再冲到小文家叫人。进了小文爸爸房间一看，小文爸爸要藏已经来不及，桌子上哪是什么作业本，正摆着一盘棋，自己跟自己下着，手边正放着那一本围棋杂志。志权说："小文舅舅脑溢血，进医院了。"

小文爸爸长叹一声，站起来，一挥手把那一盘棋全打翻在地。

小文舅舅的情况总的来说还算是不幸中的大幸，只是右手右脚不能动，别的倒还说得过去，说话不能说得很清楚，但是大体的意思还是能理解的，反正像他那样一个人，也不能有别的什么话说出来，要说的一些内容，大家也都有数就是。志权在第二天一早怀着一种说不清的心情去看老头。老头还睡着，志权在床边上坐了一会儿，听他不停地说着，虽然含糊不清，但志权是懂的，都是些围棋术语，叫吃，大龙，又是二路三道什么的，都是带有些杀气的。志权听着，突然想起那位也是倒在棋桌上的周教授来。

后来小文爸爸也来了。小文爸爸来的时候，老头醒了，看到小文爸爸，老头说："你带来了吧？"

小文爸爸从自己的包里拿出那本围棋杂志，又翻了翻，说："你骗我。"

志权接过那本书，也看了看。

小文爸爸说："里面什么也没有。"

老头笑了起来，他的笑声非常难听，嘶哑得叫人浑身起鸡皮疙瘩。他笑过之后又说了一段话，志权不能全部听明白，但大体上能听出来他是在笑话小文爸爸，说他上了当，又说他一辈子也别想赶上来。

志权看小文爸爸的脸，真是哭笑不得。

过了不到半年时间，市里举行升段赛，志权报了名。参赛那天，第一局的对手是一个小毛孩子，小毛孩子坐下来的时候完全是一副胸有成竹的样子。

志权和小毛孩子正杀得难分难解的时候，志权走了关键的一步棋，突然听到身边有一个嘶哑的声音叫起来："臭棋臭棋，满盘皆输。"

志权抬头看，正是小文舅舅。他撑着拐杖，看得急了，正用拐杖拼命地点着地，发出嘚嘚嘚的声响。赛场工作人员注意到了，过来说："你是谁，怎么跑到这里来捣乱，这里是在比赛。"

小文舅舅说："你知道我是谁？"

工作人员不管他是谁，说："你不是参加比赛的请出去，不要影响赛手的情绪。"

小文舅舅被请出了赛场，一边走一边说："臭棋臭棋。"

志权走过那一招，果然开始下坡了，自己先乱了阵脚，很快就败了第一局。小毛孩子站起来和他握握手，很神气。志权灰溜溜地往外走，在门口他被章立辉拦住，章立辉对他说："你长棋了。"

　　章立辉是这次比赛的总裁判，很忙，根本没有过来看志权的比赛，可是他却说志权长棋了。志权不明白章立辉是怎么看出他长棋的，但是志权相信章立辉不会信口乱说，要是章立辉信口乱说，他也就不是章立辉了。

　　志权在赛场上也看到了小文的爸爸，他的对手是一位姑娘。志权过去看看，小文爸爸的形势也不妙。志权很快活，他哼着什么歌走出来。

　　在回去的路上，志权看到小文和他们单位的另一个男青年一起走着，看上去他们倒是很般配的。志权愣了一会儿，后来他想，这样也好。

竹　园

现在在城市里有这样一小片竹园是不多见的。

栽这片竹子的人早已经不在了，后来的人却常常提起他来。他自己虽然灰飞烟灭，却留下了一片清新鲜活的绿色给这个世界。

这片小小的竹林与周围的环境是很协调的。

小桥流水人家。

青砖黛瓦粉墙。

飞檐翘角龙脊。

竹林……

常常有美校的学生走过，驻足，然后支起画架，画幅竹园，又收起来，背着走远了。

也有老人走过时停一下，看看竹园，或者叹一口气，也或者不叹气，然后慢慢地走开。

当然更多的人并不很在乎竹园的存在，他们匆匆而过，好像在这个地方并没有这样一片生命。

这些人的神态情绪，孙良是能够注意到的。因为孙良每天坐在竹林边，他是个残疾人，是一个瘫子，整个下半身是不能动的。

孙良从小在竹园边长大，他还记得，那一年他写了篇关于竹园的文章以后就去当兵了。

后来孙良回来了，竹园依旧，孙良却站不起来了。

孙良是工伤，有一个三等功，所以开始常常有人来看看他，后来时间长了，大家都忙，也不再有什么人来了。孙良很寂寞，他每天由母亲背出来，坐在竹园旁边。

孙良家只有母子两人，孙良的母亲已经老了，但她还能背儿子，还能工作。她每天上班，回来做家务，给儿子擦洗，第二天再上班。日子过得平静。

孙良的母亲知道儿子很寂寞，她说："你下下棋吧，我看他们那些下棋的人，很有兴致的。"

孙良说："好的。"

母亲就去弄了一副棋来，让儿子跟别人下棋。

慢慢地，孙良的棋越下越好，周围的人都被他一一杀败，但是总会有不甘心失败的和没有领教过孙良棋术的人来和孙良下棋，孙良再一一地杀败他们。

住在孙良家附近的人都甘拜下风了，孙良没有了对手，孙良的母亲就到她的单位去找一些人回来和孙良下棋，又通过这些人去约了更多的人来。这里面当然不乏高手，头几回孙良也许会输，但是再下下去，孙良又会赢。大家说，孙良的脑子吃营养吃得多，所以

018 / 长　棋

老是能赢。这也是有一些道理的，孙良的下半身是吃不进营养的，这样说起来他的脑子吃营养当然要比别人多吃一点的。

凡是远道来的人，孙良的母亲必要留下他们吃过饭走，他们在竹园下棋，孙良的母亲就在家弄饭弄菜。

邻居都说，这老太太真是前世欠了儿子的债。

邻居跟她说，你儿子虽然瘫了，也不是一点事情不能做，他的手还好，你让他帮你做点事情，你也好歇歇了。

孙良的母亲说："这一点点事情我能做。"

别人背后都说老太太很可怜，他们不知道以后她做不动了怎么办。

孙良就好像在竹园边摆了一个擂台，喜欢棋的人，不论远近，提起竹园的擂台都知道。

许多时候都没有人能攻下竹园的擂台。

孙良对他的母亲说："他们是不是手下留情？"

母亲说："我不懂的，你自己下棋，你自己有数呀。"

孙良说："我没有数。"

母亲说："你不要急，慢慢地你就会懂的。"

孙良说："虽然我是个瘫子，我也未必想要他们让我。"

母亲说："是的。"

母亲和孙良说话的时候并没有停下她的工作，她跪在地上用抹布抹地。他们家的地并不是什么红漆地板，只是一般的水泥地，但是孙良的母亲每天都要把地板抹得干干净净。

孙良说："妈，你不要这样费劲，这地，随便怎么擦擦就行了。"

母亲说："我不累。"

孙良说："累不累是另一回事，你这样做实在是犯不着的。"

母亲笑笑，没有再和儿子说什么，她只是照做她要做的事情。

孙良到底还是败了，他是败在一个十岁的孩子手下，这孩子是孙良的邻居。

第一局棋完全是在无意中开始的。那时孩子刚刚在学校的棋类组报了名，才跟老师学了两三回棋。他放学回来站在竹林边看孙良和别人下棋，看孙良又杀败了人家。

这时候有人说："这个小孩会下棋的，叫他跟孙良下一下。"

孩子不肯。

孙良鼓励他说："来吧，我可以让你一些的。"

孩子想了想，说："要来就不要让。"

旁边的人都高兴起来，他们知道孩子如果没有一定的把握是不会说这话的。

果然这一盘棋孙良输了，接着又下了好几盘，孙良都输了。

吃晚饭时，孙良说："今天我输给了一个小孩子，没有招架之势。"

母亲说："昨天夜里我做了一个梦，梦见竹林变成一块棋盘，真是奇怪。"

十年以后，孩子成了大学生。放暑假归来，他看见孙良还坐在竹园那里，竹园依然，孙良也依然。

大学生说："来一盘棋。"

孙良说："好的。"

他们摆开了棋盘，孙良的母亲端了茶来，大学生看她很老了。

大学生说:"您别忙,我自己来。"

孙良的母亲走开了。

大学生输了,他输得很服帖,他有点难为情地说:"我反而退步了。"

大学生和孙良聊了许多事情,天南海北,五花八门,什么都谈。大学生真是见多识广。比起来孙良的见识就不如大学生了。

不下棋也不说话的时候,大学生就画竹园,他说:"我小时候看别人画竹园,总是很羡慕。"

现在大学生觉得他也可以画画竹园了,可是他画的竹园没有一张能使他自己满意的。大学生很沮丧,他把那些画撕了,重新再画,画了又再撕。

孙良说:"你别画了,还是跟我下棋吧。"

大学生说:"好的。"

大学生又输了,他的情绪很不稳定,他一直在等一封信,可是信却一直不来。

到下晚的时候孙良的母亲回来了。她现在已经不在原来的单位工作了,她到了退休年龄,单位就给她办了退休手续。现在孙良的母亲申请了一个执照,批些小玩具卖。她把她的小玩具摊摆在公园门口,生意不算很好,她每天都去。

孙良的母亲出摊回来,把那些玩具堆在一边。大学生看到那些东西,想起了他自己的童年时代。他过去翻那些玩具,拿出几颗玻璃弹子,蹲在地上打起弹子来。

孙良和他的母亲看着他笑,他们都想起了从前的一件事情。

大学生后来站起来,说:"再下。"

　　孙良就和他再下一盘棋，大学生还是输。大学生输得很灰心了，这时候他抬起头来，看到夕阳的余晖正洒在竹园，看到孙良正默默地注视着竹园。大学生突然说："你当然会赢。"

　　孙良问："为什么？"

　　大学生手指着竹园说："你每天看这片竹园。"

　　孙良点点头。

　　大学生说："你占尽了竹园的地气。"

　　孙良笑起来，说："也许是的。"

　　大学生看着他。

　　孙良接着说："我一直在看竹园，看竹子，看每一根竹子。竹园就是一块棋盘，每一根竹子就是一个棋子，既然每一根竹子都有它自己的位置，那么每一个棋子也有它自己的位置，你说是不是。"

　　大学生还是看着孙良，他希望孙良再往下说。

　　孙良问他："你懂不懂？"

　　大学生说："我不懂。"

　　孙良叹了一口气，说："我也不懂。"

　　大学生疑惑地看着他，大学生不相信孙良的话，他说："你也不懂，你为什么能赢我？"

　　孙良没有直接回答他，孙良朝自己家里看看，他看到他的母亲正在忙碌。他的母亲背已经驼了，头发也白了。孙良指指他母亲，对大学生说："她也许知道。"

　　大学生不由得笑了起来。

　　这时候孙良的母亲出来，对他们说："饭弄好了，进去吃饭吧。"

　　孙良的母亲说着就背起孙良进屋去。

　　大学生惊讶地看着，他不敢相信孙良的母亲现在还能背起孙良，可是她确实是把孙良背回去了。

　　大学生跟进屋去，说："老太太，你叫别人帮帮呀。"

　　孙良的母亲笑笑说："我能背。"

　　大学生说："但是你总要……"他没有说下去。

　　孙良的母亲点头，说："是的，我总有一天背不动的，我正在攒钱，准备买一辆轮椅。"

　　大学生很感动，但也难免流露出一点怜惜之情。他在孙良家吃了饭，他觉得感觉不错，所以想再跟孙良下一盘棋。

　　孙良说："你再过五年来跟我下棋吧。"

　　大学生一直记着孙良这句话。

　　过了五年，工程师敲响了孙良家的门。

　　孙良摇着轮椅来开门。

　　还是在原来的地方，也还是原来的人，可是他们没有再在竹园下棋。竹园已经没有了，这一带拆迁，旧房子没有了，竹园也没有了。

　　在原址上盖了新房子，孙良家也有一小套，因为孙良不能走，分的是一楼的房间。

　　孙良的母亲已经去世。工程师沉默了一会儿，说："下棋吧。"

　　孙良说："好的。"

　　他们摆开了棋盘。

　　工程师在落子前说："你还有把握吗？"

　　孙良说："有。"

工程师说："竹园已经没有了。"

孙良笑笑，他的手指指地下。

工程师朝地下看看，他没有发现什么异常。

孙良说："你看这水泥地不平是不是。"

现在工程师看出来了。

孙良说："竹园就在这底下。"

城乡简史

　　自清喜欢买书。买书是好事情，可是到后来就渐渐地有了许多不便之处，主要是家里的书越来越多。本来书是人买来的，人是书的主人，结果书太多了，事情就反过来了，书挤占了人的空间，人在书的缝隙中艰难栖息，人成了书的奴隶。在书的世界里，人越来越渺小，越来越压抑，最后人要夺回自己的地位，就得对书下手了。怎么下手？当然是把书处理掉一部分，让它腾出位置来。这位置本来是人的。

　　自清的家属特别兴奋，她等了许多年终于等到了这一天，对于摆满了家里的书，她早就欲除它们而后快。在自清的决心将下未下，犹犹豫豫的这些日子里，她没有少费口舌，也没有少花心思，总之是变着法子尽说书的坏话。家里的其他大小事情，一概是她做主的，但唯独在书的问题上，自清不肯让步，所以她也只能以理服人，再以事实说话。她拿出一些毛料的衣服给他看，毛料衣服上有一些被虫子蛀的洞。这些虫子，就是从书里爬出来的，是银灰色的，大约有一厘米长短，细细的身子，滑起来又快又溜，像一道道细小的闪电。它们不怕樟脑，也不怕敌杀死，什么也不怕，有时候还成群结队大摇大摆地在地板上经过，好像是展示实力。后来自清的家属还看到报纸上有一个说法，一个家庭如果书太多，家庭里的人长年呼吸这样的空气，对小孩子的身体不好，容易患呼吸道疾病。自清认为这种说法没有科学性，但也不敢拿孩子的身体开玩笑。就这样，日积月累，家属的说服工作终于见到了成效，自清说，好吧，该处理的就处理掉，屋里也实在放不下了。

处理书的方法有许多种，卖掉，送给亲戚朋友，甚至扔掉。但扔掉是舍不得的，其中有许多书，自清当年是费了许多心思和精力才弄到手的。比如有一本薄薄的书，他是特意坐火车跑到浙江的一个小镇上去觅来的。这本书印数很少，又不是什么畅销书，专业性比较强，这么多年下来，自清从来没有在别的地方看到过它，现在它也和其他要被处理的书躺在了一起。自清看到了，又舍不得，又随手捡了回来。他的家属说，你这本也要捡回来那本也要捡回来，最后是一本也处理不掉的。家属的话说得不错，自清又将它丢回去，但心里有依依惜别隐隐作痛的感觉。这些书曾经是他的宝贝，是他的精神支柱，一些年过去了，他竟要将它们扔掉。自清下不了这样的手。家属说，你舍不得扔掉，那就卖吧，多少也值一点钱。可是卖旧书是三钱不值两钱的，说是卖，几乎就是送。尤其现在新书的书价一翻再翻，卖旧书却仍然按斤论两，更显出旧书的贱，再加上收旧货的人可能还会克扣分量，还会用不标准的秤砣来坑蒙欺骗。

一想到这些书像被捆扎了前往屠宰场的猪一样，而且还是被堵住了嘴不许号叫的猪，自清心里就有说不出的难过。算了算了，他说，卖它干什么，还是送送人吧。可是谁要这些书呢，自清的小舅子说，我一张光盘就抵你十个书屋了，我要书干什么？也有一个和他一样喜欢书的人，看着也眼馋，家里也有地方，他倒是想要，但他的老婆跟自清的家属不和，说，我们家不见得穷得要拣人家丢掉的破烂。结果自清忍痛割爱的这些书，竟然没个去处。

正好这时候，政府发动大家向贫困地区的学校捐赠书籍或其他物资，自清清理出来的书，正好有了去处。捆扎了几麻袋，专门雇了一辆人力车，拖到扶贫办公室去，领回了一张荣誉证书。

时隔不久，自清发现他的一个账本不见了。自清有记账的习惯，从很早的时候就开始了，许多年坚持下来，每年都有一本账本，记着家里的各项收入和开支。本来记账也不是一件很特别的事，许多家庭里都会有一个人负责记账，也是长年累月坚持不变的。但自清的记账可能和其他人家有所不同。别人记账，无非就是这个月里买了什么东西，用了多少钱，再细致一点的，写上具体的日期就算是比较认真的记法了。总之，家庭记账一般就是单纯地记下家庭的收入和开销。但自清的账本，有时候会超出账本的内容，也超出了单纯记账的意义，基本上像是一本日记了。他不仅像大家一样记下购买的东西和价钱，记下日期，还会详细写下购买这件东西的前因后果，时代背景，周边的环境，当时的心情。去的哪个商店，是怎么去的，走去的，还是坐公交车，或者是打的，都要记一笔。天气怎么样，也是要写清楚的，淋没淋着雨，晒没晒着太阳，路上有没有堵车，都有记载。甚至在购物时发生的一些与他无关，与他购物也无关的别人的小故事，他也会记下来。比如某年某月某日的一次，他记下了这样的内容：下午五时二十五分，在鱼龙菜场买鱼，两条鲫鱼已经过秤，被扔进他的菜篮子，这时候一个巨大的霹雷临空而降突然炸响，吓得鱼贩子夺路而逃，也不收鱼钱了，一直等到雷雨过后，鱼贩子不知从哪里冒了出来，自清再将鱼钱付清，以为鱼贩子会感动，却不料鱼贩子说，你这个人，顶真得来。好像他们两个人的角色是倒过来的，好像自清是鱼贩子，而鱼贩子是自清。这样的账本早已经离题万里了，但自清不会忘记本来的宗旨，最后记下：购买鲫鱼两条，重六两，单价：5 元 / 斤，总价：3 元。这样的账本，有点喧宾夺主的意思，记账的内容少，账外的内容多，当然也有单纯记账的，只是写下，某年某月某日某时在某某街某某杂货店购买塑料脸盆一只，蓝地绿花，荷花，价格：1 元 3 角 5 分。

但是自清的账本，虽然内容多一些杂一些，却又是比较随意的，想多记就多记一点，想少写就少写一点，心情好又有时间就多记几笔，情绪不高时间不够就简单一点，也有简单到只有自己能够看得懂的，比如，手：175 元。这是缴纳的手机费，换一个人，哪怕是他的家属，恐怕也是看不懂的。甚至还有过了几年后连他自己都看不懂的内容，比如，南吃：97 元。这个"南吃"，其实和许许多多的账本上的许许多多内容一样，过了这一年，就沉睡下去了，也许永远也不会再见世面的。但偏偏自清有个习惯，过一段时间，他会把老账本再翻出来看看，并没有什么目的，也没有什么意义，甚至谈不上是忆旧什么的，只是看看而已。当他看到"南吃"两个字的时候，就停顿下来，想回忆起隐藏在这两个字背后的历史，但是这一小片历史躲藏起来了，就躲藏在"南吃"两个字的背后，怎么也不肯出来。自清就根据这两个字的含义去推理，南吃，吃，一般说来肯定和吃东西有关，那么这个南呢，是指在本城的南某饭店吃饭？这本账本是五年前的账本，自清就沿着这条线去搜索，五年前，本城有哪些南某饭店，他自己可能去过其中的哪些？但这一条路没有走通，现在的饭店开得快也关得快，五年前的饭店现在已经没有人记得清楚了，再说了，自清一般出去吃饭都是别人请他，他自己掏钱请人吃饭的次数并不多，所以自清基本上否定了这一种可能性。那么"南吃"两字是不是指的在带有南字的外地城乡吃饭，比如南京，比如南浔，比如南方，比如南亚，比如南非，等等。采取排除法，很快又否定了这些可能性，因为自清根本就没有去过那些地方，他只去过一个叫南塘湾的乡镇，也是别人请他去的，不可能让他埋单吃饭。自清的思路阻塞了，他的儿子说，大概是你自己写了错别字，是难吃吧？这也是一条思路，可能有一天吃了一顿很难吃的饭，所以记下了？但无论怎么想，都只能是推测和猜想，已经没有任何记忆更没有任何实物来证明"南吃"到底是什么，这九十多块钱，到底是用在了什么地方。好在这样的事情并不多，总的说来，自清的记账还是认真负责的。

　　自清的账本里有许多账目以外的内容，但说到底，就算是这样的账本，也并没有什么重大的意义，甚至没有什么实际的作用。自清的初衷，也许是想用记账的形式来约束自己的开销花费，因为早些年大家的经济都比较拮据，总是要想尽一切办法节约用钱，记账就是办法之一，许多人家都这么办。而实际上是起不到多大作用的，该记的账照记，该花的钱还是照花，不会因为这笔钱花了要记账，就不花它了。所以，很多年过去了，该花的钱也花了，甚至不该花的也花了不少。账本一本一本地叠起来，倒也壮观，唯一的用处就是在自清有闲心的时候，会随手抽出其中一本，看到是某某年的，他的思绪便飞回这个某某年，但是他已经记不清某某年的许多情形了，这时候，账本就帮助他回忆，从账本上的内容，他可以想起当年的一些事情。比如有一次他拿了1986年的账本出来，他先回想1986年是一个什么样的年头，但脑子里已经没有具体的印象了，账本上写着，86年2月，支出部分。2月3日支出：16元2角（酒：2元，肉皮：1元，韭菜：8角，点心：1元，蜜枣：1元3角，油面筋：4角，素鸡：8角，花生：5角，盆子：8元4角）。在收入部分记着：1月9日，自清月工资：64元。

当年的账本还记得比较简单，光是记账，但只是看看这样的账，当年的许多事情就慢慢地回来了，所以，当自清打开旧账本的时候，总是一种淡淡的个人化的享受。

如果一定要找出一点实际的作用，在自清想来，也就是对下一代进行一点传统教育，跟小孩子说，你看看，从前我们是怎么过日子的，你看看，从前我们过个年，就花这一点钱。但对自清的孩子来说，似乎接受不了这样的教育，他几乎没有钱的概念，当然更没有节约用钱的想法。你跟他讲过去的事情，他虽然点着头，但是目光迷离，你就知道他根本没有听进去。

开始的时候自清可能是因为经济条件差，收入低，为了控制支出才想到记账的。后来条件好起来，而且越来越好，自清夫妻俩的工作都不错，家庭年收入节节攀升。孩子虽然在上高中，但一路过来学习都很好，肯定属于那种替父母扒分的孩子，以后读大学或者出国学习之类都不用父母支付大笔的费用。家里新房子也有了，还买了一辆车，由家属开着，条件真的不错，完全没有必要再记账。更何况，这些账本既没有什么实际的用处，却又一年一年地多起来，也是占地方的。自清也曾想停止记账这一习惯，但也只是想想而已，他做不到，别说做不到不记账，就算只是想一想，也觉得不行。一想到从此以后就再也没有账本了，心里就立刻会觉得空荡荡的，好像丢失了什么，好像无依无靠了。自清知道，这是习惯成自然。习惯，真是一种很可怕的力量。

那就继续记账吧。于是日子就这样一年一年地过去了，账本又一本一本地增加出来。每年年终的那一天，自清就将这一年的账本加入到无数个年头汇聚起来的账本中，按年份将它们排好，放在书橱里下层的柜子里。这是不要公示于外人的，是自己的东西。不像那些买来的书，是放在书橱的玻璃门里面的格子上，是可以给任何人看的，还是一种无言无声的炫耀。大家看了会说，哇，老蒋，十大藏书家，名不虚传。

现在自清打开书橱下面的柜门，就发现少了一本账本，少的就是最新的一本账本。年刚刚过去，新账本还刚刚开始使用，去年的那本还揣着温度的鲜活的账本就不见了。自清找了又找，想了又想，最后他想到会不会是夹在旧书里捐给了贫困地区。

如果是捐给了贫困地区，这本账本最后就和其他书籍一样，到了某个贫困乡村的学校里。学校是将这些捐赠的书统一放在学校，还是分到每个学生手上，这个自清是不知道的。但是自清想，这本账本对贫困地区的孩子来说，是没有用处的，它又不是书，又没有任何的教育作用，也没有什么知识可以让人家学的，更没有乐趣可言，人家拿去了也不一定要看。何况自清记账的方式比较特别，写的字又是比较潦草的字，小孩子不一定看得懂，就算他们看得懂，对他们也没有意义，因为与他们的生活和人生根本是不搭界的。最后他们很可能就随手扔掉了那本账本。

但是对于自清来说，事情就不一样了，少了这本账本，自清的生活并不受影响，但他的心里却一阵一阵地空荡起来，他就觉得心脏那里少了一块什么，像得了心脏病的感觉，整天心慌慌意乱乱。开始家属和亲友还都以为他心脏出了毛病。去医院看了，医生说，心脏没有病，但是心脏不舒服是真的，不是自清的臆想，是心因性反应。心因性反应虽然不是器质性病变，但是人到中年，有些情绪性的东西，如果不加以控制和调节，也可能转变成具体的真实的病灶。

自清坐不住了，他要找回那本丢失的账本，把心里的缺口填上。自清第二天就到扶贫办公室去，他希望书还没有送走，但是书已经送走了。幸好办公室工作细致，造有花名册，记有捐书人的单位和名字，但因为捐赠物物多量大，不仅有书，还有衣物和其他物品，光造出来的花名册就堆了半房间。办公室的同志问自清误捐了什么重要的东西，自清没有敢说实话，因为工作人员都很忙，如果知道是找一本家庭的记账本，他们会觉得自清没事找事，给他们添麻烦。所以自清含糊地说，是一本重要的笔记本，记着很重要的内容。工作人员耐心地从无数的花名册中替他寻找，最后总算找到了蒋自清的名字。自清还希望能有更细致的记录，就是每个捐赠者捐赠物品的细目，如果有这个细目，如果能够记下每一本书的书名，自清就能知道账本在不在这里。但工作人员告诉他，这是不可能的。其实就算他们不说，自清也已经认识到这一点。也就是说，自清在花名册上找到自己的名字，名字后面的备注里写着"捐书一百五十二册"，就是这件事情的结局了。至于自清的书，最后到了哪里，因为没有记录，没人能说清楚。但是大方向是知道的，那一批捐赠物资，运往了甘肃省。还有一点也是可以肯定的，自清的书和其他许许多多的捐赠物品一样，被捆扎在麻袋里，塞上火车，然后，从火车上拖下来，又上了汽车，也许还会转上其他运输工具，最后到了乡间的某个小学或中学里。在这个过程中，它们的命运是不可知，是不确定的，麻袋与麻袋堆在一起，并没有谁规定这一袋往这边走那一袋往那边走，搬运过程中的偶然性，就是它们的命运。最后它们到了哪里，只是那一头的人知道，这一头的人，似乎永远是不能知道的。

其实这中间是有一条必然之路的，虽然分拖麻袋的时候会有各种可能性，但每一个麻袋毕竟是有它的去向的，自清的麻袋也一定是走在它自己的路上，路并没有走到头。如果自清能够沿着这条路再往前走，他会走到一个叫小王庄的地方。这个地方在甘肃省西部，后来小王庄小学一个叫王小才的学生，拿到了自清的账本，带回家去了。

王才认得几个字，也就中小那点水平，但在村子里也算是高学历了，他这一茬年龄的男人，大多数不认得字。王才就特别光荣，所以他更要督促王小才好好念书。王才对别人说，我们老王家，要通过王小才的念书改变命运。

捐赠的书到达学校的那一天，并没有分发下来。王小才回来告诉王才，说学校来了许多书。王才说，放在学校里，到最后肯定都不知去向，还不如分给大家回家看，小孩可以看，大人也可以看。

人家说，你家大人可以看，我们家大人都不识字，看什么看。但是最后校长的想法跟王才的想法是一致的，他说，以前捐来的那些书，到现在一本也没有了，与其这样，还不如分给你们大家带回去，如果愿意多看几本书，你们就互相交换着看吧。至于这些书应该怎么分，校长也是有办法的，将每本书贴上标号，然后学生抽号，抽到哪本就带走哪本，结果王小才抽到了自清的那本账本。账本是黑色的硬纸封皮，谁也没有发现这不是一本书，一直到王小才高高兴兴地把账本带回家去，交给王才的时候，王才翻开来一看，说，错了，这不是书。王才拿着账本到学校去找校长，校长说，虽然这不是一本书，但它是作为书捐赠来的，我们也把它当作书分发下去的，你们不要，就退回来，换一本是不可能的，因为学校已经没有可以和你们交换的书了，除非你找到别的学生和他们的家长愿意跟你们换的，你们可以自由处理。但是谁会要一本账本呢？书是有标价的，几块、十几块，甚至有更厚更贵重的书，书上的字都是印出来的，可账本是一个人用钢笔写出来的，连个标价都没有，没人要。王才最后闹到乡上的教育办，教育办也不好处理，最后拿出他们办公室自留的一本《浅论乡村小学教育》，王才这才心满意足地回家去。

那本账本本来王才是放在乡教育办的，但教育办的同志说，这东西我们也没有用，放在这里算什么，你还是拿走吧。王才说，那你们不是亏了么，等于白送我一本书了。教育办的同志说，我们的工作都是为了学生，只要学生喜欢，你尽管拿去就是。王才这才将书和账本一起带了回来。

可这教育办的书王才和王小才是看不懂的，那里边谈的都是些理论问题。比如说，乡村小学教育的出路，说是先要搞清楚基础教育的问题，但什么是基础教育问题，王才和王小才都不知道，所以王才和王小才不具备看这本书的先决条件。虽然看不懂，但王才并不泄气，他对王小才说，放着，好好地放着，总有你看得懂的一天。丢开了《浅论乡村小学教育》，就剩下那本账本了。王才本来是觉得占了便宜的，还觉得有点对不住乡教育办，但现在心情沮丧起来，觉得还是吃了亏，拿了一本看不懂的书，再加上一本没有用的城里人记的账本，两本加起来，也不及隔壁老徐家那本合算。老徐家的孩子小徐，手气真好，一摸就摸到一本大作家写的人生之旅，跟着人家走南闯北，等于免费周游了一趟世界。王才生气之下，把自清的账本提过来，把王小才也提过来，说，你看看，你看看，你什么臭手，什么霉运？王小才知道自己犯了错，耷拉着脑袋，但他的眼睛却斜着看那本被翻开的账本，他看到了一个他认得出来但却不知其意的词：香薰精油。王小才说，什么叫香薰精油？王才愣了一愣，也朝账本那地方看了一眼，他也看到了那个词：香薰精油。

王才就沿着这个"香薰精油"看下去了，他无论如何也想不到，他这一看，就对这本账本产生了强烈的兴趣，因为账本上的内容，对他来说，实在太离奇了。

我们先跟着王才看一看这一页账本上的内容，这是 2004 年的某一天中的某一笔开支：午饭后毓秀说她皮肤干燥，去美容院做测试，美容院推荐了一款香薰精油，7 毫升，价格：679 元。毓秀有美容院的白金卡，打七折，为 475 元。拿回来一看，是拇指大的一瓶东西，应该是洗过脸后滴几滴出来按在脸上，能保湿，滋润皮肤。大家都说，现在两种人的钱好骗，女人和小人儿，看起来是不假。

王才看了三遍，也没太弄清楚这件事情。他和王小才商榷，说，你说这是个什么东西。王小才说，是香薰精油。王才说，我知道是香薰精油。他竖起拇指，又说，这么大个东西，475块钱？那是人民币吗？王小才说，475块钱，你和妈妈种一年地也种不出来。王才生气了，说，王小才，你是嫌你娘老子没有本事？王小才说，不是的，我是说这东西太贵了，我们用不起。王才说，呸你的，你还用不起呢，你有条件看到这四个字，就算你福分了。王小才说，我想看看475块的大拇指。王才还要继续批评王小才，王才的老婆来喊他们吃饭了。她先喂了猪，身上还围着喂猪的围裙，手里拿着猪用的勺子，就来喊他们吃饭。她对王才和王小才有意见，她一个人忙着猪又忙着人，他们父子俩却在这里瞎白话。王才说，你不懂的，我们不是在瞎白话，我们在研究城里人的生活。

王才叫王小才去向校长借了一本字典，但是字典里没有"香薰精油"，只有香蕉、香肠、香瓜、香菇这些东西。王才咽了一口口水，生气地说，别念了，什么字典，连香薰精油也没有。王小才说，校长说，这是今年的最新版本。王才说，贼日的，城里人过的什么日子啊，城里人过的日子连字典上都没有。王小才说，我好好念书，以后上初中，再上高中，再上大学，大学毕业，我就接你们到城里去住。王才说，那要等到哪一年。王小才掰了掰手指头，说，我今年五年级，还有十一年。王才说，还要我等十一年啊，到那时候，香薰精油都变成臭薰精油了。王小才说，那我就更好好地念书，跳级。王才说，你跳级，你跳得起来吗，你跳得了级，我也念得了大学了。其实王才对王小才一直抱有很大期望的，王小才至少到五年级的时候，还没有辜负王才的期望，王才也一直是以王小才为荣的。但是因为出现了这本账本，将王才的心弄乱了，他看着站在他面前拖着两条鼻涕的王小才，忽然觉得，这小子靠不上，要靠自己。

王才决定举家迁往城里去生活，也就是现在大家说的进城打工。只是别人家更多的是先由男人一个人出去，混得好了，再回来带妻子儿子。也有的人，混得好了，就不回来了，甚至在城里另外有了妻子儿子，也有的人，混得不好，自己就回来了。但王才与他们不同，他不是去试水探路的，他就是去城里生活的，他决定要做城里人了。

说起来也太不可思议，就是因为账本上的那四个字"香薰精油"，王才想，贼日的，我枉做了半辈子的人，连什么叫"香薰精油"都不知道，我要到城里去看一看"香薰精油"。王才的老婆不同意王才的决定，她觉得王才发疯了。但是在乡下老婆是做不了男人的主的，别说男人要带她进城，就是男人要带她进牢房下地狱，她也不好多说什么。王小才的态度呢，一直很暧昧，他只觉得心里慌慌的、乱乱的，最后他发出的声音像老鼠那样吱吱吱的，他说，我不要去，我不要去。可是王才不会听他的意见，没有他说话的余地。

王才说走就走，第二天他家的门上就上了一把大铁锁，还贴了一张字条，欠谁谁谁3块钱，欠谁谁谁5块钱，都不会赖的，有朝一日衣锦还乡时一定如数加倍奉还，至于谁谁谁欠王才的几块钱，就一笔勾销，算是王才离开家乡送给乡亲们的一点心意。王才贴字条的时候，王小才说，如数加倍是什么意思？王才说，如数就是欠多少还多少，加倍呢，就是欠多少再加倍多还一点。王小才说，那到底是欠多少还多少还是加倍地还呢。王才说，你不懂的，你看看人家的账本，你就会懂一点事了。其实王小才还应该捉出王才的另一些错误，比如他将一笔勾销的"销"写成了"消"，但王小才没有这个水平，他连"一笔勾消"这四个字还是第一次见到。

除了衣服之外，王才一家没有带多余的东西，他们家也没有什么多余的东西。只有自清的那本账本，王才是要随身带着的。现在王才每天都要看账本，他看得很慢，因为里边有些字他不认得，也有一些字是认得的，但意思搞不懂，就像香薰精油，王才到现在还不知道它是什么。

在车上，王才看到这么一段："周日，快过年了，街上的人都行色匆匆，但精神振奋，面带喜气。下午去花鸟市场，虽天寒地冻，仍有很多人。在诸多的种类中，一眼就看中了蝴蝶兰，开价800元，还到600元，买回来，毓秀和蒋小冬都喜欢。搁在客厅的沙发茶几上，活如几只蝴蝶在飞舞，将一个家舞得生动起来。"

后来王才在车上睡着了，他做了一个梦，梦见一只蝴蝶对他说，王才，王才，你快起来。王才急了，说，蝴蝶不会说话的，蝴蝶不会说话的，你不是蝴蝶。蝴蝶就笑起来，王才给吓醒了，醒来后好半天心还在乱跳，最后他忍不住问王小才，你说蝴蝶会说话吗？王小才想了想，说，我没有听到过。

这时候，他们坐的车已经到了一个火车小站，在这里他们要去买火车票，然后坐火车往南，往东，再往南，再往东，到一个很远的城市去。中国的城市很多，从来没有出过门的王才，连东南西北也搞不清的王才，怎么知道自己要到哪个城市呢？毫无疑问，是自清的账本指引了王才，在自清的账本的扉页上，不仅记有年份，还工工整整地写着他们生活的城市的名称。他写道：自清于某某年记于某某市。

　　在这里停靠的火车都是慢车，它们来得很慢。在等候火车到来的时候，王才又看账本了，他想看看这个记账的人有没有关于火车的记载，但是翻来翻去也没有看到，最后王才"啪"地打了一下自己的嘴巴，说，你真蠢，人家是城里人，坐火车干什么？乡下人才要坐火车进城。

　　其实自清最后还是去了一趟甘肃。当然，他是借出差之便。他和王才一家走的是反道，他先坐火车，再坐汽车，再坐残疾车，再坐驴车，最后在甘肃省的西部找到了小王庄，也找到了小王庄小学，最后也知道了自己的账本确实是到了小王庄小学，是分到了一个叫王小才的学生手里，王小才的家长还对此有意见，还跑到学校来论理，最后还在乡教育办拿了另一本书作补偿。自清这一趟远行虽然曲折却有收获，可是他来晚了一步，王小才的父亲带着他们全家进城去了。他们坐的开往火车站的汽车与自清坐的开往乡下的汽车，擦肩而过，会车的时候，王才正在看自清的账本，而自清呢，正在车上构思当天的账本记录内容。但他在车上的所有构思和最后写下的已经不是一回事了，因为在车上的时候，他还没有到达小王庄。

　　这一天晚上，自清在小旅馆里，借着昏暗的灯火，写下了以下的内容："初春的西部乡村，开阔，一切是那么宁静悠远。站在这片土地上，把喧嚣混杂的城市扔开，静静地享受这珍贵的平和。我到小王庄小学的时候，校长不在学校，他正在法庭上，他是被告，学校去年抢修危房的一笔工程款，他拿不出来，一直拖欠着。校长当校长第四个年头，已经第七次成为被告。中午时分，校长回来了，笑眯眯地对我说，对不起，蒋同志，让你等了。他好像不是从法庭上下来。平静，也许是因为无奈，也许是因为穷困，才平静。我说，校长，听说你们欠了工程款，校长说，本来我们有教育附加费，就一直寅吃卯粮，就这么挪下去，撑下去，现在取消了教育附加费，挪不着了，就撑不下去了。我说，撑不下去怎么办？校长说，其实还是要撑下去的，学校总是要办的，学生总是要上学的，学校不会关门的，蒋同志你说对不对。面对贫困的这种坦然心态，在日新月异的城市里是很难见着的。今天的开支：旅馆住宿费：3元，残疾车往：5元（开价2元），驴车返：5元（开价1元）。早饭：2角，玉米饼两块，吃下一块，另一块送给残疾车主吃了。晚饭：5角，光面三两。午饭：5角（校长说不要付钱，他请客，还是坚持付了，想多付一点，校长坚决不收），和小学生一起吃，白米饭加青菜，还有青菜汤。王小才平时也在这里吃，今天他走了，不知道今天中午他在哪里吃，吃的什么。"

自清最后在王小才家的门上，看到了那张字条，字写得歪歪扭扭，自清以为就是那个分到他的账本的小学生写的，却不知道这字是小学生的爸爸写的。虽然王小才已经念到五年级，他的爸爸王才才四年级的水平，平时家里的文字工作，都是由王小才承担的，但这一回不同了，王才似乎觉得王小才承担不起这件事情，所以由他出面做了。

自清最终也没有找回自己丢失的账本，但是他的失落的心情却在长途的艰难的旅行中渐渐地排除掉了。当他站到那座低矮的土屋前，看到"一笔勾消"这四个字的时候，他的心情忽然就开朗起来，所有的疙疙瘩瘩，似乎一瞬间就被勾销掉了，他彻底地丢掉了账本，也丢掉了神魂颠倒坐卧不宁的日子。于是，他放放心心地出完这趟公差，索性还绕道西安游览了兵马俑和黄帝陵。

　　自清从大西北回来，看到他家隔壁邻居的车库里住进了一户外来的农民工家庭。在自清住的这个小区里，家家都有车库，有些人家并没有买车，或者车是有的，但那是公车，接送上下班后，车就走了，不停在他家，这样车库就空了出来，有的人家就将车库出租给外来的人住。

　　这个农民工就是王才。王才做的是收旧货的工作，所以他和小区里的人很快就熟悉起来。天气渐渐地热了，有一天自清经过车库门口，看到王才和他的妻子在太阳底下捆扎收购来的旧货，他们满头大汗，破衣烂衫都湿透了。小区里有一只宠物狗在冲着他们叫喊，小狗的主人要把小狗牵走，还骂了它。王才说，不要骂它，它又不懂的。狗主人说，不懂道理的狗东西。王才说，没事的，它跟我们不熟，熟了就不叫了，狗都是这样的。下晚的时候，自清又经过这里，他看到他们住的车库里，堆满了收来的旧货，密不透风。自清忍不住说，师傅，车库里没有窗，晚上热吧？王才说，不热的。他伸手将一根绳线一拉，一架吊扇就转起来了，呼呼作响。王才说，你猜多少钱买的？自清猜不出来。王才笑了，说，告诉你吧，我捡来的，到底还是城里好，电扇都有的捡。自清想说什么却没能说出来。王才又说，城里真是好啊，要是我们不到城里来，哪里知道城里有这么好，菜场里有好多青菜叶子可以捡回来吃，都不要出钱买的。王才的老婆平时不大肯说话的，这时候她忽然说，我还捡到一条鱼，是活的，就是小一点，鱼贩子就扔掉了。自清说，可是在乡下你们可以自己种菜吃。王才说，我们那地方，尽是沙土，也没有水，长不出粮食，蔬菜也长不出来，就算有菜，也没得油炒。自清从他们说话的口音中，感觉出他们是西部的人，但他没有问他们是哪里人。他只是在想，从前老话都说，金窝银窝，不如自家的狗窝，但是现在的人不这么想了，现在背井离乡的人越来越多了。

王才和自清说话的时候，是尽量用普通话说的，虽然不标准，但至少让人家能听懂大概的意思，如果他们说自己的家乡话，自清是听不懂的。后来他们自己就用家乡话交流了。王小才从民工子弟学校放学回来的时候，王才跟王小才说，我叫你到学校查字典你查了没有？王小才说，我查了，学校的大字典有这么大，这么厚，我都拿不动。王才说，蝴蝶兰是什么呢？王小才说，蝴蝶兰就是一种花。王才说，贼日的，一朵花也能卖这么多钱，城里到底还是比乡下好啊。

这些话，自清都没有听懂，但他听出了他们对生活的满意。后来他们还说到了他的账本，他们感谢这本账本改变了他们的生活，让他们从贫穷的一无所有的乡下来到繁华的样样都有的城市。自清也一样没有听懂，他也不知道现在王才每天晚上空闲下来，就要看他的账本，而且王才不仅看自清的账本，王才自己也渐渐地养成了记账的习惯。王才记道："收旧书本35斤，每斤支出5角，卖到废品收购站，每斤9角，一出一进，净赚4角×35斤，等于14元整。到底城里比乡下好。这些旧书是住在楼上那个戴眼镜的人卖的，听说他家的书多得都放不下了，肯定还会再卖。我要跟他搞好关系，下次把秤打得高一点。"

一个星期天，王小才跟着王才上街，他们经过一家美容店，在美容店的玻璃橱窗里，王才和王小才看到了香薰精油。王小才一看之下，高兴地喊了起来，哎嘿，哎嘿，这个便宜哎，降价了哎，这瓶 10 毫升的，是 407 块钱。王才说，你懂什么，牌子不一样，价格也不一样，便宜个屁，这种东西，只会越来越贵，王小才，我告诉你，你乡下人，不懂就不要乱说啊。

网船小调

南天荡头白浪浪，

风里雨里苦难当，

哥哥打鱼不见归，

姐姐心里好凄伤。

　　这就是网船小调。有段时间杨湾的小孩几乎都会唱网船小调。杨湾是南方城乡间的某一个小镇。网船小调以苏北民歌为基本曲调，配以渔谣作歌词。杨湾的小孩唱网船小调，有时也会根据某种需要改动歌词，比如需要攻击什么人的时候，便把"哥哥打鱼不见归"改成"××打鱼不见归"，把"姐姐心里好凄伤"改成"×× 心里好凄伤"。就这样网船小调走进了杨湾的大街小巷。

　　网船小调没有什么特别的地方，和其他叹苦经的民歌渔谣一样，也有种悲伤的味道。拿一首以悲哀为主调的渔谣放在故事的开头，是不是意味着故事本身的悲剧性呢，这很难说，谁也不知道悲剧什么时候发生，或者喜剧什么时候发生。网船小调绝对没有暗示和象征什么。网船小调仅仅是首网渔船上的打鱼人随意哼唱的小调而已。

在南方城乡，网渔船上的人现在大都有固定的住处。在杨湾，这块固定的地方叫二十间。二十间在杨湾北栅头，从前是通渭河边的一块河滩空地。网渔船停在通渭河里，有二十几只船，这无疑是一队很小的船阵。大的连家船多到一二百艘也是有的，当然那样的阵势就不适宜停在小河浜里，总是在大的湖面上，在苏南讲起来，大的湖面类似太湖。

有段时间，网渔船中的人都到陆上定居，出于自愿还是出于某种需要，这并不重要。打鱼人有了固定的住处，事实上是件好事，这是问题的关键。

这样停泊在通渭河上的二十几户船家，就成了杨湾镇北栅头二十间的居民。二十间这个地名如果修街巷桥梁志需要追溯起因显然是不难考证的。二十间在杨湾这样富足殷实的古镇，无疑是一个比较低下的角落。而二十间这样的叫法，本身同杨湾的许多古意盎然的地名比如百花洲、歌薰桥、窦妃园什么，显然是不协调的。不必否认，现在的二十间已经不是从前的二十间，砖木结构和水泥制件结构的住房取代了从前的"旱船"和"滚地龙"，住宅总数无疑也大大超过了二十间，这样的变化速度，与杨湾其他街巷相比，显然是快的。但问题是二十间仍然是二十间，这点同样不可否认。二十间的地名和二十间的地位一样，没有改变。

通渭河根本上是与太湖水相接。但从前通渭河的渔民，却不是正宗的太湖渔民，他们是在清末民初，或者更晚的一点时候，从苏北逃难来的。当然，说到底太湖渔民的先祖是北宋水师，如果说北宋水师后来成为南宋水师，他们兵败之后，在太湖以战船为家，捕鱼为生，繁衍了子子孙孙的太湖渔民，这样的说法只要有根据，也是可信的。但问题是北宋水师、南宋水师的事毕竟太遥远了，即使事实如此，现在的太湖渔民恐怕早已南徙了。对杨湾二十间的居民来说，背井离乡只是两三代人的事，经过百十年的变迁，他们也许适应了南方的种种生活习俗，但仍然乡音未改。这样才可能在南方小镇杨湾流传以苏北民歌为主音的网船小调。

现在二十间的居民，已经结束了颠沛流离时的打鱼生涯，但这并不排除仍然有为数不少的青壮年夫妇，只是把老人和小孩安顿在二十间，自己仍以捕鱼为业，这是传统所致，或者是生计所迫，或者是习性所喜，都无关紧要。

花了许多笔墨写网船人上岸的事情，是不是用来作故事背景呢，应该说是的，接下来是不是就要讲二十间的故事了呢，这不用怀疑。但有一点需要说明的是，二十间既然在杨湾，二十间就不可以脱离杨湾，就像二十间不可能脱离通渭河一样。所以二十间既非古老又非近几年的故事，说到底也就是杨湾故事。

在南方初秋的某个早晨，一个孩子心不在焉慢悠悠地朝某个方向走，当然说方向只是看上去有一个方向，也可能他心里并没有什么明确的方向。他嘴里嚼着什么东西，同时在唱一支歌，这支歌无疑是网船小调。这时候孩子的心境比较平和，他不需要攻击什么人或者咒骂什么人，所以他唱的是原版网船小调。歌词是这样的：南天荡头白浪浪，风里雨里苦难当，哥哥打鱼不再归，姐姐心里好凄伤。

　　这和拿来做故事开头的网船小调是有点差异的。孩子根据他自己对网船小调的理解稍作改动，或者孩子并不明白网船小调，他只是跟着别人唱所以咬错了个别的字，或者孩子根本是无意识的，说到底网船小调只是随意哼唱的小调，本来是不必很顶真的，孩子看上去就不很顶真。

　　这时候，有个爆竹炸响了，孩子被震动了。他判断了一下，敢肯定声音是从二十间那个方向传来的，孩子笑起来。二十间在孩子心里有一种奇怪的感觉，可以说有条感情的纽带维系着孩子和二十间，更确切地说，是有一种血缘关系连接着孩子和二十间。二十间的一个女人在杨湾的医院生下孩子，由杨湾一家胡姓人家领养了他，事情就是这样，简单而且明了。一个女人出于某种原因抛弃了自己的孩子，这并不能从根本上改变她作为母亲的事实，这事实孩子并不明白。

　　另外有几个孩子从后面追上来，他们超过他往前走的时候，对他说："快走呀，二十间今天哭七。"

　　孩子点点头，表示他知道这件事。

　　二十间死了人，是一个有了玄孙辈的老人，所以在做道场哭七的时候要放爆竹。孩子走到二十间，爆竹的硝烟味还没有散尽。孩子不大喜欢闻这种味道。办丧事的人家，有十几个穿着灰色和黑色长袍的道士，他们敲打着一些什么器具，发出叮叮咚咚的声音，他们唱着一种奇怪的含混不清的歌，在孩子听起来就像不断地在唱："嗯哩嗯哩嗯哩嗯哩……"孩子觉得不可思议，他不明白为什么要这样做，他觉得唱"嗯哩嗯哩……"还不如如唱网船小调好听。在他这般年纪，还不明白什么叫仪式。

孩子站了一会儿，觉得没有意思，他走开了，他去看一个叫王秀花的女人。

王秀花是个老女人。其实说孩子去看王秀花，这样的说法不很确切，孩子其实是去看王秀花爆哈哈米。

王秀花有一台爆米机，但是她不像别的爆米花，的人那样，用小车子推着到处喊"爆米花啰"。她总是坐在家里等。对这一点孩子心中非常满意，这样不管在什么时候，只要他想看爆米花，就可以到二十间来看。

爆哈哈米是件很奇怪的事情，孩子始终不明白。米从漏斗下去，很快从下面的圆孔钻出来，就已经变成又香又脆的哈哈米了，这实在是很神奇，很令人愉快的。孩子从前也很喜欢看爆米花，但爆米花要看一只手单调地摇几百次，还要火烧得很旺，最后还得承担叫人心惊肉跳的一声"响啦——砰"。爆米花的戏法在肚子里变，孩子看不明白，这不奇怪；但是爆哈哈米的戏法就在眼皮底下，孩子也看不明白，他就感觉出哈哈米的神奇来。

关于哈哈米究竟是什么，孩子曾经和别人争论过，别人认为哈哈米就是爆米花，虽然不完全一样，但基本上是一样的，孩子则认为哈哈米不是爆米花，他以为哈哈米和爆米花是不一样的。

王秀花看见孩子走过来，便对他说："你怎么老是唱这支歌。"

孩子唱网船小调的时候，他就像是位一心一意的打鱼人，完全是随意哼唱的，他也可能并不知道自己在唱什么，所以他听了王秀花的话，觉得不理解。他问王秀花："你说什么？"

王秀花说："其实我也会唱的，我唱给你听听。"

孩子想说我不要听，可是王秀花已经唱了，歌词是这样的：南天荡头白浪浪，风里雨里苦难当，哥哥打鱼早早归……

孩子说："不对，不是哥哥打鱼早早归，是哥哥打鱼不再归。"

王秀花说："你照你的唱，我照我的唱，为什么非要唱得一样。"

孩子想了想，点点头，觉得王秀花说得有道理。

王秀花看看小孩，说："这支调子，我还是跟先生学的呢。"

孩子说："什么先生？"

王秀花说："你这个人，先生也不晓得，就是老师呀。我告诉你，这支调子，本来就是他编的，根本不是网船上人唱的，网船上的人，不会唱的。"

这应该算是条新闻。

在这以前，杨湾的大人孩子大概都以为网船小调是网船上的人唱出来的。但是孩子对这条新闻并没有什么很大的反应。

孩子说："噢。"

王秀花叹了一口气说："你只会'噢'。"

孩子笑了一下，说："你说先生，是你的老师吗？"

王秀花说："我哪里有先生呢，我哪里有福气跟先生呢。他是小孩子的先生，我们都叫他先生的，其实那时候他很年轻的。"

孩子好像很想见一见这位编唱网船小调的年轻先生，他脸上有一种向往什么的神情，他问王秀花："他是谁？"

王秀花没有回答，她只是奇怪地笑了一笑，说："你认得的。"

这时候有人来爆哈哈米，王秀花就不再和孩子讲话了。

来爆哈哈米的是个女人，她是位老护士，在杨湾医院妇产科接下的第一个婴儿今年已经四十岁了，她一直和他保持着联系。当然在杨湾这样的小地方，四十年保持联系也许并不很困难。老护士年轻时，在她刚刚当上妇产科护士时，也有过美好的理想，她要和她接生的所有孩子保持联系，这个愿望后来没能实现。漂亮的文静的微笑的小护士现在已经变成一个疲惫不堪的毫无光彩的老护士了。

老护士是来给孙子爆哈哈米的。她现在常常要发脾气，在她当班接生时和她做家务的时候。唯有为她孙子服务，她是愉快和自觉的。

王秀花看见老护士，她就笑起来，这不仅是因为老护士给她带来这一天的头一个生意，主要是因为她和她熟悉。在杨湾二十间，大家都认识老护士，也都认识王秀花。

老护士看看站在一边的孩子，问王秀花："这是谁家的孩子？"

王秀花说："是胡逸民家的。"

老护士"噢"了一声，然后她又看看孩子，说："这么大了，一转眼。生下来的时候，被我打屁股的。"

孩子不好意思地笑了。

老护士也笑了一下，说："长得挺秀气啊。"

王秀花看看孩子，说："男孩子长得秀气不好。"

老护士说："那也不一定，他现在不是很好么。"

王秀花说："好是好，但总归有点……"她看见孩子在注视她，她就不说了。然后就发动机器爆哈哈米。

孩子盯着那个小孔，很快就有雪白的长长的哈哈米从小孔里不断地伸出来，由老护士根据自己的需要把它掐成一段一段的，放在篮子里。孩子真希望她不要掐断它，让它一直延伸下去，他想象不出那将会怎么样，但他明白不掐断永远延伸下去是不可能的。

孩子专心致志地看爆哈哈米，他又哼起了网船小调。孩子的声音并不响亮，因为爆哈哈米的声音很大，孩子的声音几乎被吞没了。在爆米机停下的时候，孩子就十分清晰地唱了出来。

孩子的声音因为稚嫩，听上去好像有点颤抖，加上歌词的悲伤色彩，使两个老女人心里都有点触动。她们看看孩子，老护士叹了口气，她回忆起孩子的母亲阵痛的时候，好像也这样唱的。

老护士抓了几根哈哈米给孩子，孩子摇摇头，说："我就看看，我不吃。"

王秀花说："别人家的小孩看了两次就不要看了，这个孩子很奇怪，老是看不够，他从来不吃，他不馋。"

老护士说："胡家条件很好的，有的吃，是不是？"

王秀花说："我不晓得。"

老护士又说："看上去他很聪明，他是不是已经知道了？"

王秀花摇摇头，说："他大概不知道，不作兴跟小孩说的。"

老护士点点头，她和王秀花的观点一致，认为不该让小孩知道的事就不该让小孩知道。

孩子并不明白她们在说什么，他根本就不想知道。他是一个很正常的孩子，既不特别聪明，也不特别笨，只是他对爆哈哈米的兴趣稍微有点奇怪。

后来老护士就带着哈哈米走了，她的孙子在家里等她。

老护士走了以后，孩子问王秀花："她刚才是不是说我母亲也会唱'南天荡头'。"

王秀花说："她说的，我也不晓得。"

孩子"噢"了一声。

王秀花说:"你怎么不去看哭七,哭七要抛团子,你不去抢团子吃?"

孩子不喜欢看哭七,他也不喜欢吃团子,他只是想看爆哈哈米。他又等了一会儿,后来一直没有人来爆哈哈米了。

这大概是初秋的某个节假日或者星期天,孩子不去上学,他可以不急不忙地去二十间看爆哈哈米,也可以到杨湾的任何地方转一转。

在二十间刚刚出现在小镇杨湾北栅头的时候,二十间和杨湾之间无疑是有一段距离的,以后这一段距离就由通渭河农贸市场填补了。如果有人认为是通渭河农贸市场连接了二十间和杨湾,这样的说法是很有道理的。

自从有了二十间,网渔船上的人就有了固定的住处。当然他们中间也只有一部分人上岸定居、工作,彻底地脱离了网渔船,他们中间的另一部分人仍然以打鱼为生,他们只是在某些时候在二十间居住,更多的时间仍然架着小船到处漂泊,他们打到鱼虾,就拿到通渭河农贸市场来卖。小镇杨湾的居民就到通渭河农贸市场买活鱼活虾,就这样农贸市场发展起来,也是可想而知的事情。

小镇杨湾的人和别的地方的人一样,他们都认为人心一杆秤是最灵的,但有时人心这杆秤也会失准,所以在通渭河农贸市场就设立了公秤处,由一个残疾人看管这架公秤。

孩子从二十间王秀花那里走出来,他走到农贸市场。孩子是来看公秤的。孩子常常到这里来看这台电子显示数字的公秤,这和他常常去看王秀花爆哈哈米一样，他只是百看不厌，要问为什么，恐怕连他自己也说不清。小孩子的心理有时候是很奇怪的。

孩子因为常常来看公秤，所以他和看秤人熟悉了。关于看秤人的年纪，孩子捉摸不透，他听见有的人叫他"老刘"，有的人叫他"小刘"，孩子认为这两种称呼都不恰当，叫他老刘嫌小了点，叫他小刘又嫌老一点，孩子自己也不知道应该称呼他什么最合适，孩子心里只是称他"刘"。

刘穿着和大家一样的裤子、袜子、鞋子，但是孩子知道，刘的两条腿是假的，刘有次卷起裤管让孩子看过，孩子感到触目惊心。

现在是初秋的某个早晨，孩子在嘈杂的农贸市场慢慢地走着，他哼唱着网船小调。孩子看见二十间的一些打鱼人在地上摆着大脚盆，许多鱼在脚盆里挤来挤去，挣扎跳跃，他看见有条鱼半天没有动。

孩子说："这条鱼死了。"

二十间的渔人说："没有死。"他把鱼抓起来，放在旁边的清水桶里，鱼又游动了。孩子笑了一下。

二十间的渔人和孩子开玩笑，他们说："你快回去吧，你妈妈又生小弟弟了，要送人了。"

孩子没有理睬他们，不过他并没有生气，他知道他们跟他开玩笑并没有什么恶意，他们只是寻寻开心而已，孩子还觉得他们想在玩笑中告诉他一点什么，但他不能明白。

根本不可能的，孩子妈妈不可能生一个小弟弟，这个孩子心里很明白。

孩子离开了二十间的渔人，他慢慢地朝公秤处走去。

刘在拥挤的人群中很快就看见了孩子。刘每次看见孩子心里总是有点不平静，刘好像很想告诉孩子一点什么，但他从来没有告诉过孩子什么。

孩子走近的时候，刘朝他笑笑，孩子也对刘笑笑，他们中间像有一种默契。

有人来复称，孩子盯住显示屏上的数字，他念了出来。

复称的人走了后，孩子问刘："这公秤很准吗？"

刘说："应该是很准的。"

孩子问："它会不会出毛病呢？"

刘很难回答这个问题，电子秤出毛病是常有的事，但如果称出了毛病，公秤就不公了，他不好回答。

孩子在刘的身边站了一会儿，他怜惜地注视着刘的两条腿，又哼唱起网船小调来。刘听见孩子哼唱，问他："你很喜欢这支小调是吗？"

孩子因为总是在无意之中哼唱网船小调，他并不明白刘问他喜欢什么，所以他反问刘："你说什么？"

刘说："就是你唱的网船小调。"

孩子说："噢。"

刘说："是不是这样的？"刘自己唱了起来，"南天荡头白浪浪，风里雨里苦难当，哥哥打鱼几时归，姐姐心里好凄伤。"

歌词好像也有些出入，但孩子认为这无关紧要。孩子点点头，说："王秀花说这支歌是一位年轻的先生编的，她说是先生，先生就是老师。"

刘心里热了，他很想告诉孩子，他就是那个年轻的先生。当然刘不能告诉孩子，孩子是一个无底洞，告诉了一，他会问二，让孩子知道得太多，并没有好处。

刘想起自己从前生龙活虎的样子，他当然再也不可能回到从前。刘在十九岁的时候很活跃，他要求到连家船上去教书。在连家船上教书是很苦的，老师要跟着船走。刘回想起网船小调就是那时编出来的。

后来决定建造二十间，刘很开心，他不希望再看到打鱼人遭受流浪颠簸之苦和翻船覆舟之灾。这不仅因为刘是一个心地善良的人，刘那时候看中了一个渔家姑娘，他想和她结婚。刘虽然愿意上船教书，但他大概没有一辈子留在船上的想法，这很正常。

刘那时候很不明白，渔船上的人为什么不喜欢专门为他们的安定和安全而建造的二十间，就像杨湾的人不明白刘怎么会喜欢渔船上的女人。

一个人在年轻时，不明白的事一定是很多的，孩子现在也有很多不明白的事。孩子看到刘陷入某种情绪，沉默不语，便问："你的腿是怎么断的？"

这个问题孩子已经问了好多遍，刘的回答总是不能使他满意。刘总是说被房梁砸断的。

刘并没有说谎，但是刘说得不够具体，所以孩子不满意。

刘觉得他不可能具体地说。

刘心想，其实我可以告诉他我救了一个人，可是那个人却离开了我，孩子会问那个人是谁，他现在在哪里，他后来怎么样，这些问题我就不能告诉他了。

事故并不是突然降临的。二十间的居民总是认为二十间这个地方不好。二十间在成为二十间之前并不是坟地，也没有别的什么不祥的象征和暗示。二十间只是通渭河边的一块空地，什么也没有。二十间的居民坚持认为二十间不好，是不是有什么根据呢，当然没有。其实二十间的居民不只是认为二十间这地方不好，他们甚至认为整个杨湾都不好，认为驾着船在河上漂泊才是最安逸最舒适的，所以在二十间刚刚建造起来的几年里，真正在二十间定居的人是不多的。

刘那时候很不理解渔民的这种愚蠢的固执，他觉得这是渔家愚昧无知造成的迷信思想，刘后来对他们失去了信心，他只是希望他爱的渔家姑娘留下来。但是渔家姑娘也不能留下来，她对刘说，我不能住在二十间，我住在二十间，心里就有一种不安的感觉。

刘很伤心。伤心的结果是渔家姑娘让了步，她决定上岸居住，不再以打鱼为生，她不再盘腿坐在船板上，也不再弯腰屈背在船头小行灶上煮鱼汤，她要进杨湾镇办并线厂，开始过另一种生活。

现在来回想当时的心情，刘仍然觉得有一种甜蜜的东西可以回味。

如果没有事故发生，刘当然很快就会和渔家姑娘结婚成家，这样的发展和结果完全正常，但是后来发生了事故。

事故的发生好像是有预兆的。在渔家姑娘进并线厂工作的第一天，她家的小船要开走了。她的母亲临走时说："我再劝你一遍，要跟我们走，你不能留在二十间。"

刘那时有点急躁，说："她的主意已经定了，你们不要再拉她了。"

渔家姑娘的母亲不和刘说话，她又问自己的女儿。

　　当时渔家姑娘心里很乱，但是由于刘的坚持，终于没有听从母亲的劝告，她没有跟船走。

　　小船开走以后，渔家姑娘流眼泪了。刘说你不要伤心，我会对你好的。刘的话是可信的，刘这个人是可靠的。可姑娘流着眼泪说，现在船已经过了南天荡口了。

　　刘说是的，大概已经过了。悲剧就是这时候开始的，刘听见头顶上房梁吱嘎作响，他抬头一看，发现房梁断裂，正在往下砸。刘大叫一声，他用力推开了姑娘，房梁砸在他的腿上。

　　刘也许是能逃脱的，但他把逃脱的希望推给了渔家姑娘。

　　房梁的断裂据说和房梁的质量、房屋的设计、建房的水平都没有直接的关系。房梁的断裂完全是一个偶然的事故。房梁的断裂不仅导致了刘的双腿断裂，还导致了刘的爱情断裂。

　　渔家姑娘又回到网渔船上去了。她在走之前对刘说，你不应该推我，本来是砸我的，我不应该住在这里，你如果愿意跟我走，我会永远和你在一起的。

　　刘当然不能跟她走，刘已经没有自己的双腿了。

　　这对刘太不公平，渔家姑娘离去的事实，使杨湾小镇的人更加坚定了他们对网船的看法。

　　但是刘却不这么想。刘是怎么想的，别人并不知道，只是刘在断了双腿后，好像反而变得平静了。刘在养伤的时候，常常哼唱他自己编的网船小调，他试图给网船小调编出第二段和第三段，但是编不出来，唱来唱去仍然是那样四句：

　　南天荡头白浪浪，风里雨里苦难当，

哥哥打鱼不见归，姐姐心里好凄伤！

刘后来才明白，网渔小调是不能改动、加减的，刘明白了这是一种不可改变的定数，就像通渭河永远只能在二十间的北边，而不能到二十间的南边来。

刘现在坐在公秤处，总是朝着通渭河的方向。

孩子在离开通渭河农贸市场时，他回头看了一下刘，他看见刘始终朝着通渭河的方向。

刘是不是在等待什么呢？

关于这一点孩子是不可能明白的。

孩子大概在上午十点左右回家，他先看见家门口有一网袋活鱼，然后他走进家门，见一位背着小孩的网渔船上的女人坐在他家里。孩子认识她，母亲吩咐孩子叫她船娘，孩子曾经觉得这个称呼很有意思。

孩子发现女人的眼睛很红，她好像在哭，孩子说："你又来送鱼了。"

船娘看看孩子，她笑了一下。她的脸很黑，皮肤很粗糙，她和孩子的母亲坐在一起，更加显出她是一个网渔船上的人。

孩子的母亲问："一大早你跑到哪里去了？"

孩子没有回答，只是说："妈妈，我饿了。"

母亲怜爱地说："你自己去吧，灶屋里有点心。"

孩子的家很大，是新房子。孩子跑到灶屋里吃了一块蛋糕，他听见船娘在哭。

　　"作孽，作孽，怎么不计划生育呢……"母亲接着又说："孩子这么小，你怎么舍得？"

　　船娘尴尬地说："那几年谁也不管，多生了几个，可如今来不及啦……现在几个大一点的，都有点懂事了，不肯走。还是阿六吧，他还不懂事。"

　　母亲说："人家是有的，有几家呢，条件也和我们差不多，要求也不高，就是不能让小孩知道。"

　　船娘说："这个要求其实是很高的。"

　　母亲说："没有办法的，你再考虑考虑。"

　　船娘又哭了几声，然后她说："我没有办法，他死了以后，我一个人拖不动这么多了。"

　　母亲说："到底是怎么出事的？"

　　船娘说："就是这个小冤家害的。小冤家掉下河了，他把小孩托起来，自己沉下去了，好像被拖了脚。他的水性是很好的。"

　　母亲叹着气说："你这个人真是的，苦命，往后你一个人怎么弄呢？你不如上岸找个工作，叫老胡帮你找个工作。"

　　船娘一时没有说话。

　　孩子一边吃蛋糕一边从灶屋里出来。母亲和船娘看见孩子，她们互相看了一眼。孩子觉得她们的眼睛在说话，但是孩子不懂。

　　孩子对大人间的说话没多大兴趣，走了出去，一时不知该朝哪个方向走，便在门口站了一会儿，忽听见母亲说："其实他是个好人，大家都说他还在等。"

　　船娘说："等得到什么呢！"

　　孩子到巷口玩了一会儿，见船娘走出来，便跟在她背后，一直走到拐弯的地方，才被船娘发现。

孩子说："我跟你到船上去玩玩。"

船娘说："你不要去了，你妈妈要找你的。"

孩子不说话，他只是跟在船娘后面，船娘一边走一边回头看他，她听见孩子哼起了网船小调。

这就使船娘有点疑惑，孩子为什么在这时候唱这个小调呢，他是有意还是无意呢？船娘看了孩子一眼，又看不出孩子有什么用心。

孩子当然没有什么用心，他总是随意哼唱，所以当船娘问他你是不是很喜欢唱这支小调，孩子并不明白她问的是什么。

船娘背上的小婴孩嗯哩嗯哩嗯哩地哭了，船娘拍拍他的屁股，然后也唱起网船小调来。

小婴孩听见船娘唱歌就不哭了。孩子觉得很开心，便问船娘："你也会唱吗？二十间的大人都会唱，我听见王秀花也唱的。"

孩子跟着船娘穿过通渭河农贸市场，很想从公秤处那边走，但是船娘走了另一边。孩子有点遗憾，他始终跟着船娘，没有看见刘。

孩子跟着船娘走过农贸市场又走过二十间，船娘的船停在二十间北面通渭河的码头上。

走近那只小船，孩子发现船头上有一群男孩子，共有五个，其中有两个被绳子拴着，另外三个稍大一点，可以自由活动，他们都很脏。

船娘把孩子抱上船头。船娘看看这个孩子和那五个孩子，叹了口气。

孩子问船娘："这都是你的孩子吗？"

船娘点点头，她背上还有一个呢！

船娘上船后，她放下背上的婴孩，舀了河水淘米、煮饭。河水很脏很浑，颜色有点发黑。孩子说："这水能吃吗？"

船娘仍然没有回答，她从口袋里摸出一把糖来，分给船头上的小孩子。船娘问孩子吃不吃，孩子说不吃。船娘说："你是不要吃的。"

孩子伸头朝船舱里看看，舱里像鸡窝，垫着稻草，只有一条棉被。孩子闻到一股异味，他皱了皱眉头，对船娘说："你的船真小，为什么要住在船上？"船娘说："我不住在船上住在哪里呢？"

孩子说："你有地方住，我知道二十间王秀花隔壁的空房子是你的，你为什么不去住，你们是不是很喜欢住在船上？"

船娘勉强地笑了一下，她没有说是或不是。

船动摇起来，孩子晃了一下，他说："你们的船开出去，要是碰到刮大风怎么办呢？"

船娘说："我们到避风港躲一躲。"

孩子问："避风港很远吗？"

船娘说："是很远。"

孩子说："你带我去避风港好吗？"

船娘沉下脸来，她说："你不能去。"

孩子指指船头上的六个小孩说："他们能去，我怎么不能去？"

船娘说："你跟他们不一样。"

孩子固执地说："一样的。"

船娘不再理睬孩子，她钻进船舱去。孩子在船头站立了一会儿，他看看那六个爬来爬去的小孩，虽然不能跟船到避风港去，但孩子并不失望。

孩子上岸去了，他没有跟船娘讲再见。

走出一大段，孩子回头朝船上看，他发现船娘已经从船舱里出来，坐在船尾上，朝一个方向看着。

孩子判断了一下，以为船娘对着的方向，是通渭河农贸市场。

船娘是不是在等待什么呢?

可是船娘自己说过能等到什么呢!

孩子有点幸灾乐祸地想，你什么也等不到。

孩子慢慢地往回走，初秋的太阳照在身上不冷也不热，他的心情是很舒畅的，又哼唱起了网船小调。

孩子还小，他并不明白网船小调有一种感伤的味道，和阳光明媚的气氛是不协调的。

对于孩子，也许还是不明白的好。

啊，*303*！

"咦，嘻嘻，303，我们那儿303是火化场的代号。"这是雷磊。她的风格是柔，笑起来也那么柔和，和她的外形和谐、协调。

"哪里，我们县城303是派出所……"身材适中的樊清，一副精干的样子，她一边麻利地把行李放到那张靠门的，暗而且不显眼的板床上，一边笑着说。

"是吗，咦，嘻嘻……"雷磊又笑了，真爱笑，"刘大妹，你说呢？"她问壮壮实实的"铁姑娘"刘大妹。

"我，我们——乡下没有电话……没有，不过，小时候，我们老唱：'一跤跌到半腰山，打个电话303，请个医生王阿三……'请个医生，那不是医院吗？"

"咦，嘻嘻，又来一个……"雷磊又笑着转向凌娟娟，那是一张消瘦、清癯的脸，一张拒人于千里之外的脸。雷磊叹了口气："唉，看来，303，是一块不祥之地了，哎哎，大姐，你说呢？"

我？大姐嘛，理所当然，要做总结性的发言，权威性的定论：
"不管其他303是什么，我们这个303，一定要成为一个团结战斗的
集体。"1978年年初，"团结战斗"的字眼不至于成为笑料。

"哗……"她们居然鼓掌、欢呼了。于是，一致选举，我担任
303的室长。我当室长，当"官"了，第一回……星期天，我们去照
了个合影。

303宿舍，三楼，面南。窗外左角有棵四季常青的松树，遮了一
点阳光，却也带来不少生气。

一天，两天，三天……一年，两年，三年……放大成八寸的五
人合影，仍然放在宿舍最亮堂的地方；象征着集体荣誉的卫生流动
红旗仍然挂在宿舍最显目的位置；各人的生日日期仍然抄在公用的
台历上，然而，却总是忘了祝寿。不知从什么时候起，亲密感消失
了，或者，至少是淡薄了，大伙儿凑在一起的时间越来越少了。宿
舍、食堂、教室，睡觉、吃饭、上课，不规则的三角图形、无色彩
的机械运动、互不相干的行星运转……也许是自然生态，登峰造极
以后便是下坡。你悄悄地替我洗衣服，我偷偷地给她有病的母亲汇
钱，她背着你上医院……都记得，都留恋，那亲密感。可是，谁都
没有尝试着恢复它。都说姑娘们的友谊浅如盆，男子汉的情义深似
海，也许，这是真的。

星期天

一个静静的早晨。

"古得拜——"最早出门的是刘大妹，哦，叫刘玫了，一入学

就改了名。"拜——拜——"都两三年了，乡音还那么重，那么浓，像是从鼻子里出来的。昨天晚上在电视里看到，第一百货公司今天开始展销男女春秋衫，上装。新样式，新产品。纯涤纶？华达呢？法兰绒？中长纤维好像已经过时了。西装？蟹钳领？铜盆领？大尖领？小方领是否还在流行？像电子琴、轻音乐一样……我不知道也没那个心思。她的上装不算少了，进校那天，她穿的是自己织的格子土布上装，蓝底白格，别有风味。现在她兜里有二十块钱，昨天刚刚收到汇条。据说这几年乡下肥得流油，腰包都圆圆的，粮囤都尖尖的。可是那回刘玫的父亲来看她，带着自家蒸的玉米窝头，一顿吃八九个，替刘玫省下几个饭钱……刘玫就要上街了，添置上装。庄户人家培养个大学生不容易啊，我想劝劝她。可是我没有说，能听进去么？挨上两年前，也许会……门"砰"的一声，她走了。买东西也不是件容易事，何况买衣服！走廊里响起了皮鞋钉敲击水泥地的声音，咔、咔咔……清脆、和谐。记得她第一次穿皮鞋，脚尖磨出几个血泡，痛得她哇哇叫。在乡下光惯了脚丫子，长疯了，又宽又长又厚。她拿出旧时女子裹小脚的忍耐力，终于熬过来了。

　　"吱——"门又响了一下，又一个。团支委樊清，黄色的背影，一身黄军装，显出一种朴素美。她总是穿黄的，说是有个哥哥在部队，不知道是哪个含义上的哥哥。她二十七了，进校那年二十四。这个岁数，难免会引起一些正常的猜疑和合乎情理的议论。遗憾的是，樊清本人从来不主动提起，别人也没有任何蛛丝马迹可寻。但愿她在总支书记或者班主任面前也同样守口如瓶。她跟在刘玫后面走了。她总是不告而别。根据刘玫的观察、了解乃至"侦察"，她的星期天过得很有意义：她经常去系党总支书记那儿汇报思想；或者到系主任家，帮助他女儿补习功课。她从小在后娘的"爱抚"下长大，一口气能洗上几十条被单，一天打一件毛背心……穷人的孩子早当家，早懂事，早成熟。团支部几次改选，她几次当选。有人说，这是因为别人不愿意干，而她求之不得呢！这话有损她的威信，但多少也有点道理。

凌娟娟看上去没有走的迹象。她斜倚在叠得方方的被子上，右手握笔，左手捏着个小本子，那是她的创作提纲本。她喜欢躺着干事，躺着看书，躺着写小说，可眼睛却好得叫人嫉妒。"美国作家海明威是站着写作的，你将来出了名，就是个躺着写的作家。"樊清总这样讲她。玩笑，多少也有点嘲讽。她淡淡一笑。一笑中蕴含着无穷的力量。"人在逆境中崛起"，她把这句话抄了贴在床头。进大学后第一次填表，我看见在"文化程度"那一栏，她填了"小学"。后来，我们渐渐了解到，她的家庭……父母……右派……离婚……下放……十二岁就开始自食其力，个子比担绳矮一截。她的志气使她渡过了这一切难关。中国当代女作家，是她的理想。然而，一次一次的退稿，退得我们看了都心酸。由于过度劳累，人也越来越瘦。但是，有的时候，她也给我们带来一点点可怜的"安慰"，合理的自私。别人的进步，便是自己的退步，镜子一样明摆着的真理。那天看完《沙鸥》，她简直坐立不安。"能烧的都烧了，只剩下这些石头……"她背诵着，流下了眼泪。感情冲动，创作冲动，文学家、艺术家必不可少的素质。刘玫她们大可不必虚张声势，大惊小怪，东联西挂。凌娟娟可从来不和别人计较，态度、言语、眼风、神态……她不放在心上；哦，应该说，只放在心里，不放在脸上。

"唉——"年纪最小的雷磊出了一声长叹。她坐在窗前，眼睛老是瞄着那一条通道，通道的另一端通往学校边门，那里的门岗比正门松多了，外人只要朝门卫微笑一下，就可以自由进出。雷磊面前摊开一本书，可她的眼睛，她的整个身心并不在书上。呵，雷磊，够意思，浑身是书香门第的气味，纤弱、娇小、轻盈、白皙、稳重、温柔……偏偏……嘿，和市篮球队的一位主力队员好上了！她是被人嫉妒着的。幸福的人总有人嫉妒，即便是痛苦也会有人眼红。"她的高度只到他的腰眼！""铁姑娘"经常在背后挖苦她。我劝她，别这样笑话人家。他魁梧英俊，是堂堂汉子。两种风味，两个流派，两样格调。和谐是美，不和谐也美；对称美，不对称也美。"关键在于心灵美。"雷磊说，这话，内容、音质、声调，和凌娟娟的文章一样的优美，南方姑娘，小家碧玉的美。"你父母会同意吗？"我问她。我怀疑，也担心。雷家，世代的高级知识分子，雷父，素孚众望的老学者，一心要培养老来独女成为古典文学专家……"我是我自己的！"雷磊对我吼了起来，两眼饱含着泪水，幸福的泪水，并非悲哀才有泪。完全是子君的腔调，但愿她不走子君的老路。

　　"啪！"书合上了，她站了起来。呵，我知道，在通道那端……我看了一下表，七点半差五分。这位篮球队员的时间观念，准确得一定不亚于投篮的准确性。我看着雷磊手足无措的模样，心里似乎有些……羡慕？嫉妒？我有过这样的感觉吗？忘了？我忘了？记不清了。有，也许没有，我不知道。"星期天，假日里我们多么愉快，朋友们一起来到——"来到哪儿呢，僻静清幽的郊外，百花盛开的公园，度过甜蜜的一天。她一定不再背诵保尔那段关于"人的一生应当怎样度过"的名言了。可是，她的功课却那么好，总是名列前茅，天赋也靠遗传，我们都承认了。

"大姐，我走了……"她对我莞尔一笑。那声音，那笑貌，软得有点发抖，太柔和了，就连她的"吼"也像在呻吟。

"我也得走——"凌娟娟霍地站了起来，不容我发问，她已踩着雷磊的脚步跑了。她上哪儿？是个谜。那么紧，盯在雷磊后面。该不会盯梢吧，虽然那是一组极妙的素材，而且据说巴尔扎克老先生就干过这样的事。

好了，走了。空了。303成了一个空巢。照例是我一个人看家。我的任务是给儿子打毛线衣，一边看《静静的顿河》。这是外国文学课的必读书。在农场时看过，没看完，后面的人就催着要了。烧着火看，端着碗，背着柴火也看，没有时间回味、消化，都忘了。必须重读一遍，为了什么？应付考试？防备上课提问？也不全是。也许……沉浸在"静静的"顿河里，能摆脱一些苦恼……都当了妈妈了，还在靠妈妈吃……没有任何人说我不长进，她们不会说。我比她们大，三十出头好几了。"老三届的女生能这样就很不简单了。"有人这么说。或许是对我鼓励，我听了却像捅了我的疮疤。我是理所当然的无所谓拼搏了，也没有什么新的感情可以追寻。那时候，他和我都在一个村子插队，我们根本没有想到，有朝一日，命运之神还会赐予我们一线希望之光……我们俩待在一起，似乎可以减轻一点心头的重压，慢慢地就有了所谓感情。后来，他先于我抽调到县加工厂时，没有变心，我进了大学，他依然还在那里，而且将永远留在那里了，我也永远是属于他了。没有爱情的婚姻是不道德的，没有道德的爱情是卑下的，何况，我们的儿子已经六岁了。

哦，星期天，《静静的顿河》，静静的生活，还有，静静的思索……

天快黑了。我放下绒线，合上书，准备去吃晚饭、打热水，例行公事。突然，凌娟娟进来了："大姐，你的信。"

孩子爸爸的信。有一回，学校宣传橱窗挂上了一组反映学生生活的照片，摄影师拍了我正在看信的姿势，说明词就是："孩子爸爸来信了。"

我接过凌娟娟递来的信刚刚拆开，忽然发现她的手在抖动，脸色苍白，异样地笑着。我惶然了："娟娟，你——"

泪水涌出了她的眼眶："我——我的稿子，清样寄来了，用了……"她扑到我身上哭了起来……

我被她扑了个趔趄，手往桌子上一撑。"啪！"一本书推到地上。哦，《静静的顿河》掉了下去……

处女作

"凌娟娟——"

"凌娟娟在吗？"

楼下有人对着 303 的窗子大喊。

"不好，男同胞来了——"雷磊先红了脸，忙不迭地整理床铺。其实，五张床位，还数她的最见得了人呢。

刘玫"吃吃"一笑，坐直身子。又矮又粗的脖子长多了。

"吃糖啰，讨糖吃啰——"

"好哇，女作家，请吃糖也不招呼我们一下……"

男生们咋咋呼呼地拥了进来。

"恭喜呀，未来的女作家，中国当代文学史上将留下你的芳名——凌娟娟……"

娟娟矜持地笑着，很得体，不亢不卑，谦逊中包含着自豪，稳重里隐露着兴奋。"吃吧，吃吧，多吃几颗——"她的内心也这么平静如镜么？我怀疑。

"哎，水满出来了！瞧你，倒水也像在构思……"雷磊嚷起来，嚷得那么轻。

凌娟娟手忙脚乱地找抹布、揩水。

"哎——往这边抹，这边！都溅到我裤子上了！"樊清也嚷了起来，声音刺耳多了。接着又嘀咕了一句，"激动什么呀！"

娟娟得体的微笑减色了，给男生端上水，快快地坐了下来。

"凌娟娟，介绍介绍——"

"没有什么可讲，我只是……写了一点自己的感受……"

"也有别人的感受，吃甘蔗的细节，我记得好像是我……"樊清说，"这个细节……"

"娟娟把我也写进……"刘玫急急地打断了樊清的话，又突然停了下来，红了脸，她讲不下去。这个娟娟也真的……刘玫进大学后，第一次洗澡，走进浴室一看，大统间，几十人挤在一起，吓得逃了出来，被我又拖了进去，结果穿着衬衣短裤洗了个澡……娟娟把这个也写进去了……

"嘻嘻……"雷磊憋不住了，"嘻嘻——"

"嘿嘿……"樊清也笑了。

有点冷场。笑声，常常是活跃情绪的调节器，也常常是紧张气氛的凝固剂。娟娟那得体的微笑已经消失了，手指有点痉挛地拨弄着糖块，嘴里机械地说着："吃呀，吃呀……"

"小说就得这样写，要不，怎么讲来源于生活——"我说。为娟娟解围。

"嘻嘻嘻——"

"哈哈哈——"

"嘿嘿嘿——"

笑得我都不自在了。脸红、害臊，什么都露在脸上，真丢人！我真想摆出大姐的面孔"熊"她们几句，可我忍住了。

"真怕你们女生的笑，笑得人家毛骨悚然，胆战心惊……"

"怕？怕就走吧！"樊清笑呵呵地说。

"走，是得走了。"

"不早了，再不走，要吃辣椒酱了！"

好些男子汉，急流勇退，扔下他们的偶像，落荒而走。

娟娟送了他们回来，一脸阴云。收拾起糖块。不给吃了？真有意思。

"再给我一块——"刘玫伸手抓了三颗，一毛钱，"大白兔真好吃……"

"大白兔虽好吃，可人家都讲，兔子尾巴长不了……"

我瞟了樊清一眼，她边笑边说。本来嘛，一句玩笑。我又瞟了娟娟一眼，她咬着嘴唇，唉——

"娟娟，赶明儿你教教我，我也写小说，你写我，我也写你。"刘玫说。

"哼——嘿。"樊清又笑了。

"你笑什么？我写不出吗？"刘玫有点恼了。

"你以为那是个好吃的果子呀，伸手一摘，就到了？那是黏手的果子呢，摘下来扔不了……"

刘玫踌躇了一下："倒也是，'文化大革命'中批呀斗呀……"

"人怕出名猪怕壮，还是像你大妹这样的老实人最保险。"

"哇——"娟娟突然地大哭起来。樊清一下住嘴了。

"呜——你们，你们……"

你们？我们？不错。也有我在内。303，数我最大，又是室长，也还有那么一点威信，有些事，我有责任调解，可是……

"呜——你们不理解人！我写了多少年，二十八篇才用上了一篇，你们……"

我鼻子酸酸的。我不知道樊清在想什么，还有雷磊、刘玫……

"呜——"

总爆发了，积郁了多少年的。

还是樊清有能耐，虽然她比我小七岁。她走到娟娟身旁，温柔地说："别哭了，娟娟，原是说着笑着玩的，都是我不好……"

娟娟扭了一下肩，把樊清搭在她肩上的手推了下去。樊清继续黏糊着，检讨着。唉，听了真叫人不好受，既有今日，何必当初……

这一夜，我们都到很晚很晚才睡，也许因为娟娟的抽咽，也许是自己在真诚地忏悔或者振振有词地辩解……她只不过多走了一步……

月夜。月光洒进303。娟娟不再抽咽了，静静的。我睡不着，我想起了我们的五人合影。我们的流动红旗。窗外，月牙儿向西走，树影往东移……

联欢会

"五一联欢会，以宿舍为单位出节目，你们宿舍，你组织一下。"

班长对我说。宿舍为单位，好久不搞这种形式了，兴许有点什么意思吧。

"怎么办，大家动动脑子，出出主意，节目怎么排？"我是室长，我先开口。

"大家讲嘛——"樊清说，她是团支委，也有责任，"哎，小磊，你是文艺骨干，你带头。"

"我，我还有事。对不起，请个假，我得先走了……"雷磊走了，飘下一阵外国香水味。

"刘玫——"樊清干脆挨个点名。

"我身上没有文艺细胞。"

我看看凌娟娟，她仰面躺在床上闭目养神，看来她更不会搭理人了。她还记恨着？

实在没办法，到时只有我自己去献丑，念一段诗，或者，让樊清唱一段，谁愿意。她嗓子还不错，只是太尖了一些，有点刺耳。

联欢会晚上七时开始。教室里的课桌椅围成一圈，各宿舍的人坐在相互靠近的位子上，便于集中表演，中间是空的，站着班长——会议主持人，兼报幕员。

班长拿着个小本子，一个一个找室长，问清节目的形式、名称。记下，便于报幕。

"303？"他问我，第四次了。

“303？”我愣了，情急生智，“诗朗诵:《我们的宿舍》。”

班长看了我一眼，似乎有点不满，嫌俗气？嫌单调？还是怪我们偷懒。唉，可惜，我们连俗气的还没有呢。241、242、243、244、301、302……人家可会玩花招了，相声、魔术、舞蹈、独唱、器乐合奏……唉，我赶忙掏出事先准备好的诗稿，在心里念念有词……

“下一个节目，303演出，集体诗朗诵:《我们的宿舍》；作者：凌娟娟；领诵：雷磊！”

天哪！这个小官僚，经验主义者！过去的303，自编自导自演，作者总是凌娟娟，打头的离不了雷磊，可是，今天……

“我没有写过这首诗！”娟娟看了班长一眼，冷冷地说。

“我领诵？哎呀，我们没有排练呀……”雷磊红了脸说。

“你哪有空排练呀，你忙着哪，大忙人……”刘玫冲着雷磊说，翻了下眼睛。

“你……”雷磊正要伸手接我递给她的诗稿，一听刘玫这话，嘴一噘，手缩回去了。

“拿来！有什么了不起的？”刘玫一手抢过诗稿，“你们不来，我来，有什么了不起的……”

她居然真的来了，“噔噔噔”冲上“舞台”，沙哑着嗓子念诗，在她那结结巴巴的声音中，我溜出了教室。脸上火辣辣的，烧得厉害。

联欢会，不欢而散……

班主任和班长找我，有什么可谈的呢，我无能，我失职，我……

回到303，我一肚子火。她们居然无动于衷，好像什么事也没有发生过，哼小调的，听半导体的，倚在被子上看书的，铺床准备睡觉的……

"啪！"一只瓷杯子被我打在地上。我昏了，是我有意扔下去的。是的，一刹那间，我也要爆发了，总爆发！

她们都惊讶地看着我，那是我最心爱的一只杯子。入学时，是孩子的爸爸特地买给我的，挑了又挑，拣了又拣，我把它打碎了……

樊清悄悄地挨近我，拾起地上的碎片；刘玫去抢簸箕；娟娟替我擦去身上的茶水。我看着她们都缄默了。眼睛里流露着深深的悔意……哦，我后悔了，她们也许并没有错，都怪我、怪我……干吗勉强去凑那个热闹呢？

中秋月

在这个美好的中秋之夜，我们五个人，303 的五个人，都没有走。因为我的提议？还是出自大家的心愿？几次风波给每一个人心里都留下了阴影。我们已经开始撰写毕业论文，再过三四个月就……都想弥补一下，融洽一下……我们五个人，一个不缺，坐在宿舍里。每人面前是一只鸭梨，两只月饼，是娟娟用稿费请客的。

月亮渐渐地升起来了，多美！

是的，真美！一切都是美的……秋夜的气息又掺进了桂花的清香，沁人肺腑……我们沉浸在一种悠然的极限之中，抑或陷入在一种强烈的冲动之中……

安宁、静谧，甚至听得见心的搏动，自己的心跳，别人的心跳。心跳——思维；思维——心跳。有心跳必有思维。我们的思维，呵，在这个美好的中秋之夜，我们五个，我们的 303，在想些什么呢……

"看，月亮在走。"雷磊说。

"不对，是云在走。"刘玫郑重地纠正她，其实雷磊未必不知道移动的是云。

"事实上，云和月都在走。"娟娟说。她的表明自己观点的方法，像她的小说，寓哲理于浓情之中。

我想的不是月，也不是云。我们都有许多话要讲。是圆月勾出来的么？也许……科学家们正在探索，研究月亮的阴晴圆缺与人类行为的关系，我们，或许都处于一种"生物高潮"期中，处于"最强状态"中吧。

"他今天怎么没来喊你？今天是团圆日子嘛。"樊清笑着问雷磊。

雷磊垂下了眼帘："他，他今天没有时间来……"

哦，怎么啦，她的声音不正常。闹矛盾了吗？耍孩子脾气，那位篮球队员也会有气？

"雷磊，下面有人在找你。"301 宿舍的小丽推门进来，叫雷磊。雷磊一愣，随即涨红了脸，她站起来，犹豫了一下，抱歉地看了看我们，出去了。

唉，总是凑不齐。鸭梨和月饼留着。可是，说心里话，我却又多少有点为雷磊高兴，我希望她出去。

"雷磊真是，一分钟也离不开……"凌娟娟叹了口气。显然，她相当羡慕雷磊。温情、爱抚……可是娟娟自己发过誓，不出一个小说集子，不谈恋爱。太苛刻了，对自己，对人生。

"可不是嘛，太招摇了，"樊清接上凌娟娟的话头，她想的分明和娟娟不同，"校规上明明不准……"

"校规？"娟娟反问了一句，"定校规的人，难保不是在当大学生的时候谈情说爱的，'六斤'长成'九斤'的时候就开始讲'九斤'该讲的话了……"

"哟，看你讲的，"樊清笑笑，"都是为她好嘛，怎么扯得上六斤、九斤呀……"

唉，碰到一起总有一股说不出的味儿，我插不上嘴。

"一个打篮球的，有什么了不起，值得雷磊这么喜欢？依我看，真配不上……"刘玫拿起一只大鸭梨削着。

"狐狸吃不到葡萄……"娟娟又来了。

"就说葡萄是酸的。"刘玫哈哈一笑，一点也不在意，"我可不是狐狸，我吃的是又甜又嫩的大鸭梨，你请的客！"

她们互相叽咕着，我却在为雷磊担心。我忘不了她那带着哭腔的声音，她那涨红的脸。我说："这几天，雷磊心情不好，他们好几天没见面了。"

"那有什么，人总有吵嘴怄气的时候，冷静点对她有好处。"

"是呀，我劝过她不知多少回了，男的没有一个是可靠的，何必自寻烦恼！"樊清又兴奋起来，好像她的话已经说中了似的，"她这种，我觉得有点不顾现实。说得不好听，有点……"

"我和你正相反，"娟娟打断了樊清的话，"我认为，他们的爱并没有什么可指责的，不过……我觉得她为爱情牺牲得太多了。她天资好，门门功课优秀，可以顺利地学完四年全部课程。说不定，将来她可以成为硕士、博士，成为……女子必须在事业上站住脚，才能赢得真正的持久的爱，我怀疑，雷磊会成为一个悲剧人物……"

呵，我有点听不下去，她们在谈论雷磊，谈论一个同吃同住三年多的同学，那口气，那态度，像是在谈论一个陌路人。我不平。她们太……我觉得我应该直率地谈谈我自己的看法，像关心我自己的妹妹那样，关心一下雷磊。

"吱呀——"门响了，轻轻地。

屋里四双眼睛一齐转向房门，门轻轻地，轻轻地开大了。雷磊站在门口，轻轻地站着，像一尊爱神雕像。

"你们，都这样，我都听见了，别说了……"她有点语无伦次，"他走了。我也想走，可是你们都是我的姐姐……可是，可是你们……我……"她的声音越来越低，"我什么也没有了，我完了……"

门又轻轻地带上了，飘下一张纸。我抢着捡了起来，是那个篮球队员的"断交书"。原来，那位篮球队员因为雷磊父亲的一再反对，他怯弱了。他说他知道雷父患有严重心脏病……

"我完了……"轻轻地，叩着我的心弦，轻轻地，叩碎了我们的心……

完了？！真的完了么？

月光洒进303，阴冷的。凄凉的。中秋月，为什么那么圆呀？

303啊，难道你真是块不祥之地吗？

"她走了，"樊清看着信纸自自语："她走了……"

"走了。"凌娟娟脸变了色。

"怎么办？"刘玫突然跳了起来，喘着气。

她们都盯着我，盯着我。大姐！室长！

放大成八寸的五人合影留下些什么给我们呵。"太迟了，追不上了……"刘玫说，眼泪快止不住了。小雷磊，娇小、温柔、善良……啊，你们，樊清、刘玫、凌娟娟，你们在想些什么呀……

"不，不迟……"我突然喊起来。声音一下变得那么尖，"我们去追她回来！咱们一起去！"

我们四人一起追了出去……终于，我们找到了雷磊。回到303，夜已经很深了，屋里一片漆黑。

"雷磊，小磊，睡吧，不早了，明天……"

"不！"我打断了樊清的话，有一股热浪冲击着我，逼我站起来。我该说了，该说了……

我从303的第一天讲起，讲我们的生活，讲我们的变化……我的眼泪流下来了。这是第一次，三年多了，我第一次哭……

"大姐，你别说了！"刘玫捂着脸说。

"唉，都怪我，都怪我，我……"樊清也眼泪汪汪地检讨起来。

"大姐，我……"凌娟娟抓住我的手，抚摸着。借着月光，我看见她脸上有两行泪水。"我们明白你的意思，都明白。我在小说里写过的，人如果光为自己活着，连动物都不如，可我，在生活中，我……我恨我的灵魂……"

终于，我们五个人，抱头痛哭了……

是的，痛苦使人流泪，幸福也使人流泪。我们痛苦，可我们又何尝不幸福呢。

明天，我们四人要用我们的心，去和那位运动员谈话，只问他一句，那封信上讲的是不是他心里想的……

?

别人都说，毕业分配，是一次灵魂大展览，然后是各走各的路……也许，到了那时，又有喜怒哀乐，又有哭，又有笑……可是，我们都相信，我们中间，谁也不会忘记303，我们的303，酸甜苦辣咸，五味俱全的303……

毕业歌

303 宿舍，三楼，面南。住我们五位女大学生。

再过几天，这个组合了四年的集体就要解散了。是的，眼下，我们的 303，和它的五位女主人一样，正面临着毕业分配的一场考试……

小道消息

"哎，最新消息，你们听见了吗？"刘玫一踏进 303 宿舍，就嚷嚷起来，"听说了吗，大西南……40%，40 哪！"

大西南，40%。我们 303，五位，按比例，该去两名。再加一倍，四名，就可能轮到我。我的"保险系数"，在 303 虽然占据首位（因为据说如今的毕业分配，既不"择优"，也不"排劣"，而以照顾家庭困难为基准），可是，谁敢保险呢？……

"知道吗？还有，50%下农村，基层——剩下，剩下……多少，哟，真可怜，只有10%，留校留本市。"

"又是小道，都听得耳朵里起老茧，心里长毛了……"樊清笑着说。这些小道对于她似乎不起作用。

"小道不也是'道'吗，无风不起浪嘛……你知道这回是谁讲出来的，大李！他对象的一个亲戚在省高教局……"刘玫津津乐道，好像在省高教局掌握毕业分配大权的不是大李对象的亲戚，而是她的亲爹亲妈。

这些天来，关于毕业分配的传闻神乎其神，多乎其多。特别是刘玫，好像总没有厌烦的时候。

"唉，要真是这个比例呀，我们几个都得……"

都得……都得怎么呢，刘玫说话从来不讲半句，这当口却卖起关子来，我心里不由捣鼓了一下。连樊清都有点坐不稳了。

四年里的最后一门课的考试将在两天后进行，一大堆的复习思考题，要看、要背、要理解。然而，眼睛始终停留在某一个固定的点上，大脑的接收器被刘玫的那个百分比紧紧钳制住了，白纸黑字，无非是一堆毫无意义的符号或一片使人心烦的累赘。抬头看看刘玫，她正在拆一件去年冬天做的棉袄罩衫。她已经吵吵了好几次了，说是腰身让那老裁缝做大了，穿着欠精神，要到露天裁缝摊上去改。偏偏那些个小裁缝也精得很，拆衣服的生意他们不揽，功夫细，干得慢，工钱又不见眼，而且拆坏了还得赔本，于是一律放出口风：管改不管拆。刘玫只好自己忙里偷闲拆衣服，再不赶紧，用她的话说，万一被命运抛到哪个角落里，找个时髦点的裁缝还费事呢。她正借助着嘴巴在拆线缝，咬线头，难怪刚才那句话只讲了一半。"都得"……怎么样呢？去边疆！去农村！你刘玫是从农村来的，还怕回农村么。有话还是得早说，先下手为强，后下手遭殃，不知是哪一家的兵法。毕业是一场战斗，刺刀见红，可惜还有一门课的考试，总得应付。"都得"，"都得"——撒泼吗？要赖吗，造反吗？以不离校来示威，以不报到来抗议吗？都是无用的，充其量是哭鼻子，尤其是女生。

对小道最不感兴趣的是雷磊。

雷磊老是走运，生活对她似乎偏爱得很，一个宠儿，一个幸运儿。学院某领导的千金给大家透过风：今年留校的重要条件之一，是四年门门功课达到优秀。消息传来，全班轰动。学习委员一次又一次地找出四年的成绩记录单，给每一个同学算分数。结果，303宿舍，只有雷磊一人当选。樊清却说："雷磊的有利条件不是这个，是……"是什么呢？雷老教授。我们系，不少教师、领导都是她的学生，而且，还有明确宣布关系的那位运动员"拉菲克"，又是本市体委负责人的儿子。当年的杨贵妃，万千宠爱在一身，今日的小雷磊，可谓是种种优越汇一人哪。正在严寒的冬季，大雪纷飞，雷磊那儿却是春风得意！

和雷磊的春风得意相比，凌娟娟则以她的临危不乱取得了心理上的优势，或者说，这个优势是她应有的。她已经发表了十多篇有相当质量的小说，不仅在系里院里小有名气，很令人艳羡，来去过往，总有人指指戳戳，连堂堂市文联几位著名老作家也三番几次地打听这位崭露头角的文学新人。"据说"——也是刘玫听来的，市文联已经和学校打好交道，只要有名额，他们就只要凌娟娟。为了这个消息，刘玫还要和樊清打赌，樊清笑她乱扯皮，差点闹翻了。

樊清作为一名团干部，姿态很高，看来是经得起考验的。其实我们都明白，她是听说今年留校名额中有相当比例的专职政治干部，在领导面前比较得宠才吃了定心丸的。她虽然表面上讨厌刘玫的那些小道，可暗地里又表现出异乎寻常的兴奋，报纸一来就抢着看。四年来，她各方面的基础打得比别人好。

剩下我和刘玫了。刘玫，这个土生土长、精力充沛的农村姑娘，实在是找不出一条得以使她"放心"的理由。而我，多少还有一些"保险系数"：年老多病的母亲，工作繁重的爱人，要人照顾的儿子。到边疆去？到农村去？或者，来一对新的牛郎织女，或者叫牛叟织妪……

去吧，失眠；去吧，哭鼻子；去吧，心烦意乱。我们都有一剂兴奋剂和一剂镇静剂，每到夜里，总是眼睁睁地看那黑蒙蒙的天，看那稀疏疏的星；听那此起彼伏的叹息，辗转反侧的动静。303 啊……

算　命

吃过晚饭，闲得无聊，或者愁得发慌，全守在宿舍里大眼瞪小眼。往日天天出去的小雷磊，也乖乖留在窝里。出去吧，怕领导找谈话找不见人影，一失足成千古恨；不出去吧，实在没事干。最后一门考试一结束，书就自然靠边站了。连一向会利用时间的娟娟也两手空空地呆坐着。

刘玫从抽屉里摸出一副新崭崭的扑克扬了扬，说："玩玩吧，谁来？"

不吭气。没有反应。都无动于衷。没兴致。两天前还说，考完试，等分配时，要打个痛快，玩个称心。女孩子同样爱玩，"疯"起来比男孩子还厉害，还野。四年时间真憋苦了。作业完了忙测验，测验过了忙考试，考试完了忙复习！如今出头了，到了该玩的时候，却面面相觑，笑笑，抑或只是象征性地抽动一下面部肌肉。

"不玩？那——算命，来吗？我来替你们算。谁先来，来不来？"

算命？有点活跃了，那是触动心境，牵动心弦的。看来，谁都想试试，有益无害，至少是无益无害罢了，兴许能得到一点心理上的宽慰，寻求一点精神上的满足。

"娟娟，先给你算，好吗？"刘玫对娟娟说。

我以为娟娟准会给刘玫一个冷钉子，不料居然笑着应了。唉，人心真是，娟娟难道也祈求这个么，还是纯粹出于无聊和好奇心呢。

刘玫兴致勃勃，理了理牌，数了二十几张，排成四五行，有的朝上，有的朝下，然后一本正经地问了娟娟几句话，便开始通牌，口中念念有词，甚至闭上了眼睛。瞧那认真劲儿！等她在雷磊的笑声中睁开眼睛时，她那双不大的眸子里居然放出了闪亮亮的光："娟娟，通了！看，一通全通，一次通……嘿嘿，这就是说呀，好运——实现你的心愿……"

"嘿嘿嘿嘿……"樊清在一旁冷笑开了，"真有意思，这个大妹——哎，娟娟，你的志愿不是去市文联么？那可就改行啦……"

"改行最好，叫我，求之不得呢，谁愿意当教师……"刘玫一边洗牌一边说。

"可惜呀——"樊清插了上来,"可惜我们这所大学前面多了'师范'两个字,师范学院重点培养教师,改行,恐怕不那么容易吧……"

樊清这话是吓唬娟娟的,娟娟最大的心愿是毕业后能搞文学创作。可娟娟纹丝不动,装着没听见樊清的话。刘玫却像只好斗的公鸡,竖起了鸡冠。我怕引起大家的不愉快,忙岔开来,对刘玫说:"好了,好了!还是算你的命吧。"

"给我算!替我算算……"年龄最小的雷磊饶有兴致地凑了过来。

"你的志愿是什么?"刘玫数着牌问。

"你别问,算出来什么就是什么。"

"我知道,准是留校——哎——"刘玫换了一种方法,让雷磊闭上眼睛抽出一张牌,又放进去,左右捣鼓了半天,正过来一看,"哎呀!"

"怎么啦?红桃 10,算什么呢?"樊清却急着问起来。

"不说了,不说了……"

刘玫要洗牌,被雷磊一把拖住了:"说嘛,你说嘛,我不会相信的!"

"说了,你可就高兴得夜里睡不着觉啦!你的第一志愿保证能实现!你交了大红运啦!红桃 10,代表十全十美……"

雷磊一下子跳起来,乐呵呵地笑着,笑得两个卷了辫梢的小辫子一抖一抖的。这小丫头刚才还说不相信呢!人哪,真是不可思议。

"樊清,你来不来?"

"我……"

"不来，我给大姐算了，来不来？"

樊清态度暧昧地笑笑，被小雷磊推了一下："别正经啦，不会影响你的政治生命的，闹着玩的嘛！来吧，刘玫，给她算，她心里都痒痒死啦！"

刘玫看看樊清，见她没有制止的意思，便又摆出那副算命的架势，正儿八经地算起来。樊清两跟紧紧盯着刘玫的眼神儿，偏偏刘玫叹了口气："唉！你的运气不好哇！你的志愿也不能实现。你看，你是黑桃 9，'9'是大曲折、大困难！懂了吧，你挤不过别人……"

"好了，看你说的，像真的一样，你以为我会相信这个？别算了，叫人家知道了，汇报上去，当心挨批……"樊清虽然是团干部，有点头脑，脸还是变白了……

刘玫冲雷磊挤挤眼睛。

"你们俩在捣什么鬼？"樊清问。

"我们……没有啊！"刘玫又神秘地朝我挤挤眼。这丫头，一张嘴越来越厉害，"铁姑娘"早成了"铁嘴皮"了。我们都听得出，她是在"刺"樊清，这几天，樊清和那位在部队上当官的"哥哥"的关系一下子明确了，因为据说军官的"家属"，可以照顾。樊清曾在系主任面前诉过苦："请领导考虑，我二十八了，个人问题要不要考虑？让我回到农村，他在部队不安心工作，这个问题怎么解决？……"

"嘻嘻嘻，黑桃 9！"

"哈哈哈哈……"

"嘿嘿嘿……"

"咯咯咯咯……"

"笑吧！你们都笑吧！别以为你们都吃了定心丸了。算命顶什么用！八字还没见一撇呢……"说完，门一推走了出去。

樊清的话，触痛了大家的心。303 一下子沉默了。一直到上床睡觉，还沉默着……

妈　妈

官方的正正式式的确确切切的"大道"是从系总支书记的嘴里出来的，当着全年级二百多名毕业生，红嘴白牙，非同儿戏。"大道"的公布，宣告了诸多小道和算命的破产，也显示了某些小道的高见和切中要害的神机妙算。系书记将分配方案概括成三多三少，(基本上是和小道传闻相吻合的)：城市少，农村基层多；改行少，当教师的多；本地区少，边远区域多……三多三少，既不像爆炸了一颗原子弹或者氢弹那样轰动，也不是平稳得像一潭死水，掀不起一点微波……

第一步是填表。系总支书记要求当堂交卷。填上每人的第一、第二、第三志愿，下面是一大空白格，可以写上你的要求、困难、苦衷、希望，不管能不能实现，写上就是了。

男生们照例显得兴奋。任何细小的事物都能引起他们莫大的兴趣，何况这……交头接耳，互相"取长补短"，互相参照，他们毫不隐瞒自己的观点，自己的打算。而女生，大多用左手肘子遮住表格，像进大学的第一张表格上填写有无对象那一栏一样，神秘诡谲得叫人害臊。唯有雷磊，大大方方地让同桌的樊清看她填写，也不怕樊清大声念出来。雷磊第一个交了卷，就匆匆地走了。当她的背影刚一消失在门外时，樊清那尖尖的嗓门立即响了："她怎么填市文联？她怎么知道市文联要人？分配方案上不是只有市教育局吗？咦，真怪呀——"

尖尖的声音刺激着教室里好些绷紧的心弦和神经。

"不是说，她妈妈和文联头头认识吗，那回她自己讲的嘛，你忘了？"我说。

雷磊的妈妈，半辈子坎坷。雷磊常常讲她母亲是位正直的大学教授。她那淡淡的平稳的语调中，充满了对母亲的爱和钦佩。我不愿意把那位受人尊敬的教育界的老前辈和当前的某些不正之风连在一起……然而，如果那是真的呢？因为，她毕竟是一位母亲……

我们几个填完表刚出教室门，娟娟迎面跑来："大姐，有人找你……"

"在哪儿？"

"宿舍！"

"谁呀？"

"Your mother and your son."

天哪，他们来了！在这个节骨眼上！还是——哦……从樊清她们的眼神中，我突然恍悟了。母亲，我的母亲！身边还带着我刚满六岁的儿子！我心里涌起一股——十五年前，也是一个冬天，一位年富力强、精明能干的母亲，拉着她的羞羞答答的看上去很衰弱的女儿，在一个上山下乡报名点上。"收下这孩子吧，别看她体质弱，下乡锻炼倒好，我以前身体也很弱……"母亲说。大喇叭里正在喊着，农村需要我们，我们更需要农村，不仅使年轻人热血沸腾，同样使中年人、老年人情绪冲动……煽动力、诱惑力、号召力，哪儿去了呢？十五年，母亲似乎长了三十岁……

"妈——"

"妈——"

几乎同时喊出来，同一个音节，不同的内涵。幼稚而响亮的那个音夹杂着兴奋和期待，低沉而稳重的一个包含着焦虑和不安。母亲拉着小超超坐在床沿上，头发不知什么时候又白了一层。

"听刚才那姑娘讲，填好表了。你填的什么？"母亲急颠颠地开了口。

"我……"我的心在颤抖……

"伯母，您放心……"刘玫抢上来说，"老三届总归要照顾的……"

母亲感激涕零地盯着刘玫，好像刘玫一句话，就定了她女儿的命运似的。

"是呀，您不要急，大姐结了婚，又有孩子，这是有照顾政策的。"

母亲又去看樊清，看雷磊，那眼光可怜巴巴的。我心里很不好受，抱过正在撒娇的小超超，和母亲一起走了出来。

"你说呀，先上谁家？"

这便是母亲的来意。那年，为了大哥招工，母亲也是这样颠簸，攒了半年的鸡蛋没舍得吃，两个月瘦了十多斤……如今，母亲让我拖着小的，搀着老的，去……去……

我突然一阵心慌，脸上热烘烘的。

"你倒是说呀，谁是拿主意的？找谁最管用！……"妈逼着我。

找班主任？找系领导？还有院一级的？还有……可是，

可是……

"是不是要……"母亲突然压低了声音，"我带了块好料子布。还有……"她指了指篮子。

"妈，你怎么能……"我心里一阵刺痛，一下甩开了母亲的手。

母亲一愣，慢慢地红了眼圈。小超超在我怀里扭动起来："姥姥哭了，妈妈坏，妈妈对姥姥不好……"

我心里又是一阵酸楚，喉口胀痛。老年人的哭是最叫人伤心的。这许多年来，母亲为了我……生活上，经济上，三十多元退休工资，平时连个鸡蛋也舍不得吃，都给小超超添置了穿的，买了吃的，给我补贴生活费……我知道，母亲为我奔波，操心，并不图我什么好处。她有三十多块退休金，可以防老了，她给我的是一颗母亲的心哪！

我放下超超，搀着母亲在路边一条石凳上坐下。"妈，您别……难过，班主任已经……已经找我谈过了，给我交了底……"我只好撒谎了。

母亲丝毫没有怀疑，像孩子般地破涕为笑："真的？他说了你可以照顾的？"

"真的，说了。"

"这块料子布……"

"人家不缺这个。"

"那……这鸡蛋……"

"叫人家看见会笑话的。妈，你就放心回去吧！"

母亲带着小超超乐不可支地回去了。

送走母亲，我怀着沉重的心情回宿舍。樊清用难以描摹的目光看了我一眼，说："想不到，大姐还有这么一手啊！"

"什么叫'这一手'！母亲总归是母亲嘛！再说，我看大姐未必知道大妈来……"雷磊的声音却一下子暖了我的心。

"是她妈放心不下。"刘玫轻声轻气地说，"做妈妈的总归是这个样子！嘻嘻，今天，我还收到我妈的一封信呢！非让我留在她身边不行，说否则她会伤心死的，嘻嘻……"

我说："这就叫作母亲的心，母爱的……"

我顿住了。我后悔了。我看见樊清突然转过身去，脸色变得苍白。我怎么……她从小失去了亲生母亲，失去母爱。我怎么能这样去刺伤一颗得不到母爱的心？不管她对我怎样，我也不该……在这种时候……

"这叫母爱的讨厌！"雷磊说，"和我想的根本不同。我妈烦死了，我偏不听她的……"

"哦哟，小雷磊，你别说那些风凉话啦，你还不是笃定得留校么？"刘玫说。

"留校？"

"这还用问，凭着你那亲爱的母亲，他们还不得考虑考虑！"

"我偏不，偏不！"

唉，小雷磊，你可以任性，可以随心所欲，你却不理解母亲的心。

"雷磊，你母亲对你的分配怎么讲的？"樊清恢复了常态，和大家一起谈论母亲，问道。

"妈妈希望我到艰苦的地方去……"雷磊眼睛瞅着脚尖说。

"可你的第一志愿……"

"我没有按妈妈希望的去填，我……"雷磊明明看见樊清和刘玫正在互相丢眼色，却并不生气，自言自语道，"也许，妈妈是对的，不过……"

"我妈呀，可疼我了。"刘玫沙哑的大嗓门响了，"我妈讲了，不管我到哪儿，她总跟着我过，我妈有高血压病，以后靠我哪……"

唉，妈妈们哪，女儿们的心，你们理解吗？

她怎么啦？

最先被找去谈话的是樊清，第二天是雷磊。剩下我们三个如坐针毡。刘玫一边焦急一边叨咕，说先找谈话的都是派得好的。但从樊清和雷磊的反映看，恰恰相反，不愉快。雷磊稍好一点。樊清则一反常态，两眼红红的。两人都说，谈话内容与分配无关。这种说法实在难以使人相信，在这样的当口，不谈分配谈什么呢？思想么？学习么？生活么？哄孩子的话。"分配的事难道一字不提么？"我逗着问。"提了，"樊清说，"四手准备。"

哦，四手准备，三个志愿便有三种可能，"服从分配"是最大最重要的准备。可是，她的情绪为什么一落千丈呢？

"樊清，走吧——该吃午饭了。"我拿起饭盒子，招呼樊清。

"什么，谁？谁找我？"樊清不知在想什么，显然吃了一惊，瞪着我。

我敲敲饭盒："吃饭。"

她默默地跟着我走出来，一声不吭，好像有点魂不附体。樊清心事重重，这是很反常的，她是团干部，领导一向很器重她，她是生活中的强者，正像娟娟是事业上的强者一样，是我们公认的。我曾想，即使分到"新西兰"（新疆、西藏、兰州），她们也将是胜利者，会永远立于不败之地，然而今天……

"大姐，今天早上，我看见雷磊眼睛红肿，昨晚，她一定哭了……"樊清小心地说着，一边躲着我的眼睛。

雷磊哭了？是的，昨天夜里我就感觉到了。我想起来安慰安慰她，可是……

对别人的事，樊清也是一向敏感的，然而，很少发现她有这种负罪般的小心。她整个身子在微微抖动。

"你冷吗？"我问她。

她伸出一只手摸摸通红的脸颊，不置可否地笑笑，一直没言语。

排队买了饭菜，樊清找了个角落坐了下来，我惊讶地看着她；过去，她吃饭向来是不拣角落的。

"你怎么到这里……"

"避避风。"她说。然后，默默地吃着。

偌大个饭厅，要说有风，到哪儿也避不了。可我不是雷磊，也不是刘玫，我不会去和她辩，我也不会像娟娟那样冷冷地讥讽她几句，就像她过去对待她们那样。然而，即使是雷磊，是刘玫，是娟娟，在这样的时候，当她们看到一向坚强的樊清变得这么失措，她们也会同情她，可怜她的，这几天，她常常一个人躲在一边，不知在看什么……

劝劝她？我几次想对她说些什么，可是无从开口，劝她什么呢，我并不知道她的心事。是领导找她谈的话，到底说了些什么，她又没露底。如果说每个人的心都是一个秘密，那么樊清的秘密总要比别人更深奥一点，她向别人敞开的总是那些可以公开的秘密，和小雷磊相反，小雷磊常常把许多不该公开的秘密告诉别人……不管怎样，还是应该让她的思想放松一下。不谈分配，换个题目吧。

我说："樊清，我想给小超超打件毛背心，你看打什么花样好？"

"什么花样好？"她看着我，嘴里重复了一遍我的问话。

"你去年打的那个花很好看，等会儿回去教教我……"

她又看了我一眼，半天，才说："明天大会表决心，班里谁上台还没有定下来……"

唉，她的心还在那上面。也难怪，这最关键的几天里，谁还有心思想其他，我真是自欺欺人，还打毛线衣呢。

她提起表决心，我倒想起来了，班长上午让我通知雷磊，午饭后找她一下，商量明天大会代表303上台发言的事。"该不会叫雷磊发言吧。"我脱口而出。

"谁？雷磊？你说叫雷磊表决心？怎么会叫雷磊表决心？"樊清一口气问了一大串。

"领导决定上台发言的，一般都是外地来的，准备到外地去的……"班里指定要雷磊发言，我也觉得有点奇怪。

"雷磊会……会到那些地方去吗？"

"我看不会，各种条件都明摆着……可是，也许……"

樊清不作声了，脸上露出了一种难以捉摸的复杂表情。唉，这个人，一起生活了四年，一点也不懂她究竟是怎么回事。

回到宿舍，我对雷磊讲班长找她，没敢告诉她是什么事。雷磊走了，303安静下来，静得出奇……

楼道里传来雷磊清脆而又缓慢的脚步声。

望着她远去的背影，我的心在收紧……

樊清"霍"地站了起来："大姐，你陪我出去一下！"

我惊讶地发现，她激动得眼睛有点发红："大姐，陪我找班长去，让我发言吧，我……"

"什么？"我惊愕了，"樊清，你？"

"应该是我……不应该让雷磊……这次发言，不比往日！"

"那你……"

"我没有母亲的牵挂……不像你们……特别是雷磊，年龄小，身体又差，而且……"

樊清！这是樊清吗？我紧紧地盯着她，我怎么也没有想到……我一阵激动，紧接着又是一阵羞愧和内疚，那天晚上，刘玫算命的时候，我曾暗暗希望把樊清算到外地去，当我看到樊清抽到那黑桃9，而两手微微发抖的时候，我的自私的心理曾得到某种满足。虽然她是团干部，但在感情上我并不喜欢她。

在走廊尽头，樊清拉住了雷磊，抢着问："雷磊，是你自己要求发言的吗？"

"是的……"

"可你的第一志愿是……"

"我……改了……"

"你真的打算走？"

"是的……"

刘玫和娟娟也赶了上来。刘玫看看雷磊的脸色问："这是你的心里话？"

"当然……这是一次考验……"

刘玫吐了一下舌头："乖乖，考验……"

娟娟说："本来嘛，人的一生，就是经受考验的一生……"

"你有条件，为什么不要求留下来？"刘玫又问。

"我……嗯……留的名额少，走的名额多。我想，如果……比如说，我和樊清两个，必须有一个到外地去，应该是我去……"

"为什么？"

"我年轻，也没吃过多大苦。不像樊清，苦了那么多年，从小就失去母亲，我想我应该……"

在雷磊那轻柔的声音中，樊清捂着嘴哭了。双肩直耸，扑簌簌的泪水顺着她那粗糙的手指淌下来……

我们都惊呆了。

樊清为什么这样激动呢，就因为雷磊那几句话么？她是不大容易激动的。唉，樊清，这丫头怎么啦？

毕业歌

樊清停止了唏嘘，颤抖着讲起来："雷磊，娟娟……那天，刘玫算命以后我一夜没睡好，越想越觉得刘玫讲得有道理，我会被人挤走的。303中对我威胁最大的是雷磊，还有娟娟。于是第二天我竟然……偷偷打了小报告，说了雷磊很多坏话……又说娟娟在毕业分配中搞不正之风……我……"她说不下去，停住了。

我们都感到突然，似乎一下子有点接受不了，转不过弯来，盯着激动不已的樊清愣住了。

"我干了这件事，心里并不轻松，反而更不安了，你们俩被找去谈话时，我的心……我再也忍不下去了，我会抱恨终身，一辈子背上债的……"

娟娟摇了摇头。

雷磊看看大家，走近樊清，柔声说："算了，樊清，别这样，反映情况是团干部应尽的责任……"

"不，不不，这不是正常的反映情况，这叫——这叫……呜呜呜……"樊清捶胸顿足地哭着。雷磊和娟娟拉着、劝着……

想不到雷磊和娟娟会原谅樊清。以己度人，我是不会原谅她的，在这生死搏斗的关键时刻，一句话，一件小事，都很可能会影响到分配，以至于影响一辈子。

"我真……对不起你们。你们对我这样好，可我……"

"不，樊清，你的心情是可以理解的，母亲被'四人帮'害死，你应该得到更多的关心。这几天，我一直在想，妈妈说得对，不应该计较个人得失。只有把自我放在祖国、放在人民、放在他人之下，人才会变得高尚……我们这一代人，因为上过当，受过骗，变得善于思考，善于探求，但同时，又常常以'我'为中心，只相信'我'，只关心'我'……"

樊清默默地听着，我们也都屏息凝神地听着。雷磊说的，不正是我们一直在寻找的么……

"我真后悔，那天谈话以后，我一直没有安宁过，我辜负了妈妈的期望……这几天，我天天读妈妈的遗信，每读一遍，就觉得自己渺小，可怜……"

"樊清，能把你妈妈的信念给我们听听吗？"我突然插上来问。

樊清愣了一下，随即点了点头，从一个小本子里拿出了她母亲的信，轻轻地念了起来：

　　……孩子，在离开你，离开人世的时候，妈妈没有更多的话对你讲。二十年前，妈妈大学毕业时，唱过一支歌，那是老校长教给我们的，我把它留给你，希望我的女儿上了大学以后，也能高唱它走向新的生活："我们今天是桃李芬芳，明天是社会的栋梁；我们今天是弦歌在一堂，明天要掀起民族自救的巨浪！巨浪，巨浪，不断地增长！同学们，同学们！快拿出力量，担负起天下的兴亡"……

　　"毕业歌！"我们随即轻轻地哼了起来，"同学们大家起来……"樊清那略带沙哑的嗓门，声音最高。富有极大的感染力。渐渐地，声音成了一片，回荡在303，回荡在整个学校大楼里……

　　谁说这样的歌只能感动50年代、60年代的青年？70年代的青年雷磊、娟娟、刘玫、樊清，她们都激动着，连我这个三十多岁的老青年，也沉浸在二十岁的小姑娘才有的冲动之中……我的心躁动不安，羞愧、内疚、悔恨，当我听说樊清向领导打小报告时，我曾经那样地鄙视她。可是，我怎么不想想，自己的心灵又比她高尚多少呢！如果"挤"到我，我能保证自己不去干些什么吗？为了自己的"保险系数"，我担心，苦恼了多少个日日夜夜……

　　一阵清脆的皮鞋声打断了我的思绪。班主任来了。

　　"雷磊，发言稿准备好了吗？"

　　"准备好了。"

　　"不，雷磊不发言了。我去上台，我！"樊清抢上去说。

"已经定下来了……"

"那——我找系领导！要求发言，还要替……雷磊、娟娟她们澄清事实……"说完，头不回地朝学校办公大楼跑去。

新的 303 在等待着我们

上台表决心的是樊清。不过，不是代表她个人，而是代表我们五个，代表 303。

再过几天，就要公布分配结果，303 就要解散了。四年，我们都依依不舍，在这里，我们从陌生到熟悉，从知识到生活，寻找着人生的真谛。人生的路是漫长的，这个 303 解散了，我们又走向新的 303。又会有五位或者六位大学生，组成新的集体，不停地探索，不断地寻求。

啊，303，永远难忘的 303……

飞扬的尘土

我向他们招手，互道着再见。我从心底里祝他们幸福。

小娟开始流泪了，摸出一块手帕，扬军和建林也红着眼圈。整整十年了……他们都在哭。幸福的？辛酸的？激奋的？忧郁的……无须再去探究他们的心灵。经历了最沉重的也是最难忘的，"扎根树"成材了，他们却被人们认为"失去了最宝贵的理想和青春"。心灵的火花也许早已泯灭，可他们毕竟都哭了……

变了，一切，一切……手指的关节、面部的皮肤、生活习惯、食量口味、美的标准、爱的价值……当他们回到五彩缤纷的霓虹灯下，当他们置身在车声嘈杂的繁华街头，他们会感到自己那身衣衫寒酸得丢人，甚至会觉得，他们被时代拥下了……

车轮终于滚动了。一辆破旧的外壳红漆已经剥落了的长途汽车，带走了知青集体户的最后三名户员，又是一片扬起的尘土……

第一回是户长。那时似乎都还没有学会嫉妒，真心诚意地推荐了他。我第一次看见了一个男子汉的泪水："我还回来。我学的是农机，回来开拖拉机，还当户长……"他留下了一串感人肺腑的誓言……

还有他，曾经以他的坚定的信念、乐观的情绪拨动了我的心弦的刘晓。"我们永远在一起！"他对我说。可临走时，竟然没有勇气来和我道声再见……

终于也轮到我了……知青伙伴们善良而哀伤的目光，妈妈幸福而辛酸的泪水，刘晓的失去了意义的忏悔信……可是，我去的那所中等师范，竟是面向农村，培养乡村教师的。

于是，不费什么周折，我又在一片飞扬的尘土中回到这个穷山沟，还住集体户。

剩下的户员羡慕我那法定的 36 元，相当程度上，他们还在靠天吃饭。他们也为我惋惜，但多少又有点庆幸，稍稍的安慰……

现在，他们全走了，走向新的生活，开始了新的追求。

我们往回走了。我，还有山猴。这山猴，在山里土生土长，却比城里人还活络。

沿着环山公路，不时遇上一辆满载山货的八轮大卡。山猴总是目送他们，也不怕扬起的尘土呛人。这个最喜欢嘲弄城里人的家伙，今天他那双眼睛怎么老跟着汽车往城里溜？

我领头拐上了山间小道。同公路相比，它离现代化更远，但毕竟清静、安逸多了。

山猴摘下几片树叶，拣一片塞进嘴里咬嚼，一路蹦跶着。

"李老师，下班车该送你啦！"

"这可是末班车啦！"话一出口，我又后悔了，不吉利的。

"'哀'心的感谢！"山猴突然蹦到我前面，恭恭敬敬地鞠了一躬，"代表方老师！"

我忍不住笑了："还念'哀'心！都给你纠正了几回了！"

"唉，就这块料嘛。"山猴挠着后脑勺。

真的，就这块料。方老师进城看病，找了他来代课。这便是现状，无可奈何的。照山猴说，山里人是吃泥巴长大的，脑瓜子死沉死沉，城里人么，心眼长在城里，早晚要回去。

"早晚要回去！"

赵明也说过这话。在师范学校的两年中，是他，抚平了刘晓留在我心上的伤痕……清晨，我们用外语会话，他细心地纠正我的发音……夜里，他替我补课，常常到很晚很晚……第一堂实习课上，是他那双温柔的眼睛，镇定了我慌乱的心绪……为了治我的腰伤，他用自行车推着我四处求医，一里又一里，一天又一天……毕业了，他留校，我回了山村。他责怪自己没有尽到责任，一次又一次地为我的工作调动奔波，六天前，他终于来信了：回城之事总算有了眉目，调令很快就要来……

我不由自主地摸了摸装着那封信的口袋，一阵内疚突然从心头涌起。是的，小娟他们真心希望我能早日调离山村，可分别时，我却没有把喜讯告诉他们。赵明说过，办好一切手续，打好行李铺盖之前，谁也不要告诉。我照他说的做了，面对小娟他们的一片诚意，我内疚了，可是，仅仅就是为了这一点而内疚的么？

"城里人回城，就像叶落归根，天经地义……"山猴把手里的树叶撒在树根旁，转过头来看着我。

我不喜欢他那双嘲笑的眼睛，但又没有足够的力量和它对峙，我理亏么，凭什么这样说……

"你别不安了，吃了10年苦，回城是理直气壮的……"

体贴、周到、温柔、细心，赵明处处为我着想。他甚至安排了我们的未来，40平方米的布置也有了蓝图……美满的小康之家，现代化的理想天地，是不是还欠缺些什么，他征求我的意见，我不知道，无法由我来添入……

山雀在小杉林里喧闹着。小桥、流水、人家，秋风、斜阳、暮鸦……牧歌式的，终究得不到永久的赞赏，人们向往的是现代化的大城市生活……熏得鼻孔黑的小煤油灯摇曳着，颤抖着……我做过许许多多的梦，欢乐的和悲哀的，丰富的和单调的，奇幻的和平淡的，过去的和未来的……可我从来没有梦见过我的今天……山陵初中，两间半草半瓦的校舍……我不愿意告诉赵明。我把山沟描绘得像童话世界，免得他担心，还是……其实，他早就知道了。

"小芳，你的谎里跳动着一颗善良的心！命运之神总是向善良的人打开大门的！我一定努力奋斗，退一万步，如果回城不行，我就到山里来，和你同甘共苦一辈子！"

我们的努力就要结果了，幸福在向我招手，可是，我却莫名其妙地感到空虚……

山猴在拐弯处等我了。方凌好像也是在那儿等过我。那时我从师范毕业，重返山村。他背着我的行李，坐在石头上歇着。两鬓已出现了斑斑白点，这是不应该的，他才30岁。

过去，我们曾经强烈反对吸收他入户，为了保证集体户清一色的"阶级基础"。他拽着沉重的行李，走了。一刹那，我忽然有点可怜他了……

再次见面的时候，我长大了许多。

"遗传学的基础是血统论，不是染色体。"我说。为他过去的遭遇抱不平，也为自己当年的可笑举止忏悔。

他不置可否地笑笑。这是什么意思？赞同？不以为然？想起了所经历的一切？我不懂。他总是这样，很少说话，就和他很少花钱一样。

"听说你回来当教师，山猴乐得抓耳挠腮的！"歇了半天，也沉默了半天，他才说了一句。

山猴？那个小山猴……

"方老师，我可以提一个问题吗？"一个尖嘴巴小眼睛的男孩，规规矩矩地站起来，高高地举起一只手。那是"复课闹革命"的第一课。贫下中农推荐方凌当老师，我们可不服气，跟了去看热闹。

"可以。"方凌点了点头。

那孩子抓抓耳朵，问道："'黑七类'是什么东西？"

沉默。随即爆出掌声、笑声、喊好声。

"妙，小山猴，妙！"集体户的"红五类"高叫着。

小山猴又抓抓耳朵，一点也没有笑。

是谁说过，最大的痛苦，莫过于人格受到侮辱。我又有点可怜方凌了，我恨那个尖嘴巴的小坏蛋。

"'黑七类'是人，不是东西！"方凌火辣辣的眼睛紧盯着小山猴。

又是沉默。随即是更大的骚动。

"你是什么东西？你没有资格站讲台！"

"狗崽子当教师，呸！"

混乱中，不知从哪儿飞来一块瓦片，击中了方凌的额角，额上顿时渗出了鲜血。

小山猴跳了过去，举着本本对着他喊："下定决心，不怕牺牲……前仆后继——"

方凌捂着额角的手一下抓住了山猴的手："念错了，是前赴后继，不是前仆后继……"

血，从他额上滴下来；泪水，从我眼睛里渗出来……

倔强的山里人，偏偏抓住他这个"黑七类"的儿子当教师。他这个教师又偏偏喜欢上了那个调皮捣蛋的山猴……而我呢……

一声呼哨，山猴在前面大声叫唤起来："李老师，你怎么啦，想夜行军吗？"

天快黑了，风力也在加大，我不由得加快了步子。

思维活动，真是五光十色，千奇百怪。当一种崭新的生活即将开始的时候，有人憧憬未来，设计着新的蓝图；有人却缅怀过去，怀恋着如烟的往事。我呢？……哦，虽然我口袋里装着未来，可我的心却老是向着过去飞驰……

也是一个风雪交加的夜晚，山猴把我从梦中敲醒了。"快，红药水，还要纱布。"

方凌又摔伤了腿，他总是那样不当心自己。

“这么大的风雪，还来补什么课？我可是个捧不起的刘阿斗！”山猴一边毛手毛脚地替方凌包扎，一边噘着嘴。

方凌笑了，对我说：“别上他的当，他已学完了高中课本，可以代课了。”

我心里一动……

“嘿，李老师乐了！”山猴的小眼睛盯着我，“有了接班人，就可以远走高飞了！”我脸红了，幸亏煤油灯光不亮。

天越来越黑了，起伏的山峦，变成了一块墨绿色的锦缎。远处的山坳，缭绕着一层薄薄的夜雾，收工回家的山民，顺路捡着山柴，哼着山歌。他们的生活是那样的单调，而且贫困，却总是那样满足，那样充实，可我……

就剩我一个人了，走了做伴的小娟，晚上我会害怕的……

“别怕，它不会咬你的。”一天夜里，我和方凌去给学生补课，一只大黑狗狂吠着向我扑来，我吓得直往方凌身后躲。

奇怪，他口哨一打，说了一句：“阿黑，自家人。”那么凶狠的大黑狗，一下变成了小羊羔了，温驯地摇着尾巴，在我脚边磨蹭着，不知是表示亲热，还是对刚才的粗暴表示歉意。我心头一热，我也是自家人了！

可是，我这个“自家人”却要走了……

“你走吧。”方凌爽快地催促我。

国庆有两天假，可我还想提早两天走，和赵明相约了，去玩东山。可我难以启齿，他的负担太重了，还得代我上课。

"成人之美，也是一种乐趣！"

"可你太辛苦了……"

"我壮得像条牛。"

他是像条牛，可并不壮实。除了上课，还揽了校工的活，爬山砍柴，给孩子们蒸午饭，累得直喘——也是一种乐趣！

赵明也有乐趣。他陪我去烫头发，进了最大的一家理发店，坐了四个钟头，他那温柔的目光，一种无言的赞赏。

我回校后，也希望得到方凌的一句赞扬，善意的，玩笑的，只要一句。

但他耸耸肩。淡淡地一笑，蔑视？

岂有此理！我将带响钉的皮鞋重重地蹬在泥地上，声音是沉闷的，效果不好，可能也表示抗议了……

他觉察到我的情绪，收敛了笑意，回到自己办公桌旁。

看着他额角上的那个疤，我又内疚了。

"要下雨了，快走！"山猴又在前面催我了，"再加一把劲，就到了。"

这是山猴在说么？还是赵明？是的，是赵明，他说的，再加一把劲，再走一步，我们就能得到了，我们所追求的。

可是如果我不再加劲了呢，我不再走一步了呢？我会这样吗，在那向着欢乐的路上？

我是傻子？我会做出方凌所做过的那种傻事么？不，不会的。因为……因为他是那么坚强，像一棵劲松，而我，我是一棵小草，我是软弱的，无力的。赵明了解我，他的信上说："你要知道，过分地善良，会变得软弱。在决定我们的命运、前途的时候，你可要把握住自己，耳朵根子要硬，不要听了几句好话就动感情……"

他给我打了预防针，幸亏……要不然，三天前……

小娟他们要走了，开了个小小的欢送宴会，方凌竟然说了那么多的话，我们都料想不到的。

"都走啦……一个一个……全走啦……"

大家静静地看着他，期待着。期待什么？他喝了点酒，酒后吐真言？他这个坚定的扎根派，也有他的内心世界！

"这是……历史的必然，把千千万万的青年人，把所有的青年人都赶下农村，能行吗？物极必反……你们……小娟、建林、扬军……都要回去了……是的，该走了，十多年来，够苦的了……"

我一阵心酸，小娟他们也都垂下了眼帘。

"……没办法呀，10亿人口，国家，国家困难。困难，需要大家同心协力地对付……"

他没有醉。酒多话多，可他没有醉。

"……10年风雨，对我们多少有点帮助，至少，我们看到了，乡村很需要普及文化教育……李老师，山里人都夸奖你呢，孩子们也喜欢你……"

我想起赵明的来信，我紧紧地攥住了它，把握住自己……

来不及了。雨已经下来了。我和山猴躲进路边一个山洞。黑咕隆咚的山洞里，山猴嘀咕着，我觉得心烦，大雨滂沱，往后那段路该怎么走啊……

我计算着时间。长途车该进城了。小娟他们也遇上了雨。会有亲人接他们的。即使淋点雨，又有什么呢？他们是幸福的……

"李老师，搞肺透的 X 光，也能透视人的灵魂吗？"不知道山猴又玩什么花样，我干脆闭上嘴不答。

"方老师进城搞肺透，会不会是个借口？""什么借口？""上文教局，要求撤回你的调令！""什么？文教局发来了调令？""别那么紧张，这只是我的分析嘛。""你的分析？你怎么分析的？""根据路透社消息……""谁告诉你的？""你自己呗！"什么，我自己？这山猴，简直活见鬼。

"六天前，你接到了赵明的一封信，对不？你又是哼哼歌子，又是高兴得直笑，对不？接着，你拆洗被子，清理书报，还有，还有你自己看不见自己的眼睛，幸福的，又有点留恋。对不？我说错了没有？我可是非常相信自己的眼睛！"

糟糕，这个该死的山猴。

"我把这些告诉了方老师……"

"他怎么说？"

"他直摇头。他相信你，就像相信他自己一样。"

相信我？我配么？我值得么？十多年的追求，功亏一篑么？妈妈焦虑地盼望着……赵明那温柔的眼睛……真会由于这一时的冲动就消失了么？

"他是真有病吧？"我问山猴。

"病是有病，但他从来没想到去看病！"

"那他真的去文教局了！"

"去也没有用！他早说过，心去人难留。不是说你的，他从来不说你……可是，你为什么要让他失望啊！"

"各人情况不同，他是无牵无挂的！"方凌自己说过，爸爸妈妈都去世了，姐姐正践踏着他们的灵魂生活着，他不愿意回去。

"嘿！李老师，你真的一点不知道方老师的事吗？"

我愕然了。

"他的对象，原来插队在前村的，他们在教师进修班相识的。他很爱她，可是她回城了，说什么也不肯再回山沟了……"

"现在呢？""吹了。他爱她，也爱山里的孩子。他仍然没有忘记她，还一直给她写信，动员她到山里来！他早就有个计划，要把山陵初中改为高中！"

呵……我紧紧地捏着那封信，又把它松开了。不管外面雨有多大，一抬腿就跨出了山洞……

我们很快就到家了。方凌还没有回来，不知他去看病了，还是去了文教局，还是去动员她了……

一接到我的信，赵明就来了。我们的思想冲突了，这还是第一次。我们没有吵嘴，他只是说我太软弱，考虑问题太简单……

在一片扬起的尘土中，他走了。可我知道，他犹豫了、动摇了、矛盾了……

我对不起他。我多么想追上去，告诉他，我愿意跟他走。可是我没有这样做，因为我相信，有一天，或许就在明天，在一片飞扬的尘土中，他来了，带着我们的家。

嫁　妆

丫头这几天又神气起来了。进进出出，屁股一撅一撅，牛仔裤，小八寸的窄裤裆，二尺六的小臀围，箍得屁股滴溜圆。

"啥稀奇，假的，劳动布的……"弄堂里的小姐妹撇撇嘴，皱皱鼻头。

自由市场上牛仔裤堆得一天世界，正宗石磨蓝，二十几块三十块。丫头前几日倒是凑足了三十块洋钿的，那钞票捏得出汗来，没有敢松手甩出去。结果一分为二，七块洋钿买一条假牛仔裤，二十三块买一件顶顶时兴的蝙蝠式羊毛衫。出风头，正好配套。不过这几日天气冷下来了，一件薄的羊毛衫当外套有点吃不消寒气了。胸口冷滋滋，正缺一件滑雪马甲挡挡风，白的、红的、黑的……丫头只好眼热人家。若要俏，冻得汪狗叫。弄堂的小赤佬对着丫头拍手笑。倒不是丫头真的窘到这种地步，实在是一个铜钿要派一个铜钿的用场。何况，明年"五一"要办大事体，嫁妆呢，年内不买好，出了年涨起来野野豁豁，不晓得啥模样。丫头要把陪嫁的东西快点买回来，存在屋里放心，其他方面只好勒紧裤带，咬咬牙齿了。

小姐妹眼睛尖，一歇歇工夫就晓得了，丫头神气，是因为手指头上套了一只金戒指。

"阿姐送的……"丫头翘起莲花指，炫耀，心里快活得不得了，"龙凤戒，工艺美术大楼里买的，两百三十块……"

小姐妹们面面相觑：丫头阿姐送的？

弄堂里的人全晓得丫头阿姐苦命。丫头同小姐妹白相，从来不提阿姐的事体，讲起来面孔上不好看。现在，阿姐倒会送一只金戒指给丫头，真真，一跤跌在青云里——交好运了。

丫头阿姐真的是交好运了。男人有慢性咽喉炎，不适宜当卖票员，头头不肯调工作，一气之下辞了职。晒晒太阳，甩甩老 K，过了几日适意日脚。想想不行了，出来摆个香烟摊，生意倒也不错。外头小弟兄多，路道也多，紧俏香烟别人弄不着，他弄得着。没有多少辰光，屋里大翻身，送一只金戒指给丫头，小意思。

丫头又是开心又是眼热。姆妈说，这叫各人头上一片天，该着啥人享福，逃也逃不脱的。

丫头不晓得自己头上是什么样的一片天。心里痒得不得了，总归觉得自己没有阿姐福气好。阿苏太老实，不会去卖香烟做小生意的。阿苏的老头子更加"死蟹一只"，一个小学教师，一日到夜一本正经，也不看看现在外头啥世界，老古董老糊涂了。

吃夜饭的时候，是一家人团聚的时候。阿哥阿嫂和两个兄弟，一共七个大人，吃一碗青菜、一碗豆腐，一条河鲫鱼还是两天前烧的，只剩一个头一条尾巴了。大家筷子不敢多戳。丫头对吃一向不管的，戳戳乳腐也好，喝点咸菜汤也好，照样两碗白米饭，吃得落，白白胖胖。

"咳，咳咳……"阿嫂吃鱼尾巴，鱼骨头卡牢喉咙，咳了半天咳不出，眼泪水也呛了出来。阿哥又是急又是肉痛，一歇歇叫她吞一口饭团，一歇歇叫她喝口醋，一歇歇叫她用手抠，做了一大歇总算弄了出来。阿哥火冒冒地对姆妈说："真作孽，又不是没有钞票，吃点鱼头鱼尾巴……"

姆妈不响，只管闷头吃饭，筷子头菜碗碰也不碰。

阿嫂说："不晓得省下钞票来做啥，抠得也太……"

姆妈熬不牢了："啥人省钞票？啥人抠钞票？啥人不想吃得好！钞票最好少交点，最好不交，菜么，要多吃点，吃好点……"

"啥人不交钞票？一个月四十块交给啥人的？"

"哦哟，四十块吓煞人的来。你自己去买买菜看，阿晓得，喏，今朝早上，一斤青菜二角二分，一碗青菜两斤……你四十块，听听蛮多，两个大人，吃得到什么哟……"

"好了好了，人家讲一句，你拉出来一筐，不要讲了，吃饭！"阿哥一开口，姆妈就不响了。

丫头不敢作声。屋里一讲到经济问题，阿嫂总归拿她当挡箭牌。丫头一个月只交十块伙食费，只好不响。

吃好夜饭，一家人都去看电视，丫头到厨房帮姆妈汰碗。

"啥事体？"姆妈看见丫头这种贼脱嘻嘻的样子，就有点数目了。

丫头甜甜地笑笑，想来缠姆妈的腰包了。尽管屋里老早就讲好了嫁妆的事体，丫头一直不称心。两只马桶，两只脚桶，一只被头柜，一对沙发，八条被条，一条羊毛毯……数数一大堆，全是小来来，没有大名堂的。丫头倒不是不想要这些东西，要是全要的，多多益善，最好再增添几样高档点的，要么，家用电器，要么，黄金首饰，也好叫阿苏的老头子看看。几次开口同姆妈交涉，姆妈总是讲，还嫌少？比你阿姐多……阿姐是阿姐的辰光，丫头是丫头的辰光，拿五年前阿姐出嫁来同丫头比，丫头是要不开心的，给小姐妹笑也要笑煞了。

不过丫头要绕几个圈子再开口。她晓得屋里日脚尽管比老早好了不少，总归还是蛮紧的。两个兄弟还在读书，姆妈没有固定工资，爸爸退休金也有限，阿哥阿嫂交了伙食费，其他死人不管。

丫头甜蜜蜜地笑了："姆妈，阿菊元旦结婚，她屋里陪点啥嫁妆，你阿晓得？"

"阿菊屋里有条件，没有人吃白食的，我们比不过人家……"

丫头狠狠心，豁出去："姆妈，我宁可其他马桶脚桶全不要……"

"啥？其他不要？马桶怎么可以不要？老法头里讲来起，陪马桶，马桶里要摆满红蛋，多子多福……"

"老法头的一套，我宁可不要……"

"嘴上讲得好听，我看你是一样也不舍得不要的。"

丫头有点难为："我真的，宁可换的。"

"换啥？你不见得要电冰箱，要彩电？"

"哎，哎哎，我就是要彩电……"

"哦哟哟，丫头，大白天你昏头了，从来没有听见过叫女方陪彩电的，这种东西全应该男家弄的，你倒起劲，倒贴！"

"不要你管……"

"我是管不牢你，你反正自己有票子，私房铜钿不少，年底又好奖金不少。"

"哪里有，一点点，一点点，不够的。"

"不够？不够么问你阿苏要，他讨你，他不亏的。"

"人家已经出了不少了，一房家当就一千五，还有……"

"哦哟，还没有嫁过去，已经帮腔了，和你阿姐一批货色。"

丫头还想讲点什么，姆妈说："好了好了，走吧，我还有不少事体要做。"

丫头萎萎地走出厨房间，弄堂里有几个小姐妹来寻她白相，屋里狭窄，坐不下，只好门口弄堂里立立，讲白相。

一辆自行车推过来，是琴芬。

"哟，琴芬，又去读夜学了？"

琴芬和丫头她们打个招呼，一歇歇也不肯停，就骑上自行车走了。琴芬老早也是和丫头她们一起白相的，今年热天开始读夜学，竟忙得不得了。

丫头看看琴芬的背影，心里不大适意。中学里丫头和琴芬是同班同学。讲功课，丫头好甩琴芬几甩。老师当时真正想培养丫头，叫她考大学的。丫头全是自己作掉的，到了高中就不肯读书了。读书时，琴芬算得笨了，读英语音标不识，注中文，注出来的汉字笑得煞人，啥"肉馒头加个蛋"，啥"跌跟头挖把泥"，笑煞人。现在琴芬倒去读书了，白相辰光也没有，轧好一个朋友也没有空约会。

"一本正经……"

"哎，丫头，你不好也去读夜学？你又不是读不过琴芬！"

丫头呆一呆，停了半天，说："我是不高兴……"

"我也是不高兴……"

"我也是不高兴……"

"没有劲的，苦么苦煞，读出来厂里又不会叫你当干部，坐科室，总归还是当工人，我不好白相相啊，乐得……"

"我也是……"

"我也是……"

小姐妹开始笑了："丫头是不肯去读夜学的，读了夜学看不见阿苏，要生相思病的……"

丫头"去"了一声，面孔上熬不牢要笑。

"没有几日要嫁过去了，天天住在一起生啥相思病？"

"我们还早呢！喏，阿菊嗻，元旦就要出去了。"

"哎，丫头，讲讲么，阿菊嫁妆有点啥？"

"我是不晓得，管啥闲事，同我不搭界……"丫头心里酸溜溜的。

"我晓得的，阿菊姆妈告诉人家的，阿菊不得了，嫁妆一只顶，弄堂里的新娘娘，一个也比不上阿菊的……"

"好啦好啦，讲得起劲，你又没有……"丫头不要听，不开心，自管自回屋里去了。在跨进房门的时候，丫头终于下了最后的决心：要一台彩电做嫁妆。

厂休日的前一天夜里，丫头到阿苏屋里吃夜饭。阿苏的老头子一直给丫头劝菜，就是讲出话来老是要惹人发笑，文绉绉酸溜溜的。

吃好夜饭，阿苏就和丫头到他的房间里去了，阿苏把新买的录音机拿出来，叫丫头听。丫头看看，四喇叭，不过是单卡的，不大称心，又不好讲啥，上次是两个人商量好的，买四喇叭单卡，双卡的要多半把价钱。

一歇歇工夫，老头子来敲门了，在门外头关照："阿苏，年纪轻轻，弄本书看看，也比吹牛皮好点儿。"

"烦煞！"阿苏对丫头眨眨眼睛，"不理他，老头子……"

丫头噘噘嘴。

过了一歇歇，老头子又来敲门："阿苏，你开开门，我有话同你讲……"

阿苏不响，看看丫头。丫头只好苦笑笑，有啥办法。

"我今朝碰到你们车间主任，讲起你的文化考试的事体，讲你考得蛮好，蛮有希望的。"

"你烦煞了！"

"哦哟哟，坐一歇也坐不安逸的。"丫头白了阿苏一眼，"翻来翻去只会讲一包'你烦煞了'！"

阿苏张了张嘴，说不出什么来，咽了口唾沫。

"出去走走算了。"丫头立起来，"人家没有房子谈恋爱，只好去轧马路，数电线杆。我们刚好，有房子也只好出去吃西北风，走吧走吧……"

阿苏开门，老头子还立在门口，父子俩差点撞了额骨头。阿苏不理睬老头子，和丫头一起往外走，到了门口，还是被老头子拉住了。老头子压低的声音，丫头耳朵尖，听见老头子说："我是怕你们年纪轻，不懂，做出丑事体来……"

"你烦煞了！"

丫头又好气又好笑，一个人先走开了。

阿苏追了出来："嘿嘿，没有弄头的，老头子真没有办法……"

丫头又熬不牢笑了："老头子没有办法，还是你自己没有办法？滑稽，以后我过来，要是一直这种样子烦，我是要……"

两个人朝黑乎乎的弄堂走过去。

厂休日眼睛一眨就过掉了，明朝又要上班。早班汽车挤得要命，两趟车一转，好几次差一点点迟到，不过不管怎么挤，丫头总归要挤上去的。丫头进厂以来一次也没有迟到过。

这几天厂里好像有点人心惶惶。一桩大事体，年终奖。规定不许搞平均主义，要论做生活奖金。当领导也是蛮难的，横竖有人骂。每个人做的生活，前几天就来额定过了，还没有公布，公布生活就是公布奖金，大家蛮紧张，一进一出，钞票要相差不得了。

吃过夜饭，没有事体做了，阿苏今朝开始上中班，夜里不好来了。丫头看了一歇歇电视新闻，没有劲，想早点困觉了。

"笃笃笃"，有人敲门。丫头开开门一看，吓了一跳，是自己的车间主任，同厂里的王秘书。姆妈出来听丫头一介绍，也有点紧张。让坐，母女俩逃到灶屋间泡茶。

"啥事体？"姆妈比丫头还要吓。

"我怎么晓得啥事体？"

"是不是你在厂里做啥坏事体了？"姆妈泡茶的手也有点抖了。

丫头想来想去想不出做过什么不好的事体，只好硬着头皮同姆妈一道把茶端出来。

　　喝了几口茶，车间主任面孔上笑眯眯，告诉丫头一个好消息：车间丙组做生活算丫头第一，数量质量全过得硬，已经是多少多少米无疵布了，最后结果还没有复核，复核出来，作兴全车间、全厂也挨得上头号了。姆妈弹眼落睛地盯牢车间主任的嘴，只怕少听见一个字。丫头倒有点不好意思了，她想不到自己会是第一，她也根本没有想去争第一，反正上班就是一门心思做生活，生活又不难。丫头年纪轻轻，身体好，上班只管做，也没有出啥大力气，现在倒弄个第一，她有点想不通，不过开心还是开心的。车间主任还告诉丫头，说不定厂里会评她个什么先进，什么模范。丫头笑笑，她不大稀奇的，先进不先进，模范不模范，有啥花头，还不如来点实惠的。接下来，主任告诉丫头，厂里想要了解点她的情况，叫丫头不要拘束，问啥讲啥，丫头点点头。

　　王秘书先是祝贺丫头，不过丫头没有听明白祝贺她什么。只听见王秘书讲："厂里的劳动模范么，还要看全面情况，再了解了解，质量标兵是稳牢的。哎，你讲讲，你是怎样坚持质量第一的？"

　　丫头讲不出，愣坐着，鼻尖上冒出不少小的汗珠了。

　　车间主任不时朝她眨眼睛、歪嘴巴、弹眉毛，她也看不懂啥意思。

　　"噢，对了，质量同科学管理是分不开的，你平时一定看不少技术方面的书吧？"王秘书"启发"丫头。

　　丫头摇摇头。丫头不大看书的，做生活要看啥书，她学徒辰光，心灵手巧，提前满师的。

　　"你上不上夜校，或者其他什么文化班？"

　　车间主任又是眨眼睛、歪嘴巴。丫头不晓得怎么办了。主任插了上来说："你好像是报名读了夜校的吧？"

"上夜学？"丫头想起琴芬那种一本正经的样了，说，"我是不高兴的，上夜学做啥……"

王秘书皱了皱眉头，车间主任也急煞。丫头倒想笑，看看这两个人真滑稽。

问不出什么话来，大家停了一歇，王秘书又想起来了："哎，那么你最想什么，最希望什么，最要什么？"

丫头差一点脱口而出："想要一只彩色电视机。"不过她到底没有讲出口，眼面前两个人不是弄堂里的小姐妹，也不是阿苏，到底是厂里的两位领导。

边上姆妈插进来讲："丫头么，老实小囡，不会同人家讲话的，领导上要帮帮忙……"

两个人总共坐了十几分钟就要走了，丫头姆妈要他们再坐一歇，车间主任说："阿婶，我们是特地来向你们报喜的，还有几家人家要去，你的女儿不错啊……"

姆妈千谢万谢，只差没有磕头。

车间主任走到门口，又回过头来对丫头讲："噢，还有，明朝上班就好领奖金了。今年全是用红纸头包好的，生活做得多，拿得多，别人眼热也没有办法的……"

丫头实在熬不牢了，脱口问道："我大概好拿多少？"

主任想一想说："最少有五百块，噢，五百块大概不止的，不止的。反正你明朝就拿到了……"

"丫头，多少？主任讲多少？"姆妈要紧拉住丫头问。

丫头笑出了声来："够了，笃定够了！"

"什么够了，多少，问你多少？"

"五百，起码五百，够了，哈哈……"

丫头没有工夫去听姆妈啰唆，她的脑子一秒钟也没有歇，就开始动买彩电的脑筋了。市场上不要讲彩电，黑白电视机也不好买。阿苏有个朋友，在五金交电公司仓库里工作，上趟说起，仓库里是有货色的，全是十四吋，日立十四吋全有。看来只有走这条路子了，哪怕"进贡"点东西也是心甘情愿的，到辰光，叫弄堂里的小姐妹，叫阿菊，也叫琴芬看看，叫她们眼热眼热。丫头看看时间，只有八点一刻，招呼也没有和姆妈打，就出去了，到阿苏厂里去一趟，叫他明朝就同那个朋友去联系。

丫头开心得不得了，一路走一路哼哼歌曲。走过市文化馆门口，看见那里围了不少人，她也凑过去看看，看见不少小青年围牢一个女青年，手里全拿个小本子，送到那个女青年面前，只听见大家吵吵闹闹地喊："徐老师，留个名，徐老师，帮我签个字……"丫头看看这个女青年的背影蛮熟，不过一时竟想不起来是啥人。一歇歇，这帮人拥着那个女青年到文化馆里面去了。门口还有一些人，不晓得啥事体，正在那里问三问四，有人指指一块牌子说："喏，上面全写着。"丫头转头一看，上面写着："文化馆邀请青年女作家徐珊珊讲课……"徐珊珊……怪不得，是丫头高中里的同学么。几年一过，竟有那么多人围牢她，喊她"老师"，还要留名，还要讲课，徐珊珊……丫头不由自主地叹了口气，人家真的有出息的，想想自己，一个小工人，要是当初，听老师的话，去考大学，作兴现在……唉唉，来不及了，叹气又有什么用，小工人就小工人吧，小工人也有自己乐惠的地方，要是彩电能买到，丫头困梦头也会笑出声来的。徐珊珊有徐珊珊的光荣，丫头有丫头的快活么。

丫头拉开步子，兴冲冲地朝前走去。

夜 归

黑的夜，白的雪，无声无息地笼罩了这条僻静的山路。这样的气候，这样的时间，想遇上个把同路人是难的。中华人民共和国成立 30 年，据说野兽是没有了，可是"人兽"呢？在山里生活过 10 年的映华，也不免有些胆怯了……

她害怕极了，她已经记不清究竟是什么原因促使她徒步上山的了，她只是一个劲地后悔，当初坐上那独轮小车该多好啊。来这儿插队的知青，第一回照例都是坐车进山的。可她偏偏生了什么怜悯之心，怕推车人吃力。唉，谁知这大雪纷飞……黑压压的山陵像只巨大的魔掌，深幽幽的山谷简直是个无底的大口……

真想放声大哭，可她不敢。她怕哭声惊动了狮子老虎或者妖魔鬼怪，雪迅速地向她扑来……

“哈哈，白雪公主，等你的王子来救你吗？”

映华吓得一哆嗦，一个黑影竖在她眼前，是熊？是狼？哦不，他会说话。她缩成了一团：“你，你是谁？”

“你说呢？”黑影渐渐清晰了，一个二十来岁的小伙子，“小公主，别哭鼻子啦。跟我走，要不，你得让它给吞了。”他朝夜空挥了挥胳膊。她不知道，他说的那个“它”是什么，雪？夜？还是——她不敢问，也不敢跟他走：“你是好人坏人？”

“哈哈哈，真是个小公主。现在好人坏人用什么尺寸量呀……”

她觉得自己真有点呆，默默地跟上了他。

“怎么不说话呀？害怕吗？”

这声音怎么像爸爸！爸爸总是告诉她不要害怕，要勇敢。他写了那么多鼓励孩子们勇敢的书，可是末了，还是成了屈死鬼……

她努力摆脱了对爸爸的思念，想了想，小心翼翼地回答：“妈妈说的，山里人规矩大，男的和女的不能随便说话……”

这是十多年前的事了吧……是的，插队第一天嘛……后来，她成了他的妻子。小甜甜一只小胳膊勾着爸，一只小胳膊勾着妈，亲亲妈，又亲亲爸，多么甜蜜的梦呵……

如今，她又回来了。大学放假，回家，亲亲小甜甜的小脸蛋……

雪，究竟是好东西，还是坏东西？不是有过一个传说，商人、秀才、财主、乞丐各自对着雪景吟了一句诗吗。商人说：漫天大雪纷飞。秀才说：都是皇家瑞气。财主说：再落三年无妨。乞丐说：放你娘的狗屁！——文艺理论老师还用它来证明文艺的阶级性呢。

她不知道眼下和她作对的雪属于哪个阶级，哪个阶层，哪个派别，反正，她已走进了雪的包围之中……

　　脚下在打滑。她竭力支撑住身体，不让它倒下，整个身子竟然旋转了一百八十度……

　　她旋转着，旋转着，脚步轻快、身体轻盈地旋转着，和着明快的舞曲。起先还有些胆怯，渐渐地，沉浸到无比的愉悦中……真要感激那几个小丫头，硬把她拖来了。中学时代，她还是校文工团第一流的舞蹈演员呢！她那天生的舞蹈演员的身段，并没有因为生育而变形……

　　她旋转着，眼睛掠过观众席。挤坐在一起的几位老三届女同学的脸，苦笑、嘲讽、哀伤……心里猛地一阵刺痛。

　　似乎有人在说什么"思嘉""思嘉"。"思嘉"？不是美国小说《飘》的女主人公吗？小说有一段把她守寡后想跳舞的心情刻画得淋漓尽致，入木三分。难道她们把她比作思嘉了吗？太刻毒了，是嫉妒，还是……

　　她哭了。是的，她才30岁，可她是个寡妇……

　　就是修脚下这条路，他被石头砸了，一句话也没有留下，走得那么匆忙，她想去和他相会，又不忍心丢下一老一少……

　　远远的山坳里的村子上，偶尔传来一些奇妙的声响，是不幸的家庭夜半的争吵？还是年轻的妈妈顺利地分娩了……哦，她听出来了，是哭声，她的小甜甜又想爸爸了。婆婆是一个心眼儿要给小甜甜找爸爸。可在山里，寡妇随便和男人说句话，也要遭白眼……

不是有个外国片子叫《疯狂的贵族》吗？上映的时候，她没去看，大概是为了省下几枚硬币。那里面的人疯狂得怎样呢？雪花大约也疯狂了，像一对对、一群群追逐飞旋着的"梁兄祝妹"。这对人是怎么死的？不是给逼死的吗！那股势力真大。映华为"梁祝"洒过多少泪，心也疼过多少回……

她的心早割成了几瓣了，有的被带进了另一个世界，有的分给了小甜甜，可是她还年轻，她要让她的心呼吸得舒畅些，山里的空气并不怎样。

她果然舒畅了。大学，这不是年轻人最理想的去处么？自由地呼吸，快乐地生活。夏夜的草坪，为什么这样迷人哟。她和年轻姑娘们一起唱《丽达之歌》，她和男生们一起讨论文艺问题，尽管常常争得面红耳赤……

有人说她争论起来声音很好听，像唱歌。

那是一支什么歌？山柱在山溪对面饮牛，她在小河这边洗头。歌声是从那边飞来的，从她心目中的王子嘴里飞来的："对河岸边的百灵鸟，你为什么不放开歌喉，吐露胸怀……"她的脸为什么要红呢——哎呀，这是什么？山楂果，酸溜溜，甜滋滋，伴随着歌声一起飞来的！她真愿意那边的人也过来。蹚着清清的溪水，凉飕飕，滑腻腻，小鱼在水中啄着脚脖子，怪痒痒的。她也唱了，让醉人的晚风把歌声带过去："月亮出来亮旺旺，想起我的阿哥在深山……"山里人终于听懂了他们唱的，撇嘴、闭眼、哼鼻子，山柱的妈不也一样生气吗……

她又迷惑了，她的心比这漫天的风雪还迷茫，唱歌也能引起旁人的不快，或者触犯哪条清规戒律。山里人倒还是挺耿直的，渐渐地还是喜欢了她。可是，大学——中国最高学府的文明的人们，为什么用那样的眼光向她行注目礼？那眼光毕竟比山里人的要深奥得多，就像喝山里的茶，初喝一口是品不出味儿来的。

副班长来了。她是幸福的，有爱人厮守在身边。她还没有孩子，以后有了孩子会更幸福的。

"我们同年，可你真年轻！"真的吗？映华听不出有什么虚伪的意思，可说这个干啥呢。

"你的心更年轻——"是这样吗？映华觉得并不错，年轻难道不好吗？

"我们都觉得你不像 30 岁，更不像……"下面的话，她咽下去了。映华要是脑子迟钝一些就好了，可是……

生活对她的惩罚还轻吗？社会却还要加一码。人们要求一个寡妇承担的责任，她都责无旁贷地承担了。赡养老人，抚育孩子，不同别人谈情说爱，不和任何异性发生超过同志之上的友谊……还要她怎么样呢，苛求啊……

太沉重了，背上的包袱。百步无轻担。她已经没有力量再一次把向下滑的背包甩到肩上，只有听凭它坠在胳膊上了。困顿，有人帮助她一下，该多好啊——

"这算什么帮助呀！"她看见的分明是一副黑眼镜架后面闪烁着

的两道诚恳的光。是的，平明是班上的学习委员，不料他的心肠比他的成绩更好。

为了小甜甜的病，她分了心，成绩下降了。可是婆婆来信说，30元钱收到了，小甜甜的病也好了。她怎么知道钱是他寄的呢？自己也闹不清，反正她心里明白。她不安了许久，默默地省下助学金，把钱还到他手里："凑齐了，谢谢你的帮助！"

"这算什么帮助呀！"他满脸通红……

终于看得见隐隐约约的亮光了。是牛郎织女的眼睛吧。她看得出，他们互诉着"盈盈一水间，脉脉不得语"，人相近而心不得相通的寂寞、凄苦。天帝竟是那么残酷，一年只许他们相会一次，七月初七——哦，错了，冬天，牛郎织女是不能相会的。

那是山柱的眼睛。三年来，她一直想着这双眼睛。她要哭着告诉他许多许多。他会责备她吗？他只会哈哈大笑地说："别哭鼻子啦，认准了路，你就走！"……可是，他不知道这一切，他不会来安慰他的苦恼的妻……

但是，那分明是眼睛呀，那是谁的眼睛呢？不是蓝色的，不是棕色的，典型的纯东方种的眼睛，黑里稍稍有点发黄。

是她找她的，还是她找她的，记不清了，反正她终于想起了那双眼睛——她们的政治辅导员张俊玉老师。

她忍受不了周围那些刺人的目光，在这双眼睛下，她的心能得到安抚吗？会的，会的，多像妈妈的眼睛啊。小时候，她受了委屈，妈妈不就是那样看她的吗？

　　光亮隐没了。天上没有云，只有雪，雪是遮不住光亮的。但是光亮呢，慈母眼睛般的光亮呢，不愿见她，不愿安抚她，躲起来了。

　　躲吧，躲吧，山柱又躲到山沟里去了。她要拢她的羊，她找不到他，生气了。总是山柱笑嘻嘻地从她眼皮下露出脸来，帮着她一起拢羊。可是光亮呢，还会出来吗？

　　真叫人哭笑不得，又摔了一跤。走山路哪能不摔跤呢？在学校坐电梯还摔过呢。开电梯的姑娘，准是在为那新烫的发型生气，也不招呼，猛地一下撅了电钮，电梯神经质地一降，她猝不及防，撞了挤在边上的一位男同学。等她重新站稳，瞥了那人一眼，他满脸通红，紧张、慌乱、可笑，直往边上挤，这又为什么呢，他最多不过二十几岁。唉，她不知道，当年那位"非礼勿亲"的孔老先生对数千年后发生的这一小小的风波，会有怎样的看法。

　　人们的思想难道是和科学的进步成反比的？中国有了自己的人造卫星、世界冠军、洲际导弹，不久还会有宇宙飞船。她想问问谁，有没有人发明一种绝缘体连身衣裤，连头带脚都套上，只露两只眼睛——不，眼睛也不露，眼睛不是最能传电的吗？每个成年人——不，全体中国人，孩子也得穿上，赤子之心被污染是最可悲的了。

　　正常的男女交往，健康的男女友谊，和喇叭裤一起被指责，泼浴水连孩子一同泼掉——欧洲哪个民族的谚语。中国人并不比人家笨，外来的、十年百年的毒素视为洪水猛兽，自己几千年的恶习呢，和平共处吗！反正根子是挖不净的了，根深蒂固……

　　光亮隐没了，又显露了。怎么不是慈母般的了呢？也许根本就没有过慈母的眼睛。

张老师的眼睛是深沉的，深沉得不可捉摸。

"你知道吗，平明原来打算考研究生的……"

原来！有原来，就有现在，现在怎么呢，不打算考了吗？为什么呢？张老师的眼睛在审视她，窥探她内心的秘密。她是问心无愧的吗？她不应该这样惊慌。

张老师的眼睛表示出她明白了："他是干部，很有威信，你呢，至少也是个稳重的人……"

她惶惑了。

"是的，他是个不错的高干子弟。可是你们可能结合吗？你已有了孩子，他还不过是个大孩子。他的父母能同意吗？攀上高门，穿上小鞋……"

她不能听下去，扪心自问，越轨了吗，没有，连那样的思想都不敢有。但她不能正视那双眼睛。两道并不强烈的光亮代表着一股十分强大的力量，拥有着一种真正的权力。不过，比起焦母来，毕竟要柔和多了，当然也不能同祝员外相提并论了。反抗这样的眼睛，是解放思想，还是离经叛道？或许还会连累别人。咽下去吧，这么多年不也过来了吗？

生活为什么这样复杂呀！既有张俊石那样的班主任，为啥又有张俊玉这样的政治辅导员呢……

尽管雪铺满了，可是毕竟不是裹小脚的时代了，路也毕竟和十年前不同了，那时哪有什么路呀。独轮车车辙是看不见了，马车的也少了。拖拉机轮印、卡车车辙，也许还有小吉普，不过那车身轻，留不下什么深的痕迹。

车辙被雪盖住了，外表是那么平坦，内里却是一个个陷坑。她终于被坑了，滑倒了，背包甩了出去，人也跟着向路右侧的山涧滑去……

一刹那间，她想起来——

下了火车，平明一定要送她，简直拗不过他。她急了，说："别缠着我！"

凭什么呢？她有权利吗？她后悔了。他不是没有自尊心的。她是那样无礼、无情，胸膛里跳着一颗冷酷的心，那是没有好结果的。阿依曼不是吗？可她不是阿依曼……

来不及了。

向左边滑一下多好呢，那总是不会错的，偏偏倒向了右边。电梯、山楂果、舞曲、歌声、山柱、平明……一切都消失了，她正向深渊滑去。

突然，一只手拉住了她。借着雪的反射，她看见了那副黑眼镜架后面闪烁着两道诚恳的光："你进了村，我就回去。"

什么东西把她的喉口堵住了，暖流改道从眼里涌了出来。一切都又回来了。她深深地舒了一口气，等进村的时候，她知道应该对他说些什么。

雪还在下，无声无息。她突然领悟到：毕竟是 80 年代的春天啦！

人们啊，你们感觉到春天了吗？

神秘之岛

小岛从前叫作地脉岛。有许多古书上说，地脉就在这小岛的下面。地脉岛上有一个洞穴，直潜水底，深不可测且无所不通。

据载，此洞"东通王屋，西达峨眉，南接罗浮，北连岱岳"，号称地脉。

何等的气势！

可惜没有人相信。

峰既高而后有穴之深。这小岛却是太湖七十二峰中最深远最孤独并且面积最小的一处。岛上的最高点杳渺峰海拔仅三十多米。

"地脉说"恐怕是难以成立的。另外还是许多可疑之处，老百姓都知道一句顺口溜：太湖名山山山高，不及杳渺半截腰。

会不会小岛原先是很伟岸很高大的，后来挫下去了呢，也许是。所以，地脉说也可能是成立的。

不过，如今很少有人在什么地脉天脉上做文章，科学是排斥神话的。

小岛上的人则守口如瓶。

一

太阳落下去的时候，小岛很宁静。岛上人说，太阳被湖水吞没了。他们便日复一日地歇息。

现在就不一样，岛外来的人多了，还在岛上过夜。第二天早上起来，总是神色惶惶地说，夜里听见有人喊救命，问是不是湖中的船只遭了水祸，问岛上人怎么不去救人。

岛上人摇头，说：不是人，是落水鬼，天天夜里喊。

何况，岛上有规矩，不救落水的人。那是湖神索要的，不能违抗。

离小岛不远的湖上，有一处避风港。那一年建避风港，在深达三米的湍急的湖水中，扔下石块，筑起石墙，死了好几个当兵的。作孽哟，岛上人胆战心惊，湖神是不可得罪的。

岛上有一座湖神庙，建在杳渺峰上。

小岛是绝对美的，却又是绝对愚昧的。外来的人总是这么想。

瓜果成熟的时候，新茶上市的日子，捕鱼捕虾的旺季，外面的人就开了汽艇或是挂上柴油机的水泥船来了，廉价收购。

常有上岛的船在归途中翻覆于太湖。小岛上的人很难打听到出事的是哪条船。

上岛来收购农副产品的，一般都持有介绍信，乡的县的市的省的，后来就有了不持介绍信的个体户，他们给的钱多并且和气，小岛上的人自然愿意把东西卖给他们。

于是年复一年，只见小岛上的东西被一船船装去。贩子们带走岛上的风物特产，美院的学生带走小岛的美，电影导演带走小岛上最动人的姑娘，考古学家带走岛上几块石头，可是他们中间却没有一个人能够带走小岛的灵魂。也许，因为他们都是向小岛索取的。

古话说：欲先取之，必先予之。

更多的时候，小岛依旧寂静。

又有一天，在太阳被湖水吞没的时候，一只小而灵巧的汽艇"突突突"地开来了。

这是初冬的一个淡季，什么也没得收购的，三个年轻人来了。

他们见了小岛上的最高行政长官——村民组长，六十九岁的茂才阿爹，开口就说："听说，你在岛上当了近四十年岛主了。"

老人并不掩饰他的骄傲。

几十年前，一群被洪水赶出了家乡的农民，驾小船漂到这个小岛，他们种上粮食和瓜果，在这里安居乐业了。小岛太小太小，无处不扫荡的日本人没有来侵扰他们，连湖匪也不愿意光顾。一直到1949 年秋天，岛上才第一次来了外人，说是毛主席共产党的人民政府，帮助岛上人推选了一个村长，就是茂才。

小伙子茂才现在是老头子茂才了，他说他是小岛上的开路人。

岛外来的年轻人立即不客气地指出他的荒谬，一万年以前，小岛上就有人类了。前些时，考古学家从小岛上挖走的石器证明了这一点，报纸上也有介绍。

茂才阿爹撇撇嘴，几片石头算得了什么，报纸又算什么，谁也没有亲眼见过什么，只有他，才是见证，所以他心里很稳当。

岛外来的年轻人不准备向茂才阿爹进行科普教育，他们拨转话题，说："你想不想让小岛翻个身？"

茂才阿爹心里一刺一抖，岛上人是最忌"翻""复"这些字眼的。

"你，你们是干什么的？"

他很快地看见了一份红头文件，是县政府的大印。

接下来是"小岛开发公司"总经理和两位副总经理的自我介绍。

茂才阿爹对红头文件不敢怀疑，他当岛主近四十年，也是有靠山和支撑的。靠山就是政府的红头文件，而支撑他的，则是杏渺湖上的神庙。

但他本能地不喜欢这几个年轻人。他还不知，这几个人却是他的孙子坤生引来的。

"你，你们要开，开发什么？"

"我们什么都要开发。"

"……"

"不是说有地脉吗，就先开发地脉吧。"

这自然是笑话，并不当真，他们属于不相信地脉的一代人。可茂才阿爹却有一种天崩地裂，世界末日来临的感觉。

二

谢湖的爷爷从前是太湖游击队的司令，他是被日本人炸死在太湖上的。

　　谢湖的爸爸从小跟着谢湖的爷爷在渔船上打仗，算是少年老革命，后来到省里做了官。

　　谢湖的舅舅是这个县的县委书记。几年前，这位舅舅关于开发太湖的神奇幻想，把大学毕业的外甥从省城吸引来了。

　　所以，谢湖要是想在这地方干点事业，总是比较顺利的。

　　可是这个人像猴子，坐不定。长相也不怎么样，看不出有成大气候的样子。

　　谢湖在过三十岁生日的那一天，突然对自己的名字有了点兴趣，研究了半天，并且由此生发了许许多多的想法，以致一夜未眠。

　　从第二天起，他就驾小汽艇到太湖上去兜圈子，考察探访。在一场突然降临的大风暴中，他救起了一个从渔船上落水的青年。他们在避风港躲了一夜，成了无话不谈的知心朋友。

　　这个名叫坤生的青年，是地脉岛上的人，出来捕鱼遇上了风浪。

　　"你们船上的人，怎么见死不救？我看得很清楚，你在喊救命，他们明明听见了，却摇着船走了……"谢湖问坤生。

　　坤生苦笑笑："我们岛上有规矩。"

　　谢湖问："现在还这样？"

　　坤生点点头。

　　20世纪80年代中后期了，小岛还没有用上电灯。小岛太遥远了，距离最近的一个半岛是十五公里，其间水深达三米多，架电缆十分危难，人们不愿意为了小岛上几十户人家的照明去冒这个险，花这个代价。

　　坤生长叹一声，他不是没有努力过，可他的力量太小了。坤生是在小岛上生小岛上长的，他离开过小岛六年，外出念中学。如果考上大学，他也许永远不再回来了。可是，大学没考上，命运又把他赶回来了。高中毕业回岛以后，他曾经为小岛的发展设计了无数张蓝图，却一张也未能变成现实。小岛上的人不听他的，他们听他爷爷茂才的。

坤生关于小岛的生动描述，打动了谢湖的心。坤生回岛后，谢湖开始翻阅有关太湖、有关地脉岛的各种资料，他发现了一个广阔无比的天地。

地脉是没有的，溶洞却应该是有的。在许多古书上，尤其是一部分道家著作和各类地方志中，都有详细记载，说此地脉岛之洞穴，古称龙洞，系石灰岩质的天然溶洞。"洞有三门六厅，同会数穴，洞内顶平如壁，地画怪石林立，瀑布、溪流、泉水并有石宝、石钟、石鼓、谷庭、玉柱、鱼乳泉……"并注明溶洞低于太湖湖底，洞口面对太湖，等等。

谢湖的目的，就是要把这个失踪了的洞穴重新挖掘出来。

此后不久，他就带了两个人和一台发电机，到地脉岛上来做总经理了。他在大学里学的是天文，现在来挖地洞，别人以为荒唐，他却觉得很对口，天地本为一体嘛。

一台发电机结束了小岛油灯时代，而谢湖的能量却要大大地超过发电机的热能。

小岛开发公司归属县城建局，它的任务和职能是开发龙洞。可是谢湖上岛以后，并不急着去寻找，却先生出了一个子公司，称为代购分公司，封坤生为经理。谢湖和坤生从岛外请来老师傅和技术人员，让他们指导岛上人把剩下来的瓜果做成蜜饯，把太湖上的莼菜捞起来装进瓶罐，还恢复了失传多年的竹编工艺。

　　然后，由坤生的代购公司买下这些产品，再然后，谢湖把这些东西全部卖给了外国人。

　　杳渺峰上的湖神庙冷落了，小岛上的人似乎有了新的偶像。

　　茂才阿爹几乎不相信也不敢接受这一切，但他毕竟还是相信也接受了一切。他自然喜欢电灯胜于油灯，喜欢电视机胜于半导体，他也和小岛上的人一样庆幸小岛的变化，他还欣喜地发现向己的孙子坤生居然是这样能干、这样出众。可是，当他看到谢湖驾着轻飘飘的小汽艇在湖上横冲直撞，心里总有一丝隐隐约约的不安。

　　当然，他的不安几乎是多余的，那汽艇虽小，却能抗九级台风。

　　谢湖经常把他的老婆刘红接到岛上来住几天，这使岛上的姑娘很沮丧。后来她们不知怎么打听到谢湖的老婆结婚五年还不生孩子，她们心里便有了一种莫名其妙的犯罪的感觉。

　　刘红在小岛上住不长，她不能老是待在这里。她有自己的工作，在城里最大的一家服装公司做设计师，三天两头往南边跑。她不喜欢小岛上这种死气沉沉的原始的静态，她热爱开发城市现代化的活力。当然她也很矛盾，因为她是爱谢湖的。于是，总是想把他拉出小岛。

　　"你在这种地方，不会有什么前途的。"她说，"这样的地方不值得开发，也不应该开发，你说呢？"

　　谢湖反问她："你不觉得这里很美吗？"

　　她说："这种美，是窒息的，没有活力的，最原始的。"

　　谢湖笑起来："最原始的也许正是最现代的。"

　　刘红也笑起来："但是最现代的绝不会是最原始的。"

　　他们的意见总是不一致，她匆匆地又走了。过了一些时候，她的一件作品得了大奖，评委说得奖的原因是这套服装在现代的动态中，渗透了原始的静态，她觉得不可思议。

谢湖却笑了。

更多的空闲时间，谢湖就和坤生他们在一起吹牛，谈山海经。

他终于不动声色地引诱他们谈起了地脉。

"你看得出吧，茂才阿爹可是很紧张呢，"根海说，"你们要来找地脉……"

谢湖不经意地问："真的有地脉吗？"

大家突然不作声了。

谢湖问坤生："咦，你们怎么了，好像有什么神秘的东西……"

"也许是有些神秘的东西，恐怕到哪里都有一些说不明的东西。"坤生笑笑，"地脉么，听说我爷爷见过，下去过，是有的……"

"坤生！"茂才阿爹及时地出现了，"你想干什么？"

坤生好像有些怕爷爷，岛上人都有点怕茂才，他是第一批上岛的几十人中的最后一个，身上总有点神秘的东西，使人不能不对他有所畏惧。

大家说，茂才的父亲和茂才的大儿子都是在那个洞里失踪的，所以茂才从来不敢提起，也不许岛上任何人提。

上岛的那一年，没吃的，茂才跟着他的父亲满山找吃的，掉进了那个洞。茂才在洞里摸了几天，找不到出路，饿了，他抓了一把泥吃，那泥，居然米饭似的香，使他一辈子难忘其味。后来茂才终于摸出了洞口，可是他父亲却没有出来。茂才叫了人，点了火再下洞去，除了四周黑压压的游泥，什么也没有。连续几年，岛上不太平。后来由一位老人提醒，岛上各家倾家荡产凑了钱，在杳渺峰上建了一座湖神庙，日子倒果真太平些。

过了些年头，太湖水又大了，眼看把小岛淹了一大半，全村老少躲进湖神庙，总算保住了性命。等大水退了，一看，房子全部冲塌，全村断了顿。茂才派了几个人到岛外去找人民政府求援。可出去的人很快回来了，说岛外也在闹饥荒，大家都吃树皮，饿倒了一大片。

据说，茂才就带着他的大儿子下去找那个洞，洞里的青泥救过他，必定也能救全村人，渡过难关。

茂才回来了，没有带回可以吃的青泥，也没有带回他的儿子。

茂才阿爹的这些遭遇，现在的岛上人好像谁也没有亲耳听见他说，但又好像人人都明白茂才和那个洞的关系。

关于茂才阿爹的这些可信又不可信的事，关于那个地脉洞的传说，谢湖后来终于从坤生的妹妹菊秀嘴里打听到了。菊秀什么都告诉谢湖，谢湖叫她做什么她都愿意。

这些虚幻的神话般的传说，使谢湖精神振奋，他更加坚信，岛上有洞，洞中有物。

三

竹子开花是凶兆。

岛上的竹子开了花。

岛上人心惶惶的。

原本岛上的竹子很茂盛，很少有人去顾，难得哪家缺根把晾衣竿，才去砍一根用。

因为外国人喜欢小岛人做的竹编工艺品，所以外贸公司要大量收购，所以谢湖鼓励岛上人多砍多做，所以岛上人就大片大片地砍竹子。

竹子终于越砍越少，剩下来的竹子开花了。

竹子开花果真不吉利。

岛上遇上了几十年来未见的歉年。一棵大橘树上，找不到两三只橘，岛上的家禽瘟了，岛上的稻谷是瘪的，从前小岛四周的湖面上漂满的莼菜也不见了踪影。

签订的合同一再违约，交货日期一再延误，谢湖的公司被罚了款。

损失的不仅是经济。

杳渺峰上湖神庙的香火又旺起来了。

古话说，欲先取之，必先予之。

湖神对跪拜着的人说："你们给了我什么？"

谢湖当然不相信那尊塑得很拙劣很粗糙的烂泥佛像会开口说话，但后来他往深层里一想，他的心突然震动了。

谢湖终于上了杳渺峰，到了湖神庙。

茂才阿爹指挥着泥石匠修理了湖神庙，那尊泥像被涂上了一身的金光，然后，他带着一家四代下跪拜神。

谢湖似乎被这虔诚的场面感化了，他静静地看着他们。

可是，庄严的气氛却被菊秀破坏了。她瞥见谢湖在庙门口，脸红了，笑着推推哥哥坤生，坤生朝谢湖扮个鬼脸。年轻人应付性地磕了几个头，连忙奔了出来。

"你也来拜神了？"坤生问谢湖。

菊秀只是抿着嘴笑，在旁边很崇敬地盯着谢湖看。

谢湖笑了。他笑的模样实在难看，眼睛鼻子挤成一团。但在菊秀和坤生他们眼中，他的笑是格外有魅力、格外神奇的。

茂才阿爹走过来，不无警惕地看看谢湖和自己的孙儿孙女。

谢湖迎上去，指指庙里的泥像说："阿爹，你真的相信他？"

茂才阿爹威严地站着，身板挺直而且稳固。

"你知道他想要什么？"

菊秀又笑。这么多人中，唯独她不怕阿爹。

可茂才阿爹却看出谢湖不是在拿他寻开心。

"你能告诉我，小岛最需要的是什么？"

茂才阿爹摇摇头。"我不知道，"他回头看看神像说，"他会告诉你的，但你必须心诚，心诚则灵。"

面对一尊不堪一击的泥像，谢湖是绝对做不到心诚的，所以他无法得到他要的答案。

他苦苦思索。坤生坐在他的一边，翻出他的那些书来看。在《玄中记》中，坤生读到这样的记载：当年大禹治理天下洪水，久治不成，十分烦恼，后得黑衣仙长指点，在地脉岛龙洞取得治水之书，从而开凿了三江，三江既入，震泽底定，平息了太湖洪水。另记：吴王阖闾时，曾派灵威丈人入洞，秉烛昼夜行七十日，得素书三卷而归。上于阖闾，阖闾不知，使人问孔子，孔子说这是禹的一篇奇文章，要有大学问的人，才能悟出里边的意思……

坤生把这一段话指给谢湖看。谢湖看了一遍，接着又仔细看，突然感悟到了什么，答案就在他们要开发的那个龙洞里，必得先挖洞而后才可能有答案。他来小岛的目的，不就是找洞，挖洞吗？

开发龙洞，把小岛建成太湖风景区中的一个旅游热点，往后的日子该是什么样？岛上的年轻人被煽动起来。

洞口却始终找不到。

后来，不知从哪一天开始，岛上传出一阵风，说龙洞里有宝。于是，岛上人找了各种借口上山下湖，寻找龙洞口。

可是，洞口仍然找不到。

过了几天，坤生突然告诉谢湖一个秘密新闻，他爷爷茂才阿爹也在找洞。他是每天夜深之后，一个人偷偷摸摸地溜出去的。

谢湖和坤生跟踪了老人三个晚上，一无所获。到第四天早上，他们在老人夜里转悠的地方，看见了一个只有拳头大小的洞口。

坤生用铁扒轻轻一扒，周围的泥很松，索索落落地泄开了，很快就露出了直径至少有三四米的洞口。

坤生扔开铁扒，捏住谢湖的肩，谢湖既紧张，又兴奋，一把拉住了菊秀的手。

这是菊秀有生以来最幸福的一刻。

洞口找到了。他们把电灯拉进洞口，终于，洞穴的浅部被照亮了。

除了立足的一片石块，四周都是黑压压的淤泥，淤泥的背后，是什么呢？

要把淤泥挖出来，所有下洞的人都在想象着淤泥背后，淤泥底下的世界。

就在这时，灯突然灭了。

所有进洞的人一下子被扔进了一个极端恐怖的深渊。

"妈呀！"菊秀尖叫了一声。

不知为什么，菊秀又叫了一声。

谢湖很凶地训斥她："叫你不要动，不要动！"

只听见谢湖的声音回荡着："你别动，不要乱叫，大家都站在原地，不要慌，李扬在管电，会弄好的。"

大家都不敢动，但却听见一阵窸窣，菊秀又一次尖叫起来："你呢你呢你呢……"

坤生在黑暗中骂妹妹："你找死，你叫什么，不要动！"

坤生的话音刚落，大家同时"哦"了一声，电灯亮了。

也许只经过了一分钟，甚至一秒钟的黑暗，可大家都像走过了一个世纪那样漫长，那样疲惫，浑身瘫软。

"他呢？"菊秀的尖叫变成了惨叫，叫得大家心里发抖。

谢湖不见了。

四周只有黑压压的淤泥。

"他陷下去了，快，快救救他，快救救他……"周伟峰语不成声，"他在，在这，在这里……"

"快呀，快呀！"菊秀大喊大叫。

坤生看了一下四周的淤泥，却看不见任何动静。

周伟峰推着坤生。

突然，有人手指着洞口，恐慌地叫了一声："你们看，他！"

大家朝洞口看，灯光投下的影子，竟是杳渺峰上湖神庙里的那尊泥像。

一种巨大的恐惧顿时攫住了年轻人的心。

有一个人领了头往洞外跑，所有的人都跟着逃了出来，周伟峰、坤生、菊秀也都跑出来了。

没有什么湖神像，是茂才阿爹在洞口。

"你们见死不救！你们……"谢湖的两个助手痛心疾首。

坤生失神地盯住洞穴，手里捏着一把铁扒。茂才阿爹紧紧挡在他的身前。

岛上的人没有能力去挖那巨大无比的淤泥。岛上有规矩，湖神要夺走的东西，人是不敢也不可能去夺回来的。

菊秀哀哀地哭。

四

"咕咚"一声，谢湖的母亲跪在了茂才阿爹的面前："你告诉我，你告诉我，我的儿子，他在哪里，你知道的……"

茂才阿爹一边后退，一边滚下了两颗眼泪。

县里派来的人在洞里挖了几天几夜，挖出来的淤泥在洞外已经堆成了一座小山。

没有谢湖，什么也没有。淤泥却挖不尽，那是个无底洞。

谢湖的亲人绝望了，悲痛欲绝之后的等待，等待之后的悲痛欲绝，把他们折磨得死去活来，他们再也不相信陷入淤泥的鬼话了。

所有的人都盯住茂才阿爹，好像是他把谢湖藏了起来。茂才阿爹老泪纵横，泣不成声："我不知道，我不知道，我不知道……"

刘红却抹干了眼泪，走到坤生面前，冷冷地说："是你，把他引来的，也是你，见死不救，是你……"

坤生死死地盯住那个由他们找到的洞穴，紧咬嘴唇，什么话也不说。

　　周伟峰和李扬痛心而鄙夷地盯着茂才，盯着坤生，盯着小岛上所有的人。上岛半年，他们干了许多事，几乎没有空闲过。一直到现在，他们才突然明白了，谢湖的目标投错了，一开始就错了，最需要开发的东西，被忽视了。

　　现在他们悟到了，可是已经迟了，代价太大太惨重了。也许他们是有能力重新开始的，却丧失了信心。他们走了，是退却，是打了败仗，他们也许将回到机关去平平庸庸地度过一生，也许会继续去开发，但他们不能再留在这里了……

　　岛外来的人都走了，挖泥队在做收场的准备。他们不打算再挖那些永远挖不尽的泥了。

　　坤生抓住那把扒开洞口的铁扒，直挺挺地站在谢湖的舅舅面前，面部肌肉抽动了一阵，他说："让挖泥队留下吧，我负责。"

　　县委书记无力地挥挥手："不用了，找不到了，不可能在……"

　　"不，不找谢湖，是找谢湖要找的东西。"坤生一字一顿地说，"这，也是他的愿望！"

　　县委书记无声地盯着坤生看了一会儿，终于沉重地点了点头。

　　茂才阿爹面色铁青，抖抖索索地走上前来，又是"咕咚"一声，他朝县委书记跪了下来："求求你，别让他挖，挖不清的，无底洞……"

　　坤生把爷爷拉起来，说："无底洞我也要挖出个底来。"

　　可是，坤生终于没有能挖出个底来，那洞里，除了淤泥，还是淤泥。挖泥队最终也奉命撤走了，不会有人再为这个可怕的挖不尽的洞投入人力物力财力了。太湖上的旅游点、风景区多的是，人家都玩不过来，似乎根本不在乎一两个溶洞的开发与否。

岛外来的人都走了，一个也没有留下。小岛又恢复了往日的宁静，可岛上人的心却再也平静不下来了。他们成日惶惶不安，总有大祸临头的感觉。

从前，岛上遇了什么不顺心的事，只要上杳渺峰拜一拜湖神，就能消灾避难，人心安定。现在却不一样了，湖神再也安抚不了他们的灵魂，他们的灵魂好像被带走了。

过了不多久，乡里来了人，主持了村里的第一次选举。茂才阿爹落选，坤生以95%以上的票数当选为新的村长。

周伟峰又到岛上来过，他在那个洞口洒了一瓶酒，然后对坤生说："跟我们去干吧，我们在海口办了一个实体，你去，是能干出点名堂来的，在这里，你不觉得太累太难了吗？花出了同样的努力，收获却大不一样呀……"

坤生也摇摇头，他不会走，永远也不会离开小岛，谢湖在这里，谢湖也永远不会离开小岛。

茂才阿爹的身体大不如以前了，他对自己落选的事是很伤心的。但如果说还有一丝欣慰的话，那是因为当选的是他的孙子。

他注视着坤生的一举一动，一言一行。后来他惊恐地发现，坤生的举止言行，甚至连说话的声音，都越来越像谢湖。

有一天夜里，他做了一个梦，见谢湖回来了，对他说："阿爹，今天是你七十大寿。"

醒来的时候，他已经忘记了那个梦。

从那一天起，茂才阿爹每天到那个无底洞去挖泥。他老了，一天只能挖出几簸箕。

太阳照在西墙上

一

太阳照在对面墙上，总是下午三点多钟。这时候店里最空闲。

大家懒得说闲话。这般热，寻开心寻不起来。独有店门口卖棒冰的老太婆王拉拉，"啪啪啪啪""啪啪啪啪"，不停不息地敲，隔一阵，总能引出几个馋痨坯，捏了肮脏的几分票子来，用肮脏的手抓了棒冰去，"刺溜刺溜"吸，渗着油汗的脸又渗出些满足和惬意。

一架台扇"呜呜呜"，转来转去，吹出来的是热风，身上毛黏黏，像到毛桃堆里滚过一次。林凤娟总是占最佳位置，这店里第一号的凶货，迟到早退没有人敢汇报，带儿子上班没有人敢放屁。凶归凶，爽气还是蛮爽气的，闲下来欢喜同王拉拉搭讪，寻开心。反正儿子也养过，面皮也厚了，专门引王拉拉讲风流事体。王拉拉年纪一大把，老不正经，开口闭口讲奶奶。老太婆是老宁波，奶奶叫"拉拉"。王拉拉东家小姑娘"拉拉"大，西家新娘娘"拉拉"小，惹得林凤娟哈哈笑，弄得新来的高中生许妹妹面孔血红。不过这几日林凤娟火冒兮兮，碰了晦气鬼，撞了扫帚星，一面孔的丧气。三百块钱买一只戒指，落在自家天井里，给隔壁人家女人捡去，三打六面的事体，大家看见的，那个女人就是不肯还，吵到后来，说要林凤娟拿出一百块来换戒指。林凤娟肉痛三百块，只好白白贴掉一百块。戒指拿回来，到金子店里验过两次，确定戒指没有调包，心里还是空荡荡，不落实。这种不要面孔的人家，什么事体做不出？林凤娟活到二十九岁，从来不肯吃亏，总归是占便宜的，这次的苦头吃得重了，几天不来上班。

林凤娟不开口，就没有人开口。王拉拉也不来搭腔，只是"啪啪啪啪"地敲。许妹妹头脑里空荡荡，看陶李。陶李胃口最好，拣一个角落，风吹不到的地方，跨在那里看武打书。天天有的看，断命武打书不晓得怎么看不完的。许妹妹想喊陶李过来吹吹风，又不好意思开口，她来了半个月，店里其他几个人全熟了，就是这个陶李，总共没有同她讲满十句话。

大家厌气的时候，憨三来了。

憨三的时间概念比太阳还要准。每天太阳照到对面墙上，憨三就过来。

憨三来，打瞌睡的大阿爹也会醒过来。大阿爹屋里地方小，人多，老头子一把年纪，困阁楼，爬上爬下，孙子说是让老人锻炼锻炼，活络筋骨，增加血液循环，长生不老。小阁楼热天像只蒸笼，夜里根本钻不进去。大阿爹一张藤榻，弄堂里过夜，前半夜听山海经，后半夜拍蚊子，到天亮前刚刚困着，倒马桶扫垃圾的来混搅，马桶盖掼得乒乓响，弄得大阿爹眼睛搭闭，萎靡不振，上班打瞌睡，外头拆房子扎死人也听不见，没有谁能吊起大阿爹的精神来。可是憨三一来，大阿爹自然会醒过来，自然会笑起来。有辰光开心，还摸六分钱买块棒冰给憨三吃吃。倒不是憨三屋里穷，吃不起棒冰，实在是大阿爹喜欢憨三。也是前世里的缘分，大阿爹打了一世的算盘，可算是聪明一世，屋里儿子孙子一个比一个精刮，老头子偏偏看中了憨小人，对胃口，真是天晓得。

憨三先在对面墙脚下玩自己的影子，对了墙壁，走过去，退过来，一条影子一歇歇长，一歇歇短。憨三一边玩，一边"咦咦"地笑。毒辣辣的太阳直晒头顶，居然一滴汗也没有。

憨三这个痴子，同别的痴子不一样，一点没有痴形。人家说痴不痴看眼睛，憨三的眼睛一点也不定，活活络络；眼珠黑乌，眼白雪白；衣裳清清爽爽，上身一件紫红T恤，下身一条米黄西装短裤。走出来潇潇亭亭，一表人才，活活脱脱像老法里的小开。细皮嫩肉，白里透红，怎么晒也晒不黑，一对耳朵坠子也生得出奇地大，相面书上说起来又是富贵之相，不像弄堂里那帮小子，尖嘴黑皮，劳碌坯。

憨三玩过自己的影子，便笑眯眯地走过来，嘴里开始叫："妹妹……妹妹……"

不管别人问什么，教唆了讲什么，憨三总是"妹妹……妹妹……"许妹妹刚来的两天给他吓得面孔煞白，只以为憨三花痴痴到她身上。林凤娟笑得拍屁股拍脚，叫许妹妹不要怕，憨三看见女人一律叫"妹妹"。当场叫憨三叫她一声"妹妹",憨三爽爽气气地叫了一声,再让憨三叫王拉拉"妹妹",憨三倒不响了,只是看了王拉拉笑。憨虽憨,年纪倒还是分得出来的,憨三到底为啥叫"妹妹",大家弄不明白。憨三屋里没有妹妹,只有两个姐姐。精神病医生讲不清爽,何老师何师母也解释不出。分析来分析去,想起憨三七岁生脑膜炎住医院,同病房住个女小人儿,也是脑膜炎,比憨三早进医院,憨三那时候不叫憨三,叫平平,大名何兆平。何兆平进医院时,那个女小人儿已经救不过来了。何兆平只看见一个蛮白蛮漂亮的小妹妹困在他边上的病床上,到第二天,小妹妹就闭了眼睛,身上罩上一块白布,困在车子上推出去。一房间的大人哭,何兆平也哭。又过几天,何兆平病情恶化,一条小命救过来,脑子坏了,人憨了,何兆平变成憨三。其他话一句讲不出,只会喊"妹妹"。"妹妹"一直喊了十二年,七岁喊到十九岁,看样子是还要喊下去的。大家笑憨三,七岁的小人儿就晓得欢喜女小人儿,假使不痴不憨,大起来肯定也是一个情种骚答子,和两个姐姐一样的货色。

八十七号石库门里何老师何师母老夫妻两个,平平常常的人,一点也没有出众的地方,何老师矮笃笃、胖墩墩,鼻头大,眼睛小;何师母个子倒蛮高,可惜粗声粗气。这对夫妻也是前世修的,生两个女儿出落得叫人家眼热。大女儿何美萍在医院里当护士,原本一个服侍人的生意,给一个住医院的大干部看中,介绍给儿子。儿子来一看,魂灵出窍,立时断了原来的女朋友,讨回去。住小洋房,护士不做了,到卫生局坐办公室,回娘家全是小轿车开到弄堂口。这种好福气,怎么不叫人气不平。不晓得美萍结婚两年多,也不看见肚皮大起来,街坊里问何师母,何师母支支吾吾,不大开心,只是讲我们美萍是没有毛病的，听口气，好像女婿有点什么名堂。这种隐私弄堂里的人最欢喜听最欢喜传，说得活龙活现。到末了，美萍的男人就要变成雌母雄阴阳人了，大家总算稍微出了一口气。幸亏得美萍不常回来，不然听见这样的龌龊闲话，真要气得喷血了。何家两个老人气量大，听见只当听不见，绝对不会去讲给女儿听。不过，假使谁嚼舌头给何家小女儿美珍听见，那是不得了的事体，美珍一张嘴，林凤娟也吃软。何美珍面盘子虽说不及阿姐漂亮，却会打扮。七分衣装，加上身材好，走出来，往人前一立，绝对不比美萍差。美珍高中毕业派到烟糖店里做个营业员，眼睛一眨，柜台后头又不见了，说是到区里烟糖公司做什么副经理了。这种小女人，牛仔裤包屁股，有什么水平，有什么花头，凭什么当领导，还不是靠卖相。这一对姐妹假使是在老法里，说不准就是那种卖钞票的货色，何老师做了几十年的先生，教育别人家的小人儿，自己看上去也是个老实头，不知怎么生出这样两个女小人儿和这样一个男小人儿来的。

憨三到小店里来白相，可以说是风雨无阻，雷打不动的，不管天热天冷，总是三点半来四点半走，从来不会出差错。店里人奇怪，屋里又不用憨三烧夜饭收衣裳，为啥到四点半憨三一定要走，留也留不住的。有一次林凤娟几个恶作剧，揪住憨三不许回去，憨三急得哇哇叫，讲又讲不清爽，像哑子一样打手势，指弄堂里，学踏自行车的样子，敲自己的头皮。隔了一歇，美珍踏了自行车下班了，看见憨三在小店门口，面孔一板，走过去就是一个"毛栗子"，憨三抬了头，不声不响逃回去。大阿爹看不过，咕了一声："一个生毛病的小人儿，不可以这样子的，作孽的，罪过的。"美珍眼睛一弹："一个生毛病的小人儿，你们把他寻开心，当猢狲白相，当西洋镜看，不作孽？不罪过？"弹得大阿爹一句话也讲不出来。

美珍打扮尽管会打扮，妖娆虽是妖娆，工作两年，朋友也没有轧上一个，从来看不见有像模像样的小伙子上门。何师母嘴里也听不到什么风声，问憨三憨三只是笑，叫"妹妹"。弄堂里的人是不肯空闲的，触壁脚照样地触，媒人照样地做。最起劲的要算小店里的林凤娟。林凤娟自恃做过几桩成功美满的介绍，吃过蹄髈朝过南，自称手里适合的少男少女大男大女一大把，从年纪到长相，从家庭人口到每月工资，从工作单位到历史背景，比婚姻介绍所的登记表详细得多，清爽得多。只要碰上美珍，总归旁敲侧击，有时熬不着索性直截了当问，只要美珍开口，不怕拣不着称心的。美珍偏偏不买她的面子，其他事体开起口来哇里哇啦，这桩事体就是不开口，给林凤娟盯得急了，不真不假来一句，要寻外国人，你手里有没有？林凤娟一副热面孔碰了别人的冷屁股，只是骂美珍不上路，看见她走过小店总要丢一个白眼过去。

店里的生意，总要到太阳晒过对面的墙心后，才兴起来。下班的人，热不过，自行车停下来，一脚一手搭住，喝一瓶鲜橘水，不杀念，再带一瓶汽酒回去。啤酒是长远不进货了，电视机里的广告倒是不少，泡沫冲得老高，却不晓得冲到什么地方去了。店里难得进几箱货，总要搭滞销酒卖。搭汽酒还算客气，大人不吃小人儿也可以吃，现在的汽酒同汽水也差不多。假使碰上搭卖一块几、两块几一瓶的葡萄酒，老百姓就要骂人了。有辰光店里的人也实在不像腔，自己吃啤酒不搭，还要携带个三亲四眷、三朋四友开后门开边门。说起来近水楼台，这点便宜总要揩的。大家拿他们也没有办法，所以骂人归骂人，搭卖照样搭，地球照样转。

　　有吃不到啤酒气不服，又好管闲事的，告到上头，上头也会下来，假模假样地批评几句，店里也假模假样应几句，大家心里有数。搭卖总是上头先行起来，中心店先搭起来，下头小店才敢学样，至于后门边门么，你开我也开，大家不吃亏，反正店里也没有人管。四十出头的店主任生了绝症，拖到医院开一刀，挖开肚皮来看看，又合拢，医生关照屋里人，回去他想吃什么就给他吃什么，这句话一讲，大家心里清爽，店主任是只有去的日脚，不会有来日时辰了。小店里群龙无首，大家横竖横，没有头头，几个小巴拉子不曾关门大吉，撑了门面已经算不错了。近阶段，弄堂前前后后，新开了几爿个体烟酒店，又抢了不少生意去，弄得这里门面上冷冷清清，有几天结下账来，营业额还不及人家一个人撑门面的个体户。店里人嘴上讲"管我屁事"，心里毕竟有点酸溜溜的。

<h1 style="text-align:center">二</h1>

　　派何美珍来做店主任，店里的人是困梦头里也没有想到的。

　　中心店的李书记陪了何美珍来，大家只当是检查工作的。何美珍照样穿得妖形怪状，一件连衣裙血红血红，戳得人眼睛睁不开。那辰光太阳还没有照过对面的墙，憨三还没有走，看见阿姐来，逃是来不及了，缩了头等吃毛栗子。美珍倒没有板面孔，还对憨三笑一笑，弄得憨三"咦咦"地笑。大阿爹也蛮开心。

　　等到李书记介绍出来，大家全呆了，只有憨三仍旧"咦咦"地笑。

何美珍熟门熟路，根本不理睬店里人的态度，开开柜台，看看货色，账簿拿出来翻翻，皱皱眉头，叹叹气，同李书记咬咬耳朵，还到门口摸摸大门上的铁皮锁，老三老四的样子，装模作样混了半天，就和李书记走了。

新主任前脚跨出店门，后头林凤娟就叫起来："哦哟哟，这种腔调，哦哟哟，这样红法，怎么穿得出来的，这种人怎么好做店主任，做个模特儿还差不多……"

"惹眼的，惹眼的……"大阿爹对何美珍从来没有什么好感，她到店里来，憨三势必不好天天来白相，不好天天来吃大阿爹的棒冰，大阿爹唯一的精神寄托要被剥夺了。不过这种话是不可以讲的，只好顺了林凤娟的口气，讨论何美珍的衣裳。

听李书记的意思，这个店主任是何美珍自己要来做的。店里人实在想不明白，好好一个公司干部不做，要到这爿小店来穷忙，这种店主任有什么花头，有什么名堂，她不要以为当了店主任实捞实惠。想想这么一个精明人，柜台也立过，这里面的名堂也不会不清爽，怎么会主动要来寻这份吃力不讨好的事体做？世界上会有这种猪头三？林凤娟脑筋转得快，猜想肯定不是何美珍自己要来的，说不定在公司里犯了什么事，削职削下来，面子上要好看，就讲是自己要来的。大阿爹不相信，说李书记不会骗人的，李书记的为人大家晓得，忠诚老实。大阿爹认为可能是大姑娘心思野，办公室坐了嫌闷气，想出来散散心。这种意见林凤娟不承认，要散心应该到大街上的大店里去，为啥拣中弄堂里这爿小店。两个人想来想去，猜不出个名堂来，许妹妹在边上听得暗暗发笑。

陶李一向只对武打书感兴趣，店里的事体从来不闻不问，何美珍来的时候，他好像不知道，照样看他的书，也不晓得新主任已经杀豁豁地盯了他看过了。林凤娟对陶李最不满意，白了他一眼，恨他不参与他们的意见。

"这种人来做店主任，店里有的乱呢，一块臭肉，毛头苍蝇不来叮呀！有的讨厌麻烦呢……"林凤娟讲得有点出格了，看见大阿爹不大热听，头勾出去问王拉拉，"你讲对不对！"

王拉拉笑笑。其实，何美珍来做主任，王拉拉没有理由不开心。林凤娟讲得不错，何美珍是一块肉，不过不是臭肉，是块香肉，会引来弄堂里的小青年，无头苍蝇一样飞来飞去。王拉拉不关心那些小青年是苍蝇还是蚊子，只要有人来，她的棒冰生意就好做。这爿店，再不来个把有点力道的，真要快关门了，若不是这块地盘摆摊子摆长了，大家熟悉，王拉拉早就要寻地方搬场做生意了。林凤娟什么样的角色，王拉拉最清爽，老太婆也不好得罪地头蛇，自己小本生意，和气生财，所以也顺了林凤娟的话，有搭没搭地暗讲："就是么就是么，女人么，怎么好做领导，女人么，只配……"看看林凤娟面孔不对，晓得不对胃口，转过话头，"这个小女人，一对'拉拉'，生得蛮有样子的，粽子'拉'……"

大阿爹"嘿嘿"笑："老太婆，人家大姑娘穿了衣衫的，你怎么看得见人家的'拉拉'？"

王拉拉劲头来了："哦哟，这种衣衫，同不着也差不多；她那对'拉拉'，耸得那样高，瞎子看不见……"

林凤娟一肚皮大气。何美珍"拉拉"大"拉拉"小，讲来讲去还是何美珍漂亮，她不再理睬王拉拉，重新回头去拉许妹妹做同盟军。

许妹妹胆子小，又是刚来，不晓得应该怎么讲才对别人的胃口，只好实事求是："衣裳是蛮红的，不过，不过，来一个店主任，总比没有店主任好，一直没有店主任，店里一塌糊涂……"

"你懂个屁！"林凤娟摆了面孔训许妹妹，"你懂个屁，这个女人来做主任，你我有得苦头吃……"

这句话，倒是给林凤娟讲中了。

第二天大家来上班，新主任已经先来了，主任派头也已经摆出来，自说自话请个木匠，门上重新换司匹林锁，还是双保险的。锁上两把钥匙，一把给陶李，说是陶李管进货色，碰上尴尬时间，晚一点早一点，货不进店总归不好，所以应该有一把钥匙，另外一把，往自己钥匙圈上一套。其他几个人，眼瞪瞪，眼白白，一时连话也讲不出来。人家有人家的道理，集中管理，免得将来出了事体，大家推卸责任。

林凤娟问："假使来得早开不开门，怎么办？"

何美珍笑笑："只要你准时，用不着早来，早来也不会表扬你，也不会多加工资多发奖金的。"

陶李面孔上光彩了，放好钥匙，又想看书了。何美珍拍拍他的肩胛，拿出一张纸头，说是立出来的规矩，叫他读给大家听。

第一条，上班不许迟到早退，不许带小人儿。第二条，上班不许打瞌睡，不许睡觉。第三条上班不许看闲书。第四条要精通业务，全要会打算盘。假使违反，罚款处理，不留情面。

陶李读完，和大家一样有点发呆。四条规矩，正好一人一条。这个女人，精明到这种程度，第一天来，四个人的七寸全给她捏住了。

　　陶李只要有武打书看，一向是什么都不管的，现在不许他看书，熬不牢了。第一个出来反对："规矩是要定的，不过既然是要大家执行的公约，就应该经过大家讨论，你这张东西，是你一个人的想法……"到底看书看得多，讲的话听上去文绉绉，实际上力度蛮足的。

　　坐在边上一言不发的许妹妹，盯了陶李看，眼睛亮晶晶，一副崇拜的样子，看上去就是美国总统、英国首相来发表演说，她也不会这么服帖的。

　　定这些规矩其实林凤娟吃亏最大，这几天老娘来了，帮她领儿子，过几天就要走的，阿哥阿嫂少不了这么一个劳动力。老娘一走，小人儿不带来上班怎么办，托儿所又进不去；进去，幼托费也出不起，店里又不肯付幼托费的。陶李一开口，她马上附上来："就是么就是么就是么……原来我们的老主任，大事体小事体全是大家一起商量的么，从来不会一个人做主的么……"

　　"原来是原来，现在是现在！"何美珍不客气地打断林凤娟的话头，"老主任归老主任，新主任归新主任，不是一回事体。昨天李书记讲的你们全听见的，现在开始这爿店也讲承包了，主任责任制，懂不懂？你们出差错，我要罚你们的，你们就是要听我的，店里出事体，我来负责任……"

　　何美珍一番话倒把陶李讲得服服帖帖。陶李到底年纪轻，脑子拎得清，既然触霉头触到这爿小店里，没有脚路，跳是跳不出去的，心思只好定下来，也算店里一份，总归巴望店里弄得像样点。

　　许妹妹看见陶李点头，眼睛亮晶晶，也一味地点头。林凤娟、大阿爹心里虽说不服，嘴上也不好反对，只是想，等看新主任唱哪一出戏。

何美珍确实有点道理，不过几天，就批来十箱啤酒，拿了提货单回来，叫陶李快点去进货。陶李出去一看，店里的一辆黄鱼车不知去向。店里这辆黄鱼车，一向是张三借、李四用，拖煤球、装垃圾，街坊邻居方便得不得了，有的人用过就往露天一丢，等到店里要用，再去寻出来。何美珍问钥匙是谁拿出去的，大家讲不出，倒不是真的怕这个新主任，实在是不清爽，平时车钥匙从来没有专人管，今朝在你包里，明天在他手里。等到何美珍去借了车子，货提回来，自己店里的车子倒也回来了，她不再追问，钥匙拿过来，又往自己钥匙圈上一套。

店里进了啤酒，又进了不少紧俏货色，像价廉物美一直缺货的佳佳肥皂粉，像老少皆宜长远不卖的传统食品，像上海产牡丹凤凰香烟，货色进得多，生意兴起来，店里忙得不得了。虽是吃苦点，大家心情蛮舒畅，比起老早门面冷落，厌气得要拿憨三寻开心的日脚，眼前到底有点意思，更何况多做多赚，每个人有得多进腰包，心里全有点服帖这个新主任。

林凤娟从来是店里的第一块牌子，没有人敢压在她头上，原来的老主任也要让她几分，现在来了何美珍，样样叫她吃瘪，这口气实在咽不下去。回去对男人发火，夜里屁股对了男人，要男人帮她寻门路，也弄点好货色来，出口气。凤娟男人是吃剃头饭的，给女人逼得没有办法，做生活不定心。看见有人来剃头，三句两句就扯到这上面来，总算给他撞到一个。这人穿一身全毛料西装、红领带；一看就是乡下的新户头。一问，是村办厂的推销员。说厂里做的蜜饯，已经打进香港市场，销路好得不得了。立刻口袋里摸出几包薄膜纸包装的桂花蜜茶，讨点开水一冲，请剃头师傅大家尝尝，清香甜润。凤娟男人把这个乡下人马屁拍得滴溜圆，头上足足上了三两油，吹风吹了一个钟头，弄好头，乡下人照照镜子，自己不认得自己了。凤娟男人还要同他认个什么干亲，请到屋里，摆酒招待，讲起凤娟的意思。乡下人拍拍胸脯，只要交易做成，凤娟屋里一笔可观的"辛苦"费是笃定的。林凤娟真是又有夹里又有面子。第二天到店里面孔就不一样了，同何美珍一讲，何美珍倒也爽气，马上去看货色。乡办厂推销员看见店主任来，牛皮吹得应天响，这几只品种上过电视，那几只品种得过奖，这几只品种去上海，那几只品种进香港。何美珍笑眯眯，答应要一点，不过没有肯多要。

这批蜜饯卖出去第二天，就有人来退货，货色发霉变质，有几包苍蝇蛆都生出来了，碰上几个泼辣的，把店里人骂得狗血喷头。拆开来看看，尝尝，真的不像腔。上了乡下人的当，乡下人以次充好，骗城里人。大家盯牢林凤娟，怪她惹事，林凤娟没有了落场势，不光"辛苦"费要泡汤，店里的损失费作兴还要算到她头上。急起来赖到何美珍身上，说是主任同意进的，同她不搭界，罚不到她，还有一句没一句地阴损人。何美珍不在店里，反正听不见。

正是下午三点多钟，太阳照到对面墙上。憨三来了，美珍现在不给他吃毛栗子，也不板面孔了，不过憨三还是有点怕的，先要探一探，看阿姐不在店里，再走过来。

可是今天憨三来，大家没有兴致。憨三是不会看讪色的，依旧叫"妹妹""妹妹"，依旧笑，看了大阿爹，等吃棒冰。

下班前，何美珍来了，笑眯眯，有好消息，官司打赢了，那爿村办厂要赔偿损失费。大家松了一口气，愈加服帖何美珍。林凤娟虽说"辛苦费"拿不到了，鸡没有捞到，也总算没有蚀米，心里感激何美珍，自己拆了烂污，她来相帮揩屁股了。不过她嘴上是不肯承认的。

三

何美珍的喜糖，店里的人吃了双份。先是何师母来发，算是街坊邻舍甜甜嘴的，后是李书记来的，作为同事一人一份。

何美珍本人，在发喜糖前三天，突然不来上班了。憨三也看不见出来，何师母也没有走过小店。大家以为何美珍生病了，想去看看，店里忙得走不开，下了班，又要一心一意赶回去，屋里事体多。等到何师母来发糖，说是何美珍结婚，弄得大家全呆了。事先一点风声也没有，这算什么名堂，瞒得这样紧，什么意思？问何师母女婿什么样的人，何师母答非所问，只是说人家介绍的，人家介绍的，不肯讲明白。一直到李书记来，才算弄清爽。何美珍嫁了个香港大老板。听说那个大老板有个阿哥在美国，医学博士，脑科专家，专门看脑子毛病，像脑膜炎后遗症这种小毛病看起来小意思，保看保好。只要美珍同他结婚，憨三就可以送到美国去看毛病。美珍答应下来，闪电式地结婚，闪电式地跟出去，憨三也闪电式地飞到美国，去做外国人，享福了。

这种突如其来的变化，小店里的人真有点来不及接受，只觉得心里空荡荡，像掉了一样什么东西。李书记告诉林凤娟，何美珍走之前帮她联系了就近一家托儿所，人家已经答应收林凤娟的儿子了。林凤娟本来一肚皮的酸意，想面孔漂亮到底便宜，要嫁外国人就嫁个外国人。听见说何美珍临走还帮她联系托儿所，一时又感动得眼泪汪汪。

关于何美珍同香港老板结婚的议论，一直继续了很长时间，弄堂里的居民有空就到小店里来，一起讲一起听一起咂嘴一起叹气一起表示眼热一起表示鄙视。小店里也乱了一阵，紧俏货又断档，奖金眼看了跌下来。

林凤娟不知吃了哪一帖药，居然自告奋勇要当负责人，并且不经上级批准就自说自话当起来了。

何美珍的本事，林凤娟是学不来的，不知道何美珍在外面有几家关系户，走的时候也没有关照下来。林凤娟去试了几次，穿了新衣裳，嗲兮兮地哀求，结果照样碰了一鼻头灰，自己寻门路的事体是不敢再做了，上次的烂污幸亏何美珍相帮揩了，现在再吃苦头，官司也没有人会打。

林凤娟没有何美珍的花头，却有自己的主张，店里开会，改革改革，要想多寻钞票，大家出主意。陶李先提出来，现在外头不少个体户，店堂里开一只录音机，唱唱邓丽君、张明敏招徕顾客，热热闹闹，门庭若市，看上去生意不会不好。林凤娟马上赞成，问谁家有录音机可以借到店里用。大家不响。大阿爹屋里是有一只的，大阿爹碰也没有碰过。陶李条件差，爷娘死得早，从小跟阿姐长大，工资奖金全要上交的，由阿姐帮他存起来，以后讨女人，每个月一点零用钱，全买武打书买掉了。许妹妹倒是有一只录音机，不过是只蹩脚的砖头录音机，还是前几年上初中辰光，想读大学，读外语学院，父母亲买了让她学外语的，这种机子现在老早淘汰了。许妹妹屋里条件倒还可以，因为有了这只蹩脚货，好坏总是只录音机，总可以听听，所以其他高档家用电器一样一样撑起来，彩电、冰箱，独独录音机一直没有重新买。不管砖头石头，总归可以派用场了，第二天许妹妹带来，插头插上，开关一开，声音轻得像蚊子叫，开到最大音量，也只有在店里听见，走出店门就听不见了。林凤娟咬咬牙齿，把自己屋里一架台式的搬来，借了几盘磁带，开得哇哇响。

录音机开了，生意倒不见得兴多少，引来一帮小学生，你说好听，他说难听，又是说噪音大要罚款，又是讲录音机是两喇叭，没有花头，叽里哇啦堵了店门。弄堂斜对过居委会过来提意见。居委会里有个老年之家，一批老头老太在里面吃茶休息，就是因为家里媳妇吵孙子哭，想出来清静清静，还有高血压、心脏病的，吵不起，录音机这样叫法，吃不消。附近邻居家里有上夜班的人家也叽叽咕咕。本来全是熟人熟客，一向和和气气，人家有意见，店里也不好意思再开录音机唱歌听了，何况人家也不要听。欢喜听的小青年，白天不会躲在家里，全要上班做生活的。

一次"改革"行不通，再来第二次。林凤娟想出办法来，到大街拐弯口上热闹地方去摆一个摊头。一店生意两摊做，不怕销售量上不去。排下人员来，总归应该陶李去，年纪轻身体好又是男子。陶李不肯，犟了头说扣工资也不去，只有许妹妹肯去。

许妹妹人老实，胆子小，长得又不漂亮，站在大街上只是难为情。卖的又是不受欢迎的滞销品，西北风里一天下来，鼻头冻得通通红，流鼻涕，傍晚哭丧了面孔来报账轧账，大家一包气。许妹妹倒不抱怨，大阿爹先有了意见，怪林凤娟花头经多，又不上路。

一个人不顺气起来样样不顺气，一爿店不顺气起来也会样样不顺气。店里不光生意不兴，进账不灵，偏偏又掉了一张提货单，打电话到批发站问，说是已经给人家冒领了。虽说是一批草纸洋火，总共百十来块。可是对低工资的小店职工来讲，百十来块也是个大数目。提货单是林凤娟拿来，亲手交给陶李的。明明是陶李弄丢的，责任是陶李的，可是陶李死活不承认，没有人证物证，不好把他怎么样。林凤娟提出大家分担这笔损失，要是以前她是绝对不肯的，现在算是负责人，姿态高。大阿爹反对，谁丢的谁赔。陶李拿不出百十块，事体弄僵了，账目几天结不了。后来许妹妹哭兮兮地说提货单是她拿的。当时陶李正在做事情，腾不出手，她就接了放在袋袋里，回去忘记了，洗衣裳洗掉了，这笔钱她来赔。

大家盯了她看，没有人相信她。陶李前脚出门，林凤娟后头就骂许妹妹："你个呆×，你帮他承担，你个笨×，他这个人没有良心的……"

大阿爹也摇头叹气，碰上这种痴丫头，有什么办法。

林凤娟长吁短叹，小小负责人也是不好做的。自己一向看不起领导，不服气店主任，现在担子担到自己肩上，才晓得分量，有什么办法，当初牛皮是自己吹出来的，不会比何美珍差，只好硬了头皮做下去。回去叫男人想办法，男人在剃头店里到底见多识广，又有主见，相帮出了几个主意。林凤娟病急乱投医，乱吃药，捧了热屁当香精，一门心思在进的货色上打主意，针头线脑，回扣少的不进，油盐酱醋，赚头小的不要，专门去批那些回扣大，有赚头的货来卖。开始几天倒也赚头看好，只两三天工夫，就见出毛病来了。张家阿婆要帮孙子一角钱买一包咸橄榄，没有，只有一块钱一袋的白糖杨梅干。赵家老爹要打点散装白酒杀杀酒虫，没有，只有两三块一瓶的西汾、洋河。李家阿姨买根针翻被头，没有……买不到应该有的东西，一面孔的不开心，走了。弄堂里就有人指点，到前头陈阿爹店里去，陈阿爹店里有的；到后头张小妹摊头去，小妹摊头上多呢。弄得店里人面子上很难堪。大阿爹从开张以来就在这爿店里做的，几十年下来生意做得蛮有人情味，现在弄得有点孤家寡人的样子，牢骚也越来越多。

偏偏弄堂不晓得哪一个当老师的，算是识了几个字，多管闲事，写了信给报社，批评这爿店经营作风不正，一心向钱看，不为人民服务，不给群众方便，不做小商品生意。报纸全文照登。公司里看见了，差李书记来。店里吃了一顿批评，大家灰溜溜，林凤娟当场掼了那顶非正式的纱帽，像模像样地哭了一场。

天气冷起来，太阳也移动了，下午二点多钟，就照到对面墙上。天冷，太阳便成了好东西，空闲的时候，店里人就端个凳子到对面墙角下晒太阳取暖，和弄堂里的闲人讲白相。憨三也从美国回来了，毛病没有看好，人倒是更白更胖，衣裳也更加洋，洋得弄堂里的小青年小姑娘都眼热。憨三仍是来玩自己的影子，仍是"咦咦"地笑，仍是叫"妹妹""妹妹"，大概中国毛病同外国毛病是不一样的，外国医生看不好的。何美珍是再也没有回来。何老师老夫妻守个憨头儿子，日脚倒也蛮太平。冬天王拉拉不做棒冰生意，弄一只炉子烘山芋卖，生意倒比小店还兴隆。憨三来，大阿爹就买只烘山芋给他。

这种日脚，讲不好过也蛮好过，轻轻松松；讲好过又不好过，看看人家店里，赚钱赚得热烘烘。物价涨得辣乎乎，店里人寻几个工资刚好吃饭。

李书记又来了，一副苦相，说上头实在派不出人来做店主任，再说，按这爿小店的级别，编制最多也只四个人，要从四个人当中选一个出来做店主任。

大家不响。李书记耐心好，在边上点一支香烟，定定心心地等。

陶李说："叫许妹妹做吧？"

许妹妹眼睛眨巴，盯了陶李看，想摇头又不敢。

李书记问林凤娟和大阿爹，两个人全不作声。

李书记笑笑，发表权威性意见，说许妹妹年纪轻，文化程度高，为人老实，办事踏实，符合条件，就叫许妹妹做店主任。

李书记讲过话就走了。店里大家都不讲话。许妹妹眨巴眼睛，又是紧张又是怕。

批复第二天就来了。许妹妹十九岁就做店主任，在公司里也算一桩新事物。

许妹妹哭丧了面孔上任。不晓得她有些什么本事。

太阳照过对面的墙，憨三回去了，大家看憨三的背，心里想，明朝不晓得还要不要拿憨三来寻开心。

拐弯就是大街

拐弯就是大街。像是眼睛一眨，一夜之间就热闹起来的大街。

正在竖起的二十层的大楼，破了两千五百年的历史，弄得大家心里痒煞。走过去，仰起头来看看，心里也是适意的，比养儿子抱孙子还要起劲。马路上有招招手就肯停下来的小轿车，虽说不多，到底也煞念的，老早只不过在电影上看见。

可惜这里不拐弯。这里不是大街，是小巷，小弄堂。繁华的背面，更显出它的孤冷、寂寞。没有楼，二层的也没有，一律的平房。土瓦青砖和用几块红砖压住油毛毡的"违章建筑"。石灰墙剥落，斑斑点点。背阴处有藤和牵牛花。偶尔一处墙壁缝里伸出一株长歪了的什么树，倒是碧绿生青，神气活现。这许多年来，小弄堂里的平房一直这种样子，这些人，日脚过得多么太平，多么安逸。

不过闲话讲回来，小弄堂里也有不太平不安逸的时候。十几年前，中国人不晓得吃错了哪帖药，搭错了哪根神经，自己人打自己人。拳头不煞念，动机关枪。小弄堂里的人夜里在弄堂里乘风凉，躺在竹榻上，数星星，数出飞来飞去的红星星，一直射进墙头里。总算还好，房子还算太平，仗总算没有打到动手榴弹、炸弹、原子弹的地步。后来大家过了几年太平日脚。可是，近几年日脚又不太平了。最先弄起花样经来的是 5 号的陈家。陈家不是本地人，苏北人。在弄堂里，顶顶被人家看不起。陈家也是上几辈就迁过来的，照算这么多年，本地话也应该学会了。可惜这家人家讲出来的洋泾浜难听煞了。不过陈家的人做起事体来杀辣，不管男人女人，胆子大，气派大，一点点也不娘娘腔。一年前头，陈家大儿子阿大，借了钞票，买一辆轻骑，"嘉陵"还不入眼，买"幸福"。阿大骑着"幸福"从这个乡奔到那个乡，从那个村奔到这个村，去买平价，甚至低价的水产，鱼虾螃蟹，乌龟甲鱼，贩到城里，市场上一转，哗啦啦的钞票进来。一年工夫，就讲要造房子了。过一个月，材料全弄齐了，过一个礼拜，泥水匠来了。几只炮仗一响，小弄堂里的人像是困梦头里醒了。比大街上造二十层还要稀奇。大人围观，小人儿起哄，看见陈家的人，大家恭喜，调转屁股，什么闲话都有。

5 号的新房子造好了。三楼三底，在小弄堂里显眼得不得了。鹤立鸡群，还挡掉隔壁几家人家的太阳。

造好房子讨娘子，讨好娘子养儿子。天经地义，没有闲话讲的。阿大今年也有二十五六岁了，弄堂里的人伸长了头颈等着陈家的新娘子。不少日脚过去，也没有看见什么女人的影子，倒弄得弄堂里几家有女儿的人家心里荡悠悠，看在房子面上，嫁十个女儿给陈家也合算的，不过听听那种江北话实在难听不过，"拉块这块（那里这里）"不上台面的。再说自己寻上门去帮女儿做介绍，老面孔总归还有点拉不破。弄堂里的人心里荡悠荡悠，阿大屋里也荡悠荡悠。阿大姆妈顶顶起劲，拿了阿大的一张中学毕业照片，跑到东跑到西，就是不跑自己弄堂。阿大阿爸倒是看中弄堂里的一个小姑娘。看见人家小姑娘走过就喊牢，搭讪几句。现在的人聪明，拎得清，小姑娘心里有数，面孔红通通，笑笑。

"看看，这个小姑娘多好，阿大，你阿生眼睛的，这样好的小姑娘……"

阿大不响。屋里人急煞，他倒是稳稳当当，笃笃定定拿出点架子来。老早谈过两个。一个江北人嫌他也是江北人，一个本地人嫌他没有房子。

"有什么好。"阿大姆妈不稀奇弄堂里的人，她相信女儿要嫁得近，媳妇要讨得远的老话，"阿大，你看看，我手里这几个，喏，这个能干得不得了，自己会做衣裳，还有这个……"

"哦哟哟，难看死了，什么鬼样子。"老老头呷呷嘴，"人家珍珍，双眼皮……"

"死老头子，人家小姑娘双眼皮单眼皮，你倒看得清爽，老不入调。双眼皮又不好当饭吃的，你懂个屁。老话里讲，丑媳妇实惠，会做！"

"你要丑的，阿大不要丑的，你问问阿大看看。"

阿大不响。阿大当然要漂亮的。

"猫猫，你不是同珍珍蛮要好的吗，你讲讲……"老头子拉小女儿做同盟军。

猫猫一点不像陈家的小孩儿。姆妈一张嘴会讲，阿爸一双手会做，猫猫又不会讲又不会做，怕难为情得不得了，一点也不出道，在屋里一天也没有几句话。听见阿爸点她的名，猫猫只好开口："珍珍，珍珍好是蛮好的，不过到热天身上臭的……她们讲她有猎狗臭的。"

"啊哎哎，就是狐臊臭呀！"姆妈手指头戳到老头子额骨头上，"死东西，想讨个狐狸精……"

越讲越恶心，阿大不耐烦了，闷声闷气地讲："少说两声吧，你们当是这六间新房子造好真的给你们享福了，一人一间？想得好点。要过好日脚，六间房子是不够的，还要苦苦……我老早想好了，屋里用三间，还有三间空出来，开栈房！"

大家呆了一歇，不晓得讲什么好。阿大再讲："我已经去订了十五张双层床，一个房间可以摆五张床，困十个人，一块五一夜……"

"想得蛮好！"老头子终于第一个反应过来了，对儿子这种自作主张的行为非常不满，他的一家之主的地位在动摇了，"有这么便当，开栈房你当是这么省力。客人用的热水？客人要洗浴呢？房间里龌龊啥人收拾？还有……"

"你不要烦，我全想好了。姆妈年纪也差不多了，退休；大块头呢，随便你……"

"我啥事体？"二儿子大块头翻了哥哥一个白眼，他在一家国营厂刚刚选上做团支部书记，"我不高兴，我要上班的！"

"你不高兴就算数。不过猫猫不要上班了，同妈妈一道开栈房。"

猫猫要哭了："我，我也要上班的。"

"上个屁班，做一天寻几个铜钿，还要上班？不要去了。今朝夜里，我帮你写份报告，明朝就交上去，退回来！"

"你强横！"大块头对阿大说，"猫猫不肯，你强逼，算啥？"

"你走开，不管你屁事。你看猫猫听你还是听我！"

老头子已经退到后面去了，大儿子的指使气派远远超过了他当老子的。老头子心甘情愿，反正全是为屋里发落，啥人做主一样的。老头子帮大儿子的忙了："猫猫，听你大阿哥的！"

阿大姆妈也算弄明白了，晓得自己是只有一条路走的，难免也有点舍不得，做了几十年生活的老姐妹要分开，总有点难过的。

大块头不服气："这里开栈房，不灵的，拐弯就是大街，大街上栈房多的是，啥人高兴寻到这种小弄堂里来。生意不见得会好的！"

"你不临市面，大街上的栈房夜夜客满，住浴室也轧不进，我们贴出告示，摆出牌子，廉价优质，还怕没有人来住？我敢同你打赌！"

大块头不高兴同阿哥打赌，他越来越看不惯阿哥。

先是来几个泥水匠，砌好一个白瓷浴池，弄堂里的人已经猜出点意思来了，接下来两卡车装来的双层床，大家就全清爽了。这家人家，不得了，心思野豁豁，已经发得造了楼房，再发，要买小轿车了。开栈房，老法里讲起来，不是老板、资本家么？到底是江北人，做事体呒轻头的，不怕的，今朝不晓得明朝的事体。

弄堂里等看好看的人倒是等到几个大肚皮领导，说是来恭喜陈家开栈房的，还说是帮助什么什么，减轻什么什么，说得陈家的人也难为情了。弄堂里的人想想实在是气不平。

小弄堂本来蛮太平，蛮安逸，除掉上下班时间，不大看见有人出出进进，外地人是更加少了。陈家开了栈房，热闹起来了，一天到晚，走来走去，全是外地人，花里花哨的衣裳，花里花哨的包包，花里花哨的样子，花里花俏的话语，弄得弄堂里的老太太眼睛发花，心里发荡。有轮盘的皮包，拖在石子路上，卡啦啦，卡啦啦，吵得上夜班的人困不着觉。烦归烦，新鲜也蛮新鲜，弄堂里的小青年小姑娘，吃了夜饭有去处了。到陈家栈房里去，看山东人花生米搭老酒，跟广东人学唱《霍元甲》，嘻嘻哈哈，疯是疯得不得了，深更半夜不想回去困觉。

顶顶显出疯劲来的，要算是猫猫了。原本猫猫是最最老实，最最怕难为情的。大阿哥叫她不上班开栈房，她怕人家笑，还哭过一场。现在，疯出疯进，穿得也惹眼了，小裤脚管变到大裤脚管，大裤脚管变到包屁股，包屁股变到赤肩胛。惹得弄堂里几个老太太眨眼睛，哼鼻头，歪嘴巴，吐唾沫，看见自己孙子盯牢猫猫屁股头转，气煞，喊又喊不听，弄得不好还要被骂一声"老太婆"。

隔壁人家一件衣裳晒在弄堂里寻不到了。下班回来在门口拣菜洗衣裳吃晚饭，闲话就没有停过，只要不是憨大，闲话里的音头人人听得出。太太平平的世界，安安逸逸的日脚，全搅乱掉了，几十年一根针也没有少过，现在靠了人家开栈房的"福"。不少人家劲头十足，只等看好戏。陈家一家门，做啥事体都不肯吃亏，吵起相骂也不肯吃亏的。

第一个是阿大姆妈，开出门来："眼皮薄的人，破财活该。"

那边马上接上话头，等了半天了，急鼓鼓："良心黑的人，没有好结果的。"

第二个是老头子，阿大阿爸来劝老太婆，不过闲话是讲给人家听的："回去。只要你没有偷，怕人家敢凭空咬你？"

"闲话讲讲清爽，一件衣裳事体小，下趟再偷掉大东西，啥人负责？"

"滑稽，偷脱东西么总归贼骨头负责，啥人负责？"

"没有这么便当，不开这种触霉头的栈房……"

"嘴巴里清爽点，要用马桶刷子刷一刷嘴巴了，啥人触霉头栈房，啥人……"

"回去！"阿大出来了，一手推一个，老头子老太婆毫无反抗的余地，"同这号人相骂，不好省点力气多赚几个钞票？"

好戏没有看成，气没有出透，总归要想办法出掉的，不然要胀破肚皮的。

吃了中饭，弄堂里人顶少，便清爽。大娘娘同周好婆两个老太太坐在墙跟头晒太阳，大娘娘帮人家带一个小毛头，两岁半，放在坐车里，一个人在白相一只皮猢狲，一歇放在嘴里咬咬，一歇歇往地上掼掼，吱吱哇哇。两个老太婆不理睬他，自管讲闲话。

弄堂口那边进来两个人，全拎的大皮包，一身的灰尘。大娘娘用脚踢踢周好婆，周好婆嘴巴瘪瘪。

两个人走到老太太跟前立定了，开出口来倒文绉绉的："老人家，请问，这里的旅馆在……"

两个老太婆白白眼睛，不响。

"哎，请问，"声音提高了，"这里有一家私人开的旅馆……"

"哼！"周好婆还是白白眼睛。

大娘娘眉毛一弹，笑笑："喏，拐弯就是大街，大街上好旅馆、好栈房多的是，寻到这种角落里来，有啥好东西。"

　　两个人你看看我，我看看你，有点尴尬："我们也是听人家介绍，讲这家人家开的栈房干净，条件好……"

　　"好个屁！"周好婆吐了一口唾沫，吓得两个人退了几步。

　　大娘娘又笑笑："说得好听，住进去你就触霉头了，床上有跳蚤的。"

　　"什么跳蚤？"

　　"跳蚤么就是跳……噢，你们大概叫，叫什么？要咬人的，咬人咬得痒痒的，一个一个红块块的，叫……"

　　"臭虫？"

　　"对对，臭虫，臭虫，不好住的，醒龌得不得了，拐弯就是大街，大街上的旅馆清爽……哦哟哟，陈家姆妈！"

　　阿大姆妈眼睛灵，在自己屋门口，看见有两个人问讯，问了半天不见进来，晓得两个老太婆又在恶死人，"噔噔噔"跑过来，大娘娘的话全听见了，气得面孔血血红。不过第一要紧的不是相骂，是拉牢这一笔生意，不晓得两个客人倒真的怕臭虫的，拎起大皮包，走了，一歇歇，拐上大街了。

　　阿大姆妈眼睁睁看见一笔钞票叫两个老太婆挑拨掉了，急得张开口就骂人："你两个老东西，畜生不如！"

　　一场好戏终于演出了，不过没有观众，只有一个两岁的小毛头，听见阿大姆妈大喉咙一响，就在坐车里哭起来。大娘娘根本没有心思管小毛头。小毛头哭了一歇，看见大人吵相骂，指手画脚，觉得蛮好白相，倒不哭了。

　　阿大姆妈虽说一个对付两个，但毕竟年纪比两个老太婆轻不少，不占便宜也不吃亏。骂了一歇，大家骂不动了，歇一口气。

　　大娘娘嘴巴还凶："开啥个栈房，这种拉客，像婊子行了，索性开个婊子行好了，赚大来头！"

　　江北人是最重名声的。阿大姆妈走过去对准大娘娘"哗啦"一个嘴巴，大娘娘反应特快，还没有觉得痛，就"哇"的一声哭出来了。

　　闹到居委会，打人总归不对，也不问问原因，总归是有钱的人不好，你这么有钱，还同人家吵架呀，人家老人年纪一大把，还帮别人领小人儿，赚几个钞票，也作孽兮兮，你有那么多的钞票，还同人家吵，还打人！要么向受害人赔礼道歉，要么罚款。阿大姆妈吃瘪了，公家她是有点怕的，只好带信叫阿大来。阿大跑过来一看，一声不响，掏出五块头一张，往台子上一拍，拉起姆妈就走。居委会调解委员叫等一等，要找还四元五角钱给他。阿大挥挥手说："送给大娘娘买药吃吧！"

　　大娘娘算倒霉。还被小毛头的大人怨了几声。小毛头撒了一屁股的屎，等到大娘娘吵完相骂，腾出工夫来看的时候，黄蜡蜡的屎已经弄了一身，不晓得怎么，面孔上也有点。

　　邻居里伤了和气总是蛮尴尬的，低头不见抬头见，一开门就要打照面的，下趟碰到点什么难处要求人家，倒开不出口了。一个人，一家门，难免总有为难的时候。陈家两个老人想同大娘娘讲和。阿大犟头，不肯。有钱能使鬼推磨，真真，我只要有钞票，用不着求她，什么事体办不成，真真。钞票是好壮胆的，不过却不大好焐心，同大娘娘吵过，阿大姆妈心里一直不适意，不暖热，冷丝丝的。老老头晓得老太婆的心思，到底几十年的夫妻了，老老头出于好意，等阿大出去，老夫妻两个到小店里买十块鸡蛋糕，一袋半斤装的麦乳精，再加两张笑面孔，送到大娘娘屋里。大娘娘也不想作对了，同这家人家作对是没有便宜揩的，三块钱的礼收下来，还落个高姿态，好名声。

大娘娘一个老太婆，六十岁了，在小弄堂里讲声闲话倒还蛮有威信，年纪轻的人不算，听她的人倒也蛮多。大娘娘的面孔一变，弄堂里不少人的面孔全变了，一天一天过去，陈家有辰光人手不够，弄堂里有人会跑过来相帮；一时缺点什么，有人会送过来，热乎得有点吓人。大块头讲，君子之交淡如水，小人之交黏如漆，这种样子，总归要有点事体出来的。屋里人想想是有点心慌。

事体真的出来了，而且蛮快。周好婆的儿子周阿宝，连着几天，上门来讲白相。周阿宝也不是小年轻了，自己的儿子读高中了，真的吃得太空了，没有事体总来讲白相？到第四天夜里，周阿宝支支吾吾，说阿大栈房里缺人手，阿大姆妈同猫猫全都点头，最好有个有点力气的男人来帮帮，重生活没有人做。阿大不响，不晓得周阿宝有啥花样经，也不去引他的话头。周阿宝进了大一歇，终于问出来，问栈房要不要添人手，要的话，他的儿子可以来，高中不要他读了，笨得肚肠笔笔直，不转弯的，读书读不出来了。

周阿宝刚刚走，陈家屋里吱吱哇哇，各人有各人的意见。阿大喉咙最大，不想人家来拆分他的红，要一个人独吞，猫猫讲他黑心，老太婆怕得罪街坊，差不多要求儿子了。倒是老老头同意阿大的意见，不要收，不过他不是想独吞好处，他觉得收一个人，开栈房的性质就变了，以后不晓得怎么回事体，还是小心点好。只有大块头不参加，自管自看书。等到末了，还是阿大最凶，有啥办法，这幢新房子，这家栈房主要是靠他撑起来的。

收买了大娘娘而缓和了一点的邻居关系，又僵了。周阿宝一家门看见陈家的人恨不得生吞下去，阿大姆妈不晓得多少次热面孔去换人家的冷屁股。想想也有点怨自己的大儿子，钞票人人欢喜的，也不好弄得只认得钞票，日脚也不好过的。阿大一点点的年纪，已经弄得这样，以后不晓得会变成啥样子。老太婆急了，就在老头子面前啰唆，老头子听烦了，就对儿子发火，儿子不买账，你不依我不饶，陈家屋里的相骂声也慢慢地多起来，响起来了。

阿大姆妈老是叹气，蛮太平、蛮安逸的日脚，怎么弄得相骂当饭吃了。

大块头也不太平了，本来蛮老实一个小囡，厂里看他本分叫他做团支部书记，积极得不得了。开了栈房，夜里一直同客人讲白相。不晓得撞了什么鬼，听了啥人瞎撺，野心大起来，团支部书记不高兴当了，太小了，没有权，自荐当厂长，还发表什么演说，讲现任厂长怎么无能，不可能领导好改革，后来弄得团支部书记撤掉，厂长肯定当不成。人家厂长多少厉害，弄不过你一个毛头小伙子？大块头倒弄得自己一身臭烘烘，在厂里朋友也没有了，讲闲话的人也没有了，有的怕他，有的怕厂长。

大块头不开心，屋里人也不会开心。都怨大块头自己不好，阿大摆出点大阿哥的派头，教训兄弟，两句闲话一讲，弟兄两个喉咙又大了。

"你有力气不好自己做自己吗？"

"你当是你自己闷声大财就万事大吉了，鼠目寸光，告诉你，你看看历史，一个人两个人财，有钞票，这种日脚不会长的，要共同富裕……"

"哼哼，你还没有入党，入了党，大概要拿屋里东西全分给人家了，没有什么便当，想共产？这是我自己苦得来的，多劳多得么……"

"你不懂的，你这种小市民气，小农经济思想，不会有大花头的，有本事的，去领导一爿大厂、一个大公司，搞得好，才叫真本事！"

"咦，你有本事，你去领导呀？你怎么不去！去领导你们自己厂，弄出点名堂来让我看看！"

"你等好，我会弄的……"

门口头有几个小赤佬头一伸一缩，阿大姆妈关好门，叫两个儿子轻点，人家听见要笑煞的。

大块头不响了，阿大也不响了。弟兄两个你瞪我，我瞪你，凶得不得了。

姆妈看着两个儿子，手心手背全是肉，本来蛮太平，开栈房开栈房，大块头只会听这种乱七八糟的客人讲那些乱七八糟的事体，听得痴掉了。

大块头真的有点痴了，隔几日回来讲要辞职了，不做了。大概厂长又刁难他了，自作自受。

辞职不是桩小事体。阿大倒也有点吃不准，当初他没有动员兄弟出来，就是留有余地的，一家三个人全出来搞个体户，不晓得保险不保险。阿大让大块头最好在单位里好好做，入党，弄个官做做，自己的个体就有保障了，不晓得兄弟不争气。不过现在看看外面的形势，好像没啥可怕的，大块头要退就让他退，正好弟兄两个一搭一档，生意好做得大点，趁现在好捞多捞点。

"蛮好，退出来清爽，自己做适意！"阿大先发表意见。

"你懂个屁，你热昏头了，告诉你，这是共产党的天下，不是国民党的天下！"老头子这几天看到大儿子就有气，不要看他，转过头去对小儿子讲，"你，拎拎清爽，我是不许你退的，蛮好的工作，国营单位，人家要进也进不去，你还想出来，你也热昏了？告诉你，下趟不许去同客人多啰唆！"

"我就是要退！"大块头讲。

"不许，我绝对不许的。"老老头讲。

猫猫躲出去了，逃到客房里去同客人白相。

阿大姆妈眼睛眨巴眨巴，作孽兮兮，三个大男人，这种样子，怪吓人的。

"退出来好。"阿大讲。

"不许的。"老老头讲。

"我是一定要退的。"大块头讲。

"你敢！吃耳光？"老老头手臂抬起来吓人。

大块头根本不怕，一本书往台子上一掼，出去了。门被碰得震震响，石灰都震下来了。

大块头也是个犟头。阿大明犟，大块头暗犟。那天夜里跑出后，几天没有回来，老老头不许老太婆去问，弄得老太婆哭哭啼啼。

几天过去，大块头倒转来了，兴冲冲穿一身笔挺的新西装，跑到自己房里理东西。

姆妈第一个冲进去，阿大、老老头全跟进去。大块头笑眯眯告诉屋里人，厂里的职辞了，已经应聘到郊区一个乡办厂去当厂长，签好合同订好协议，身上这套西装，就是乡办厂的厂服。大块头信心十足，两年的计划他打算一年就完成。

一家门全呆了，这种突如其来的变化，有点像是讲故事。

大块头兴奋得不得了，他可以用自己的行动去实行自己的理想，当厂长，当企业家……

猫猫头探进来："姆妈，我出去白相一歇。"

"同啥人去？"

猫猫面孔一红："一个人。"

没有办法挽转了，事体已经这种样子，老头子也只好认命。阿大觉得兄弟不理解，也不同他多烦了。猫猫连影子也看不见了，只有姆妈伤心落眼泪，蛮好的儿子，守在身边，天天看见，现在作骨头作出去，当厂长不容易的，不晓得多少辰光回来一次。还是做娘的肉痛，自己身上落下来的肉，啰啰唆唆，吃的问到穿的，穿的问到住的，住的问到工作，工作问到……大块头心情好，也不怕姆妈烦，娘儿俩一直讲了大半夜。

大块头走了，屋里少一个人，像是冷清了不少。虽说大块头本来在屋里也不大讲话的，到底多一个人多一份人气的。

老头子的脾气越来越不好。大儿子不要看，小儿子看不见，心思就转到了猫猫身上。一定下心来，就发现猫猫不对头，要么疯疯痴痴，发神经；要么生活不想做，一个人呆呆地坐在那里想心思。问她，讲没有什么，面孔红通通。老头子疑神疑鬼，讲给老太婆听。老太婆叫他不要发神经，她看看猫猫是蛮正常的，是老头子自己不正常。

想不到有一天吃晚饭辰光，猫猫难为情兮兮，说出来同人家好了，要结婚了。

老夫妻两个瞪了半天眼睛。还是阿大冷静，问是啥人。猫猫讲就是前几日来住客店的一个人，留一撇小胡子的。

"不许！"老头子拍台子，"那个东西，我一看就不是好东西，你要上他当的，不许的！"

"我要的。"猫猫也犟起来了，真是一个比一个变得厉害。

"不许的？我是绝对不许的！"老头子讲。

"你好好地讲么。"老太婆讲，她又想起小儿子的事。

"我是一定要的！"猫猫讲。

"我是一定不许的！"老头子讲。想想不够，又补充一句，"你要是敢，我拷你！"

"你拷我，我也是要的！"猫猫讲。

"拷死你！"老头子讲。

"拷死我，我也是要的！"猫猫讲。

"你……"老头子气得一时讲不出话来，停了一歇，"我，我去拷死那个小畜生！"

"你……"猫猫倒有点怕了，"你……不敢的，拷死你要枪毙的！"

"枪毙也不许你跟他！"老头子又讲。

猫猫哭了，眼泪水一滴一滴滴到饭碗里，老太婆也蛮伤心。老头子更加火冒，又骂人："你个小婊子，骚婊子，一点点年纪，同人家客人轧朋友，我陈家屋里出这样的丫头，祖宗面孔全塌光。"

猫猫抹抹眼睛，立起来："那么我走了。"

话音未落，人已经抢到门口，奔出去。

　　老头子急了，对阿大吼叫一声："死人，快点去追！"

　　阿大不动，照吃他的饭。

　　老头子七窍生烟，轰一声把台子推开，拔腿就去追女儿。老太婆一路哭也一路跟着追，惹得弄堂里家家出来看好戏。

　　猫猫跑得快，只看见人一晃，就拐弯上了大街。等老头子追到拐弯处，已经看不见人影子了。街上人多，又是夜里，两个人寻了大半夜，也没有寻到。

　　回到屋里，阿大倒一个人适适意意在看电视。

　　老太婆"哇"的一声哭出来，女儿比小儿子还要作孽，一样没有拿，空空身体就走了。老太婆越哭越伤心，伤心到极点变成火气，不哭了，骂老头子，蛮太平的日脚不过，要开么栈房，弄出这种事体来，开爿店也比开栈房好。天地祖宗，什么都骂到了。老头子气不过，回嘴，说她自己养了个好儿子，黑心黑肺黑肚肠，报应报到兄弟姐妹身上，自己还定定心心，这种儿子不像人。

　　阿大开始还耐着性子，后来听老头子越讲越不上路，想想自己吃辛带苦，也是为了屋里好，为啥要受这口气。一搭腔，相骂就升级了，吵到后来，光嘴巴讲已不解气了，老头子先掼了一只杯子，阿大掼了一只热水瓶。

　　在门口听壁脚的周阿宝、大娘娘，还有不少人一起哄了进来，拉儿子劝老头子。劝不动，急得周阿宝给他们一人一记耳光，总算是劝住了。

　　过了一个阶段，猫猫回来了，是一个人回来的，那个小胡子没有来。猫猫一句话也不讲。问她，只是哭。哭了几天就不哭了。阿大还是骑"幸福"去贩水产，在市面上，水产更加贵了，阿大的生意越做越称心。

姆妈身体不及老早好了。猫猫好像也不及老早灵活，栈房里不少生活来不及做，想请个人来帮帮手。阿大去同周阿宝讲，周阿宝笑笑，他的儿子已经有生活做了，自己摆了一个卖牛仔裤的摊子，生意也蛮兴旺。

亏得老头子主动提出来要退休了，提前两年，猫猫同姆妈总算轻松了一点。

大块头一直没有回来过。信也没有，屋里也没有人有空去看他。过了不少辰光，倒是弄堂里有家订报纸的人家看见报纸上有大块头的照片，还有一篇蛮大的文章介绍大块头，表扬大块头，讲大块头救活一个厂，厂长当得怎么好，讲大块头厂里的工人全叫大块头"财神菩萨"。人家把报纸拿到陈家让他们看，一家门开心得不得了。只有阿大，盯牢兄弟的照片看了一歇，也不笑也不响，一个人倚在门柜上，闷闷地抽一根烟，不晓得他又在想什么心思，眼睛直盯牢弄堂口，呆呆地。弄堂口有什么好看，拐弯就是大街，不拐弯一样看不见。

哦，丁丁

　　"小人儿书，小人儿书也不进货了？"丁丁犹犹豫豫地问，最后的挣扎。

　　"咦，老早讲好了！你又要想什么花头经了？"阿强用一只小型太阳能计算器算账。光线不好，用起来得小心翼翼。他不喜欢丁丁打断他。

　　"其实，其实小人儿书生意倒是蛮好的，现在的小学生，比老早有钞票……"

　　这是真的。丁丁和阿强小的辰光，问大人讨四分钱买块棒冰也蛮难的。

　　"没有花头。小赤佬手里的钞票，多煞也有限，一百本小人儿书才能赚几钱？你又不是不晓得。生意做煞人，也没有大名堂，赚钞票嘛，就要有点大气派！"

"也不能，也不能光讲赚钱……"丁丁支支吾吾，总归有点理不直气不壮。

"咦咦，倒滑稽，不讲赚钞票开店做啥？"阿强盯牢丁丁看看，笑笑，"哦哟哟，我们丁丁这几天，大道理也一套一套地上来了。哎，大概已经写了入党申请书了吧？"

丁丁不响了。

丁丁是店主。营业执照、准许证上的照片和姓名全是丁丁。阿强么，照老法头里的讲法，只不过是个小伙计。可是事实上正好倒一个转，店里的事体样样阿强做主。丁丁这种男人也是少有的，一点点一丝丝权力欲也没有。

当初，丁丁高中毕业，考不上大学，被分配到环保单位。丁丁自己顶顶怕难为情。去上班又是难为情，不上班也难为情。到底年纪轻，还是想去的，却被姆妈锁在房里。想得出，叫男孩子去帮人家倒马桶！丁丁姆妈看了一世的浴室，锻炼得性格粗犷豪爽，像说一不二的男子汉。结果丁丁受罚，罚他两年没有被分配资格。丁丁垂头丧气。没过多少日脚，丁丁不晓得是看了一篇什么倒头报告文学，告诉房里人，自己要开一爿书店。棉花糖一样的人，一歇歇倒变得倔起来了，像泡泡糖了，怎么嚼他也嚼不烂了。房里人只好同意。门面是不成问题的，反正屋里房子蛮大，腾出一间来轻轻松松，地段么，在小弄堂里，不是市中心，不是热闹区，说不上理想。不过附近店家少，书店是一爿也没有的，这里的人倘若想到要买书买画，起码是准备好半天时间的。拐角上还有个小学校。所以开爿书店作兴还是有点生意做做的。资金也好解决，家里凑一凑，再向亲朋好友借一点，现在手头有活络钱，银行有存折的人不少。剩下来就是人手了。丁丁屋里人不多，姆妈看浴室看了几十年，看出念头来了，一天不去浴室，一天不上班，一天闻不到浴室里的热烘气味，一天看不见浴室里的混乱样子，身上就要不好过，要生毛病似的。年纪一大把了，对啥全勤奖、态度奖，最最有劲道了，拿不到第一，争也要争到第一。这种劲头到了退休年龄也不肯退的，何况还差几岁。丁丁阿爸老实头一个，人家叫他干什么就干什么，不叫他干什么绝不会去干。不叫他退休，绝不会去申请退休，七十岁八十岁也会继续工作下去。丁丁阿哥良良在单位里算是个先进分子，有大专文凭，刚刚入党，又提拔他做车间主任，积极得恨不得生个三头六臂全扑到厂里去，自然不肯帮丁丁的忙。这趟丁丁倒是颇有点男子气派，拍拍胸，要一个人弄。全屋里人反对，叫丁丁自己去物色人，要那种懂点生意经，头脑拎得清的人。丁丁一时头难煞了。幸亏姆妈补充了一句，要寻个会打打算盘的。"打算盘"的意思丁丁也不是不晓得，就是会用心计。不过"算盘"两个字倒挑了丁丁，想起了中学里一个同学阿强。阿强是珠算课的课代表，算盘打得老师也弄不过他。丁丁寻到阿强，阿强也在待业，他的条件不及丁丁好，自己开店根本想也不敢想。丁丁上门，两个人一合即拍，一拍阿强就拍上去，而且当仁不让了。在店里，丁丁十句话十句听阿强的，阿强嘛，十句话里总有八句是对的，丁丁也就满足了。不过有时候，丁丁也会想起自己是个男人，是户主，想扳住阿强那两句错的，杀杀阿强的威风，可惜每趟总归叫阿强臭得脸红。

有人走过来，在店门口停住了。看看柜台，看看门面上的店号，含义不明地笑笑，走过去了。

丁丁心里有点不快活。他猜想，那个男人肯定在笑他们，店号的形式和柜台里的内容，相去甚远了。柜台里所剩无几的书籍:《霍元甲》《乾隆皇帝下江南》，杂志架上也只有诸如《啄木鸟》《惊险小说选刊》一类的通俗文艺。正宗的文学书籍销路不旺，编辑部可以赔本，阿强不愿意赔本，丁丁也不愿意赔。其实，就是《霍元甲》和《啄木鸟》很快也要被阿强的铁算盘拨出去了，让出来的位置，是录音磁带、胶卷和旅游鞋。

开张之日，丁丁和阿强中学里的班主任郑老师特地前来祝贺，老头子很激动，嚅嚅地只说了一句话:"蛮全了，蛮全了。古今中外、文理工农……是蛮全了。"

不晓得是地段不好，还是阿强、丁丁不善于经营管理，书店的生意不大理想。阿强是个拎得清的人，刚刚看出点苗头来，就动脑筋想新花样了。

阿强终于算清楚了，长长地出了一口气，两个酒窝显出来了。阿强竟面善得很，丁丁却偏不。世界上的事情总是奇怪的。

"你看看，丁丁，你看看……"阿强给自己泡了一杯茶，"一进一出，相差多少，这一笔磁带生意到底有赚头了，一礼拜抵得上以前三个礼拜。"

丁丁也笑了。他知道自己笑的时候并不比哭的时候好看多少。不过赚了钱总是应该笑的，总是会笑的，发自心底的笑。

阿强吸溜茶水，声响是满足的、舒适的。丁丁真有点嫉妒他，他那么会计算又那么会享福。

三点钟，外面在下小雨，淅淅沥沥。小学校总在三点半左右放学。今天下午三点半……所有的小人儿书，都被阿强捆扎好了，已经同一个学校联系好照批发价出售，明天便来搬书交钱，书店一分钱也不赚。阿强解释，这叫资金周转。他们急需要用钱，要去批一点羊毛衫来。

小雨终于停了。拐角上开始有一两个小人儿走过来。走得很慢。穿着套鞋，有意地往水塘里踩，把泥水溅到别人身上，挨骂，贼皮嘻嘻地笑。等骂人的人走开了，他们又踩水塘，把水溅到自己裤子上、书包上。

又过了一会儿，拐角上拥出了一大批小人儿，像一群鸭子，大批往另一个方向走了，那儿通大街，然后通向更多的小巷；支流往这边来，冲着丁丁的书店走来。呱呱呱，喳喳喳，叽叽叽，可以让幸福的人和痛苦的人都想起自己的童年，可以让失败者和成功者都回到自己的过去。

“咦，小人儿书怎么没有了？”

他们像人墙似的堵住了丁丁和阿强。

童音里有点失望的成分，但听不出惊奇，更听不出不满甚至愤慨，尽管丁丁有这种预感。

“咦，旅游鞋！哎，珍珍，你看，这双红的，我阿姐也有的，我大起来也要买一双……”

“十七块几，你有钞票买？”

“我大起来嘛，我工作嘛，我就有钱嘛！”

“你大起来，这种鞋肯定不时髦了……”

阿强笑起来，丁丁也笑。十来岁的小姑娘老三老四，懂得不得了，真正没办法。

“喂，你大起来，不兴着鞋子了，兴赤脚，你阿相信？”阿强同她们寻开心。

"你骗人你骗人，要么你赤脚，要么你赤脚……"

"哎，你们怎么不卖羊毛衫，现在外头羊毛衫顶顶时髦，我阿姐有一件蝙蝠式，小李哥哥帮她买的……"

"还有啦还有啦，还有滑雪马甲，还有牛仔裤，报纸上全写的……"她把牛仔裤的"仔"字念成"子"。

"不是牛子裤，是牛仔裤。"她的同伴纠正她。

两个男小人儿趴上了玻璃柜台，湿漉漉的手放在台子上，被阿强凶了下去。

"看看不可以啊！"小人儿嘴凶。

"没有钞票看什么？"阿强说。他蛮有兴致同小人儿对嘴。

"你有钞票，你有钞票，你算老板有钞票，有钞票怎么老板娘也讨不到……"

"要死了，要死了，一点点的小人儿……"丁丁咂咂嘴，看看隔壁的王伯伯走过来。

"王伯伯，下班了？"

"下班了。哟，丁丁，你们的世界越来越大。"

丁丁笑笑，笑得面孔上蛮难看。经营范围扩大，人家自然会恭喜，不过丁丁总归像碰了鬼样子的，总归觉得人家在挖苦他。其实王伯伯为人算得好了。王伯伯的老太婆总是讲自己的老头子老实头，没有肚脐眼的。丁丁没有亲眼看见过。

王伯伯走了。几个小学生还在同阿强纠缠。丁丁看看他们每个人头颈里挂的红领巾，总觉得结得不大服帖，不大顺眼。

小雨又淅淅沥沥地下起来。这种不死不活的天气，弄得人心里很不适意。

早上店门刚刚开，一笔生意还没做成，就来了一个女人，来倒扳账，说一个礼拜以前来买什么东西，店里少找她一块钱。丁丁看见这凶相的胖女人，觉得倒胃口。一个礼拜的账，完全可以不认，再说啥人弄得清这笔账？阿强寻出账本，翻了半天，不响，拿出一块钱还给她。阿强做生意精虽精，规矩是蛮规矩的。胖女人拿了一块钱，不说声谢谢，倒还叽叽咕咕，嘴里不清不爽。丁丁气得两只眼睛白瞪白瞪。

阿强今朝倒蛮顺气，面孔上笑眯眯，像是有啥开心事体。

"丁丁，良良的女朋友，嘻嘻，蛮灵光的，卖相蛮灵光的。"

丁丁朝他看看，良良的女朋友，要他起劲干什么。这种样子贼脱嘻嘻，不晓得装的啥鬼心思。丁丁不开心，有点懊悔。昨天不要叫阿强留下来倒好，倒清爽。不过，事体已经过了，留也留了，菜也烧了，饭也吃了，人也见过面了，阿强倒是念念不忘了……

良良比丁丁大三岁，出了年就二十八了。良良是属于那种一心不肯两用的人，所以工作看看蛮强，找对象的能力是一点点也不强的。皇帝不急，急煞太监。姆妈顶急，挨下来是阿爸。姆妈看浴室倒也看出了不少朋友，有高级的，也有不高级的。这么了不起的一个儿子怕啥？只要姆妈一起劲，没有啥不成功的事体。不出几日，良良就谈上一个朋友了，叫小雅，听说人相同名字也蛮般配。好在良良外貌上也过得去，不像丁丁。良良同小雅看过两次电影。丁丁有好几回听见姆妈问良良怎样。良良半天不响，问得烦了，讲一声："没有恶感。"姆妈听不懂。阿爸告诉姆妈，没有恶感，就是印象不坏。姆妈开心了，印象不坏，就是蛮有意思了嘛。丁丁对良良，小的辰光感情倒蛮深，大起来反而有点陌生了。所以也不大高兴去研究"没有恶感"背后的意思了。

小雅上门来，姆妈的主意，主要是让阿爸和丁丁看看。两个男人都有点受宠若惊，神魂颠倒。丁丁提早打烊，把阿强也留下了。阿强照着菜谱还能烧几样上得了台盘的小菜。

丁丁和阿强躲在灶屋，听见姆妈夸张了的嗓音，就知道小雅来了。

丁丁要出去见见的，虽然只是打个照面，阿强跟在后面。用不着介绍，屋里人口少，不会搞错的，不会把阿爸当成丁丁，把丁丁当成阿爸的。丁丁象征性地对着那个红影的方向咧一咧嘴，他知道自己笑的时候的样子，于是不敢笑得很像样，便推着阿强又进了灶屋。

"双眼皮……"事隔一夜，阿强还在回味。

"你倒看得清爽，我是看也没有看清爽。"丁丁有点懊悔。

"哎，读过几年？"

"啥人晓得……唉，像煞是读卫校的，卫校毕业，做护士的。"

"到底，我看看也像读过书的样子。"

有人招呼丁丁，要买一本什么专业书。听说没有，叹了口气，失望地走了。丁丁也有点失望，总觉得有点对不起人家。阿强难得没有笑他。话头一转，又提到小雅。丁丁不响，不睬阿强。丁丁对小雅好像没有什么特别的印象。昨天吃夜饭的辰光，小雅同阿强倒讲得蛮投机，爸爸姆妈在边上听，当陪客，良良不晓得在想啥，眼睛盯牢一盘菜一眨不眨。丁丁弄不明白，小雅一个女人家，一个小姑娘，又是当护士的，对生意经倒蛮熟的，说是现在黄金首饰生意顶有赚头。说得阿强眼睛发红，要是有这点本钱，丁丁想阿强肯定要去做这种生意的。良良待了半天，总算也插进来讲了一句，说自己不同意丁丁把书店改掉，还是卖书好。小雅"咯咯咯"地笑，大方而不轻浮，听得人家心里蛮适意，只不过听不懂她是啥意思。

丁丁一向蛮服帖阿强，这趟却有点讨厌他了。良良的女朋友，阿强总不见得想占啥便宜！丁丁几次想丢一句闲话敲敲阿强，兔子不吃窝边草。不过，几次却不好意思开出口来，迸到后来，逼出一句更加好笑的话来："她比你大两岁！"

阿强呆了一歇，看看丁丁这种一本正经的顶真的腔调，熬不牢地大笑起来。

"好了好了，不讲了，不讲了，我们丁丁真是聪明得肚肠转弯的！"

丁丁倒有点难为情了。

"不过，有句闲话我讲出来你肯定要动气的，你要不要听？不听我就不讲，对随便啥人也不讲！"

丁丁紧张起来，有一种预感："你不要瞎讲！"

阿强对丁丁眨眨眼睛："其实嘛，你自己也清爽的，你倒装得蛮像，我讲出来，我做猪头三，吃人家耳光，我不讲！"

丁丁倒又急了，逼牢阿强讲。果真，阿强也看出来了，良良同小雅不要好。只有姆妈阿爸眼睛瞎脱了，耳朵聋脱了。

丁丁哭丧了面孔，只好承认。

阿强笑笑，不过丁丁晓得不是幸灾乐祸，阿强到底不是那种人。

丁丁心里不好过，到底是自己亲阿哥，要想帮忙。这种事体有辰光只会越帮越忙，帮倒忙。只有求教阿强。

"阿强，你看得出？为点啥，他们……"

阿强搁起一只脚，用自来火杆挖挖耳朵，看看丁丁："你去问问你的良良，他有几分心思是用在女朋友身上的？"

丁丁说："他、他是帮厂里做事体忙呀，小雅也晓得的，良良是为公家……"

阿强嗤嗤鼻头："是的呀，是的呀，为公家，听是蛮好听，不过，不实惠啊。"

"啥不实惠，良良奖金拿到……"

"有啥稀奇，总不见得拿到一万块？现在外头小姑娘身价多少高，你阿晓得？一年千把块根本不入眼，你们良良有千把块？"

"没有的！没有的！不过小雅不像外面那种小姑娘，她读过书……"

"像也好，不像也好，总归小雅不像良良那种书呆子，不像你，像我，喜欢讲点实惠……"

"你不要诬蔑人家！"丁丁火了。

"咦，你这人倒滑稽的，这叫诬蔑人？真正，这还是抬高她的。讲实惠有啥不好，实事求是嘛，不像你，心里么明明喜欢钞票的，嘴巴上么还要假情假意说什么，面子上还要装出点什么来。"

丁丁想不落了，讲到他自己头上来了，而且讲得叫人驳也没有办法驳。阿强是越来越能干起来，越发精明，也越发会讲话了。

整整一天，丁丁闷闷不乐，无精打采。阿强在一边暗暗好笑，像丁丁这种人也真没有办法，样样事体会顶真的，脑子里怎么放得下的，脑壳不要爆炸的？阿强不会做这种憨头。丁丁也想不通阿强，和自己同年，中学里他算得老实，算得本分了。中学毕业不过两年不碰面，阿强变得这么精明，会做生意，懂人情世故。丁丁实在弄不明白，只想到自己选阿强做帮手没有选错。

打烊辰光，阿强拍拍丁丁肩膀："不要发痴了，不要拿我想得像坏人，我也希望良良同小雅好的，就算好不起来，我也绝对不会不上路的，你放心好了！"

丁丁怎么放心得落。

隔壁人家的儿子结婚，街坊邻居一家请一个吃喜酒，请到丁丁家，不请老头老太婆，也不请大儿子良良，指名道姓要请丁丁。

只有这种辰光，丁丁才真正体验到自己作为一个男子汉的自豪。

吃喜酒是中午，店里只好阿强独当一面了。

丁丁一桌，全是弄堂里的男人、户主、外当家。除脱丁丁，大部分全是见过面的。女人不在，"气管炎"不会发，应酬这种场面的本事是一个比一个出色。

先是由主人指派，啥人朝南坐，啥人朝北坐，啥人朝东，啥人朝西。丁丁年纪顶小，倒也蛮受尊重，朝门，同一个老伯伯同坐。敬了一圈酒，大家开始定定心心，像像样样地吃菜。结婚人家的酒席，不吃脱主人要不开心的。丁丁不大习惯这种场面，提牢一双筷，就吃点靠近他的一只盆子里的菜，坐在那里，只觉得浑身不适意、难过。

大家猛吃一气，肚皮里垫了一个底，就慢慢地抿酒，讲闲话。丁丁的样子顶惹眼，所以，讲闲话的中心首先就到了他身上。

"哦哟，我们的小老板这么文绉绉做啥，也想要花个女人了吧？"

"哎，丁丁，你们良良的朋友倒蛮灵的，叫啥名字？"

丁丁皱皱眉头，他不喜欢人家讨论小雅。不过大家不在乎他，肆无忌惮地讲起良良的女朋友来，从长相到人品，从家庭情况到工作性质，从肤色到衣着……

阿强终于也有讲错话看错事体的时候。良良同小雅好起来了，前天已经去领了结婚证，到春节就要办酒了。丁丁不晓得事体怎么会变了。只要变了，丁丁就开心。阿强一点也不难为情，嬉皮笑脸，讲这叫缘分……大家讲得称心，笑得够了，才又回到丁丁身上。

"丁丁，你们良良花得到这么好的女人，你怎么花不到？你不及你们良良有花头嘛，你们良良……"

"你不要讲！会捉老鼠的猫不叫，丁丁不比良良差的，你看好了，以后，丁丁作兴比良良还出道的。"

"这倒也是好，良良厂里做，做煞也是人家的，丁丁倒是自己的，发落起来不得了的……"

"不见得吧，人家良良现在是车间主任，做得好，奖金好拿不少，吓煞人的……"

"吓不煞人，你讲奖金好拿多少，啥人敢多发，多发他良良阿敢多拿？真正，这种名堂经，我有数目的，讲虽讲奖金不封顶，总归还是有限的，到底不及自己做自己拿来得畅快、清爽……丁丁，你自己讲讲看。"

丁丁讲不出。

"丁丁总归要保守点的，真的讲出来，你们不要眼皮薄的？弹皮落睛眼乌珠也要掉出来了……"

"要么你眼皮薄，自己有本事自己赚，弹人家有屁用！"

"丁丁，你是好去花一个女人了，赚了钞票不用，憨头啊，花一个吓倒良良的……"

"笃定！丁丁，阿要我帮你介绍？只要你小老板开金口，丹凤眼，一米六、一米七，随你要……"

"真的，开开金口嘛，不要小气嘛，男人家拿点气派出来，甩掉几个钞票算啥？"

丁丁倒是开不出金口，银口也开不出。天晓得，好像一开店就是百万富翁了，开了店还要经营，经营不好要偷鸡不着蚀把米，亏老本的。这种人真正讲讲，眼皮薄是蛮薄的。丁丁总应该解释几句的："其实、其实，我不及我们良良的，我同阿强两个人做，生意也不大好……"

"哦哟，丁丁，倒看你不出，一点点年纪，倒蛮懂的，放心好了，我们不会向你借钞票的，用不着担心……"

闲话越来越不好听了，年纪大的出来打圆场："哎，丁丁，你们良良阿是快要做厂长了，我听你姆妈讲……"

姆妈一张嘴，听见风就扯篷，一点点音头的事就去告诉别人。良良厂里是有这种意思，让良良当管生产的副厂长。不过不晓得为什么，丁丁不大佩服良良，总觉得良良有点说不出的味道，还不如他对阿强的服帖。

丁丁挪了一下屁股，一动不动地坐着，腿都有点麻了。时间不好过，不如在店里，自由自在，时间过得快，一歇歇工夫就天黑了。

新郎官的小弟弟，十三四岁，刚刚读上初中，神气得不得了，走到丁丁旁边，老三老四地喊了一声"丁丁"，问他店里有没有卖《射雕英雄传》。听说没有，初中生面孔上立即显出看不上，甚至有些鄙夷的神色。打了一个响榧子，又问丁丁："你们要去进货吗？这只书销路好极了！"

丁丁注意到他对书的称呼是"只"，这只书。

丁丁有点尴尬，说："不、不晓得，大概不进货了，做书的生意不灵。"

"咦，你倒滑稽，现在外面的书摊那么多，你还说书的生意不好。你去看看，汽车站、火车站、大街上，书摊到处都是，一天世界，你自己去看看，临临世面……"

"哎，这话倒不错，"同桌喝酒的有人插了上来，"丁丁，你的地段不好，最好能搬到……"

立即有人打断了他的话："搬？讲讲容易，做起来难，现在到哪里去弄房子？"

大家又有了谈话的中心。

丁丁还是不作声。搬是不好搬的，没有那么便当的。不过丁丁想不明白，为什么他的书店那么不景气？有不少事情，丁丁这世是想不明白的，前世也想不明白，下世大概也想不明白。

"清仓图书，八折处理"。阿强在写一块牌子。

丁丁看着刚刚清理出来的书店里的最后一批书刊，煞是肉痛。

"憨头，八折处理合算的，不处理它们，在屋里又不会养儿子孙子。"阿强说。

丁丁拣起一本看看，是丹纳的《艺术哲学》。书店开张辰光，这本书热门得不得了，像是还排过队。因为销路好，后来又去进了不少，倒又没有人来买了，滞销，堆在房间里积灰。唉，小生意，真是不好做的。天晓得，莫名其妙的顾客，一天一个主意，一天一个花头，今朝欢喜长篇，明朝欢喜短篇，赤脚追也追不上的。阿强倒是信心十足。丁丁听他讲过美国一个玩具商抢先生产 TE 的事体，晓得阿强有点道理的。

有人来看阿强写的牌子，好像有点兴趣。这里的人就是有这样一个习惯，买东西总归捡便宜的买。处理品、削价品、次品、二等品、三等品、等外品……打折扣的都要，折扣打得越厉害，买得越起劲，抢购、排队、凑热闹。

又来了一个人，看阿强写的牌子。

"八折。"看的人自言自语。

"八折！同志，八折呀！我卖一本书一分钱也赚不着的，你们看看，全是新书噢，买吧买吧，合算的！"阿强把牌子挂出来。

围的人多起来，听见人家嘴里在讲"八折""八折"。

外围的人看见牌子，只听见声音，急急忙忙地问："八折，卖啥东西，八折？"

里围的人不响。有的往外轧出去，外围的人就轧进来。

"书……哟哟，书……当什么好东西……"外围的人好像上了当似的，眼皮挑一挑，有点看不上眼。

"书！哎哎，书！蛮好蛮新的书，八折处理，合算，买几本？"阿强拍了拍小青年的肩，"怎么样？"

"啥事体，书？我不要，又不好吃又不好穿，屋里摆也摆不下，碍手碍脚……"

阿强放弃了这个人，又有人轧了进来，一本一本书翻过来，一刻钟，买了一本，原价八角，现价六角四。

哄了一歇，人散了。阿强把牌子摘下来："这样不行，其他生意做不脱了，还是和上次一样，一起处理给人家单位里。"

"啥人单位要？"

"你急啥，我有办法，人家药店里买一箱伤风药，送一条毛巾毯，厂医全去抢。我们也好参考参考……来，这点倒头书，弄起来摆开，真的碍手碍脚的……咦，又发啥个痴了，喂，帮个忙。"

丁丁只好重新把书捆好，堆在角落里。有一张旧报纸夹在书堆里，丁丁拿出来看看，是两年前，他们书店开张辰光，报纸上登的照片，因为他们是全市第一家个体书店。开张之日，不少领导也来祝贺的，还拍照登报。丁丁把报纸传给阿强，阿强看看，没有说话。照片上，阿强同丁丁站在柜台边上，背景是书架上实实足足的书。

丁丁突然觉得阿强对书店也是有留恋的呀。

"阿强，我弄不明白，讲讲嘛现在要读书的人越来越多，不管做啥，全要懂点知识才有前途，为啥生意倒做不好呢？"

"这有啥弄不懂，你想想，人家有了二十五块钱，是买书呢，还是买羊毛衫？人家有了四百块钱，是买书，还是买录音机呢？人家有了一千块钱，是买书呢，还是买彩电？不讲别人，就讲你自己，你阿要买录音机、电冰箱、彩电？"

当然要的，丁丁像是一下子清爽了。阿强是有道理的，文化需要，同物质追求，是不好比的，特别在这种小地方，一杆天平秤没有办法称的。丁丁有点伤心："现在的人，怎么会变得……"

"好怪啥人？不好怪大家的，只怪前几年穷得够了，吃的用的，全像叫花子。这两年有点钞票了，还不要撑点家当。吃吃营养啊，也应该追求物质享受了……"

丁丁点点头。

"不过这种物质追求，外国人是要笑煞的。你想想看，一家人家看一只彩电，得结结巴巴省上一年两年，外国人不要笑煞？差得远了。所以啊，丁丁你用不着发痴，等到大家撑得差不多了，称心了，你再开书店正好！"

丁丁点点头，他算是真服帖阿强了。

过来一个穿着蛮时髦，长得也蛮漂亮的姑娘，在柜台前看了半天不走。

阿强去打招呼："买点什么？金属发夹？喏，刚刚到货，外头还买不到，喏，这种型号的？"

姑娘摇摇头："你们这里不卖书了？"

阿强笑笑。

丁丁插上来："你要买什么书？"

姑娘又摇摇头："反正你们也不卖了。"

"我……我们可以帮你想办法的。"丁丁有点难过地说。

姑娘第三次摇头，轻轻地说一声"算了"，就走开了。

丁丁惋惜地看看姑娘窈窕的背影。

小书店终于彻彻底底地改掉了。现在的经营范围，只有阿强弄得清。

可是门面上的店号还是书店的店号，丁丁一想到这个，心里就不顺当。想改，阿强觉得没有必要，开店做生意，店号其实无啥大花头。

开书店的辰光，只觉得买书的人少；不卖书了，又觉得来买书跑空趟的人也不少，好像比开书店辰光还要多。阿强讲他神经兮兮，十三点，不可能的，讲他心理作用。丁丁也承认自己心理作用。不过，丁丁想，毕竟还是有不少人要买书的。

慢慢地，时间一长，丁丁也习惯了。这一日，母校的郑老师来了，丁丁难免又有点难为情。挂羊头卖狗肉，书店门里卖皮靴。郑老师不是特意来看两个学生的，正好路过，过来看看，买了一件小东西，成全了丁丁一笔小生意。

讲了一歇闲话，郑老师抬头看看店号，说店号要改，讲了一番店号对一爿店的重要性，旁征博引，讲得丁丁和阿强心服口服。末了，郑老师还是熬不牢讲到书店改行的事体。郑老师认为这是一种信号。中国人现在有点钞票了，却不晓得钞票是哪里来的；有点条件享受享受生活了，却不晓得条件是怎么来的。一句话，知其然而不知其所以然。

丁丁看看阿强，阿强看看丁丁，听不大懂。大概是讲店改得好吧，要不然怎么讲了半天改店号的事体呢？

阿强相信郑老师的话。第二天就请来一个漆匠，把书店店名漆掉，重写新的店名。

丁丁在下面看，漆匠年纪轻，手脚快，一歇歇工夫，几个字不见了。丁丁有点难过。他不晓得书店能不能再恢复了，看起来是蛮难。不过也不一定，世界上的事体就是千奇百怪的，何况现在外面发展变化这么快。

冬天里

一

三副皮鞋摊，门东侧一个，门西侧两个，成不规则三角形。

三个鞋匠，一个男的，三十岁左右；一个女的，二十三四岁；一个孩子，十五六岁。也许，他们的实际年龄都要小一些。风吹雨打、日晒夜露，脸黑，皮肤粗，见老。

太阳淡淡的，生意淡淡的。

大学生们行色匆匆，神情严肃，夹着书本子，边走边叽叽咕咕，听不清念的洋文还是中文。温习功课，快要大考了。然后是放寒假，回家，过年。

他们也有过寒假和暑假，但那只是回忆中的事了。德荃报考过大学，离分数线并不遥远，几分之差……差之毫厘，失之千里乎？

半天也没有人来修鞋，假期中他们是要搬场的，可放假前总是不死心。考试完毕会有一个小小的高潮，整修回家。几年下来，他们已经熟透了行情。9月份是全年的盛期，日收入的顶峰。老生刚开学，新生才入校。一天下来，手膀子酸得抬不上桌，捏不住筷子，颈脖子僵得拧不回来。德明左手食指、中指、拇指的指甲乌乌黑，生生青。哭过几回，终于熬过来了。

可惜现在是冬天。

无聊得很。鼻子红红的、酸酸的，手倒可以伸进袖管。风不大，传达室后面那座六层的大楼替他们挡住了北来的风。

这是大学的北校门。正门是不允许摆摊设点的，有损校容校貌。北校门随便多了，进出往来，做小生意，无人问责。传达室那老头纯粹是个摆设，聋子的耳朵，连德明也不把他放在眼里。北校门还有其他一些小摊点，大都是些小吃。这个地方的小吃据说被一位作家写进小说后，几乎名闻天下了。而且事实上，这儿的小吃，其数量，其色香味，是当之无愧的。一所大学的后门口自然少不了也摆一些小吃，从这些嘴里淡而无味的大学生身上，多赚几个"书生钱"，比同家庭主妇打交道爽快多了。女学生喜欢吃山芋，馋得要命，用粮票换，倒不计较斤两，能吃上就好。男学生经常出来买大油饼，一路走一路吃，吃得嘴唇油光闪亮……不过，小吃尽管好，但是长不了，几乎无一例外。或者因季节的变换，或者因生意的兴淡，或者因气候的缘故，你来我去，轮流做东。只有三个鞋匠和传达室老头如看走马灯似的看他们，稳坐钓鱼船。时间长了，和那些高年级的大学生们就混得有点熟了，修鞋时，插科打诨，或善意地互相嗤笑，或认真地互相询问，或应付地互相招呼，生意倒也做得似乎有点儿人情味了。

传达室的老头也不聊，一张报纸，装模作样拨弄半天。从眼镜上沿射出的暗淡的光，扫着鞋匠。良久良久，老头放下报纸，慢慢地踱出门来。背弓成一只熟虾，一个趔趄，冲出去好远。

"吃吃。"德明笑了，张着嘴。

"嘻嘻。"咪咪笑了，抿着嘴。

德荃咧一咧嘴角，无声地笑。

老头悭悭的，突然狡黠地一笑，说："钉个掌子吧！"

条件反射，德荃、德明和咪咪，三个人的眼光同时落到老头脚上一双崭新的车轮底布鞋，钉什么掌？

"嘿嘿。"老头笑了。

上当了。

"死老老头……"咪咪笑骂着，声音脆脆的，吴侬软语，骂人也好听，也糯。老头揶揄人，她有点不好意思。她看看德荃，德荃也明白。德明只是"吃吃"地笑，也许他已经记不起来了，三年前，他才十二三岁。

咪咪比德荃俩兄弟晚几天到这里来。咪咪勉强读完初中的时候，阿爸生病去世了。娘是家庭妇女，没有工作，坐吃山空。出嫁好几年的姐姐急了，姐夫姐姐双职工，工资不过几十块，养不起娘妹子，介绍工作没有门路，做小生意没有本钱。正好姐姐的阿公有一套修鞋家什，转到了咪咪手里，咪咪死也不肯。可是娘哭，姐姐劝，咪咪翻过来覆过去地想，要吃饭要过日子，没有办法……迎接她的是德荃兄弟不友好的眼光，女人也来和我们抢生意，他们这么想。大学生们好奇地看她，女的也当鞋匠？还蛮白蛮漂亮的，他们也许这样想。咪咪委屈得很，嘟着嘴，一天也没有人搭理她。收摊的时候，德荃和德明数钱，蘸一口唾沫，翻一张，几个小硬币也倒来倒去，弄得叮叮当当作响，没完没了似的，赚了大钱似的。咪咪伤心极了，气愤极了……第二天早上，德荃兄弟追着太阳来摆摊，咪咪已经来了，还接上了生意，两双女皮鞋钉响底。一只响钉，本钱一分七厘半，要价一角五，两双鞋活赚五角三分。

德荃"哼"一声。德明"吃吃"地笑。咪咪好快活、好得意。

不识相的老头这时候来了，远远地喊："钉个掌子吧！"

"来吧！"

德荃、德明、咪咪同时招呼老头，可爱地笑。

老头犹豫了一下，挨个儿看看。德明稚气，有点儿可怜相，咪咪是张漂亮脸蛋。老头坚定地朝德荃走去。德荃不可怜也不漂亮，甚至还有点儿丑，有点儿凶，可他那双手好，老头看得出来。他相信脸蛋同本事是成反比的。老娘活着的时候，叨咕了一辈子，丑母鸡会下蛋，丑媳妇能干。老头的女人怪丑的，可一辈子服侍得老头熨熨帖帖。

"八角。"德荃报价。瞟了咪咪一眼，胜利者的姿态，小肚量的胜利者。

"八角？小伙子，狮子大开口呀？"老头讨价还价，也瞟瞟咪咪。

"来来！"咪咪涨红了脸，声音抖抖的，"我来给你弄，七角！"

德荃一愣："你——你算什么？生意不成仁义在，女人的做派，来，七角，我钉了！"

咪咪张了张嘴，德荃斜眼看她，很有点小视，很有点鄙夷。喊六角呀，喊五角呀，喊四角呀，女人么，做做蚀本生意……

咪咪咬了一下嘴唇，在老头脱鞋之前的一刹那，喊："我来，六角！"

德荃气恨恨的，手竟有点抖，伸出手对老头说："你开价，我认了！"

德明"吃吃"地笑，快活，轻松。看好戏，饿肚子也是要"吃吃"地笑的，和他同龄的孩子在学校里笑，他在鞋匠摊上笑。

德荃终于找到了发泄的目标，汹汹地吼了德明一声。德明即刻萎瘪了，他不是怕德荃，是敬畏，从小没爹没娘，大哥哥就是爹，大哥哥就是娘。

咪咪也发了狠……

小本生意，经不起折腾，德荃先退让了。好男不和女斗。咪咪虽是赢了，却也自觉无聊，讪讪的，好不气恼。

第二天，德荃兄弟比咪咪来得早。德明的眼睛还没有扒开。

第三天，咪咪比德荃兄弟来得早，咪咪眼角上还有点眼屎。

第四天，德荃兄弟摊子上多了一副修补胶鞋的家什。

第五天，咪咪那里出现了一架牡丹牌缝鞋机。

第六天……

不亦乐乎。

老头坐山观虎斗，正好解解闲闷，快活极了，不时地撩拨几下，把火拨旺。摸摸下巴，假咳几声，有滋有味……

想起来好笑，都是为了生意，像小孩子似的赌气，不可开交……

终于来生意了。两个女生，就是住在传达室后面那幢六层大楼里的。三个人盯两个人，她们有些惶惑，迟疑了一下，向咪咪走去。

一双棉皮鞋，鞋帮，鞋口，几个地方脱了线。咪咪伸出手，接过来，手黑黑的，很粗糙，还有些小口子，贴着胶布，不像两三年前了。两个女大学生看见了，不由相视一笑。咪咪有点不高兴，多报了一角的价。

德荃笼着袖管，缩着头，笑了。善意的。他明白她，什么都明白，什么都看得出。咪咪很佩服这个，可最最不乐意的也是这个，肚子里有几根蛔虫他都知道。

咪咪在缝鞋机上摇了几下，豁口抿缝了。她又看看鞋底，磨得都打滑了，软软的，快穿孔了。她把鞋子还给她们，说："旧得不好穿了……"

鞋子的主人果真有些难堪，没面子。咪咪乘势移动双腿，换了个姿势，肥大的裤腿盖住的皮鞋显露出来了。一双崭崭新的中跟牛皮鞋，锃亮，紫红的，鞋帮上沿有一圈水灰色的兔毛，煞是气派。

女大学生悻悻地走去。读书人，空架子，又穷又懒又馋，德荃告诉咪咪的。咪咪笑了，很高兴。

淡淡的太阳有些旺了。大家活络了一点，来了几桩生意，然后又清淡了。

"给你一块。"德明从口袋里摸出几块软糖来，扔一块给德荃，扔一块给咪咪。

咪咪接了，不想吃，她不喜欢吃糖。而且这糖，怪怕人的，黏糊糊，糖纸很脏。不过她没有还给德明，随手搁在地摊上。他是一片好心。德荃也不吃糖，扔回给德明。德明"呱嗒呱嗒"嚼着软糖，奶油搅着口水溢在嘴角。

"咪咪，什么时候吃你的糖？"

德荃寻开心，没有生意，一点不急。坐吃山空，不过，假如银行里有了一个大数目，那就是另一回事了。

"什么时候吃你的糖？"咪咪脸不红，心不跳，老辣辣地回敬德荃。

"问君喜期未有期……"德荃窜改了一句唐诗。

咪咪勉强听懂个大意，却回不了话。怎么问他呢？咪咪也算是个初中毕业，可在学校里念书不用功，一天到晚不知道想什么鬼心思，就怕念书。把姆妈三十年前穿的，旧得翻了白毛的大方口皮鞋翻出来，掐死几只霉蛀虫，问谁要点黑鞋油涂涂，穿了上学校，好神气呢；把姐姐十年前穿的花布衬衫找出来，清水里洗一洗，请小姐妹在洋机上踏踏，掐掉点腰身，穿了上街，好得意呢……真是变世，姆妈骂她，咪咪从来不服气。隔了几年，现在想想也好笑，当初真的像是变世。

咪咪有点后悔。

德荃好像有好多书。咪咪刚刚来摆皮匠摊子的时候，德荃只要嘴巴一张，总归是一串有道理的东西，书上的。咪咪一直想问问他，什么书好看。一开始是不熟，不好意思，等到混熟了，无话不谈了，德荃自己却不讲那些有滋味有意思的东西了。所以咪咪也一直没有提起。她不想叫德荃知道她读书辰光吃过几门红灯，还留过一级。

钉皮鞋赚了钱，咪咪总是一个人到书摊上去看看，到书亭前头转转。心慌慌的，像做贼，总要出掉一身汗才敢买一本书回来。新华书店她是不大敢去的，里厢那么大，书全敞开的，许多人都在那里翻、看，要是挤在里面，被人家怀疑偷书，要命，讲也讲不清的。还是书摊书亭好，书摊上的老老头蛮和气，书亭里的小伙子蛮客气。老面孔小面孔，看了心里蛮适意的。一适意就开心，一开心就会用钞票。咪咪买一本书，过几天又买一本，过几天再买一本。咪咪怕别人知道她是做鞋匠的。咪咪誓要看书，做学问，以后一定不当鞋匠，不做鞋匠生活。妈妈骂人了，可是妈妈越来越做不了咪咪的主了。时间长了，妈妈不再啰唆了。咪咪也不再上书摊书亭买书了，看书实在没有什么劲头。鞋匠生活倒也蛮有意思的，能赚钞票。人一上了年纪，啰啰唆唆是免不了的，人老话多么。妈妈的中心转移了，二十好几的大姑娘，没有对象，老娘不急的有几个？于是咪咪又被"骂"作"变世了"……其实，天晓得，咪咪才没有"变世"呢，要说急，又有哪个能急过本人呢。皇帝不急，急煞太监，毕竟是少数里的少数呢。姑娘家么，要么是心中有底，装模作样；要么是内急外松，心如火焚。可惜得很，咪咪实在是属于后一种的。

　　德明又在"吃吃"地笑，盯着咪咪，不紧不慢地细细地看。
　　"你看什么？"咪咪觉得德明有点奇怪。
　　"要不要我叫你一声好听的，吃吃……"
　　"要的，叫呀！"咪咪以为会凭空讨个便宜占占。
　　"叫啦，啊，听好，叫啦，吃吃——嫂嫂！"
　　德明"吃吃"地笑，缩一缩鼻涕，头颈直在高高的毛衣领子上揉，一边又有滋有味地重复这个词汇，像煞有介事地研究怎么叫法更好听似的。

咪咪这下子有点尴尬了，小孩子，又不能拿他怎样。她飞快地瞟了德荃一眼。德荃盯着她，得意极了，幕后操纵者，老奸巨猾，讨便宜。

"滚远！我告诉阿珍！"咪咪恼恼的，啐了德明一下，声音尖尖的。

德明还是"吃吃"地笑。德荃却拢拢嘴角，眼睛也有点黯淡。

咪咪低垂了长长的好看的睫毛，盖住了眼睛。

"喏，来了。"德明说。

"谁？"咪咪抬头张望。

来了两个大学生。其中有一个是蛮漂亮的白面书生，白校徽别在夹克衫上，很神气。

德明"吃吃"地笑，咕哝着："来了，咪咪，来哉，咪咪笑了……"

咪咪真恼了，狠狠瞪了德明一眼。德明缩一缩鼻涕，缩一缩头颈，痴痴地看。

大学生走到德荃跟前，把腿一抬，德荃嘴一努，把他努到咪咪那儿。

咪咪没有敢直接望他的脸，让他脱下皮鞋，顶认真顶细心顶快地修好了鞋。

大学生走了，咪咪刚要收起钱来，他又疑疑惑惑地返了过来问咪咪："四角？上次怎么好像是三角？"

"四角。"咪咪老老实实地回答，心里有点难过了。

"又涨了！"大学生苦笑一下，"连修鞋子也涨价……"

"好了好了，还你一角，不要啰唆了……"咪咪抛出一张崭新的一角钞票，退给大学生，大学生一愣，接了过去。

德明拍一拍手，又吃吃地笑："倒贴，憨坯，憨坯，倒贴……"

"你，滚远！"咪咪尖声说，心里并不气。

"鞋匠良心倒不坏……"白面书生对他的同伴叽咕，"鞋匠……"

咪咪立即冷了脸，想追还那一角钱，但想了想还是忍住了。

两年前，咪咪有过一个谈了十天的朋友，姓白。人倒蛮像人样的，照相馆里捏橡皮头的。高中毕业，还读电大。西装笔挺，风度也不错，身上有股香烟味道，老烟枪。咪咪倒不讨厌，男人不抽烟，没有男子气，咪咪还买点香烟给他，她有钞票。可是那个电大学生，开口鞋匠怎样，闭口鞋匠怎么样。咪咪顶不爱听人家叫鞋匠。有一回，咪咪痛痛快快、舒舒畅畅地臭骂了他一顿，然后开路，而且向他要回那些香烟钱。小白不久便轧了个姑娘找到咪咪摊头上。那姑娘皮肤倒蛮白蛮细腻，脸孔不如咪咪好看，细眼，塌鼻子，阔嘴。说是来还钱，却还了张信纸。是一开始的时候，咪咪写给小白的，虽然不肉麻，情还是有点的……气得咪咪一个"扫堂腿"把自己的摊子搅得乱七八糟。

咪咪哭了，当然是在那一对走了以后。德荃也不劝她，德明没有"吃吃"地笑。

看热闹的大学生尽兴了，传达室那老头劝烦了，咪咪也哭够了。德荃乘虚而入，却不识时务，替咪咪把摊子整理了一下，可是咪咪用左脚一蹬，又蹬出老远。

那回德荃也有点气了，小孩一样地哼一哼："你不做鞋匠了？不做鞋匠人家就不会喊你鞋匠的，你不要做好了，快走吧……"

　　咪咪是有点舍不得走。做鞋匠到底实惠，苦是苦一点，用传达室老头的话讲，钞票也是你们赚的。小姐妹里面，讲赚钞票，咪咪是独出一只角的，甩别人几甩，轻轻松松。前天上街，看见一件幸子衫，买个式样好价钿，二十五块一件，小姐妹只好眼红红地看咪咪买……咪咪确实舍不得走，她的搭档，德荃德明弟兄，蛮合得来……

　　"咳咳咳咳……"

　　老头干咳起来，听得出是假的，憋在嗓子眼儿上，难听死了。一边咳一边瞄瞄咪咪，瞟瞟德荃，看上去蛮想当个现成红娘。十八只蹄髈，朝南坐，生个胖儿子叫他外公。自己儿女一辈子不在身边，老头想入非非，颠儿颠儿地又摇了过来："吃糖啊，吃哪一个的糖啊……"

　　咪咪白了老头一眼。德荃不吱声，一副胸有成竹等待事态发展的架势，咪咪顶不要看。德明"吃吃"一笑，把德荃的那块糖扔给老头，老头不嫌弃，嘴里淡味，双手接了，慢慢地小心翼翼地剥纸。纸粘着糖，剥得有一块没一块的。干脆连糖带纸加手指一起塞进嘴里，两根手指还在嘴里"咂巴咂巴"吮吸了老半天才拿了出来，往鞋帮上抹一抹。这一连串的动作，是那么坦然，那么认真。咪咪忍不住要笑。老头腮帮子好大幅度地蠕动，没有德明那种"呱嗒呱嗒"的嚼声，白沫却也溢出了嘴角，比德明还难看。

　　"你们……嗯嗯……"嘴巴蠕动像一只大蚕宝宝，"你们，嘿嘿，不吃糖？还不吃糖？嘿嘿，作兴要先吃蛋后吃糖了吧……"

　　老头狡黠得很，眼睛两边来回转溜，放肆地笑，放肆地讲话。

　　"呸！呸呸！"

咪咪尴尬得很。鬼德明那么一下，死老头又来这么一下，正中德荃下怀……德荃。德荃蛮能干、蛮聪明、蛮活络的，除掉面孔黑一点，鼻子大一点，其他好像也没有什么不好。人也正正派派，不缠咪咪，最多有点指使德明。咪咪也不是不喜欢德荃，不过……不过什么呢？老头是实在不懂，德明也不懂，咪咪自己也讲不清楚，想不明白。只晓得那时候，她不想做鞋匠，也绝不想嫁鞋匠。德荃心里大概是有数的，他是个聪明人么。德荃在认识咪咪一年以后，和阿珍确定了关系。听德明讲，家具已经全弄好了，全是德荃自己打、自己漆的。房间也弄得差不多了。什么时候有空，咪咪想约几个小姐妹去见识见识。

老头叹口气，咂咂嘴，颠儿颠儿地摇了开去，并有板有眼地哼了一句什么怪调："……我与你，正相配，不料你……"

咪咪又低垂了长长的好看的睫毛，盖住了眼睛，她不敢看德荃的脸。她好像觉得自己欠德荃些什么。其实什么也没有。

二

夜里下了一场雪，雪不大，地上薄薄的一层。早晨起来，天晴了，太阳出来了。可是冷得厉害，妈妈叫咪咪不要出去了。咪咪一边洗脸一边想，洗完脸，也便想好了。还是要去的，这是放假的一天，生意是多的。

咪咪来迟了。不过不要紧，上午十点以前，大学生都关在教室里考试。一到校门口，咪咪就发现德明看着她"吃吃"地笑。德荃却闷闷不乐。

　　咪咪心情特别好，也冲着德明莫名其妙地笑。读初中的时候，她就开始有了这种莫名其妙的笑，"之乎者也"的语文老师很生气。豆蔻年华，莫名其妙的时候，莫名其妙的笑……

　　"咪咪，鼻子高吧？这么高？"德明一边比画一边笑着问。

　　咪咪没听懂。

　　德明也不看德荃的脸色，继续"吃吃"地笑："不是叫加里森么，加里森高鼻头……"

　　加森。他们知道了，连名字都知道了……是阿珍告诉德荃的，一定是的。德荃不高兴，又能怎么样呢？阿珍电冰箱和彩电的陪嫁都有了，何苦来的。德荃不会对阿珍不好的，可是德荃为什么总是不能丢开咪咪呢。

　　德荃不乐意，咪咪就不想和德明逗笑，咪咪是很宽容人的，很体谅人的。

　　气氛沉郁得很，又冷，几乎要凝固了。传达室老头怕冷，关了门窗，躲在里面往外看。早饭的能量远远不够抵御严寒。太阳还没转到这儿来，咪咪有点哆嗦。德荃和德明一人一件棉短大衣，过了时的，却暖和。咪咪的轻飘飘的滑雪衣抵挡不住寒气。不过咪咪倒宁愿这样。

　　"若要俏，冻得嗷嗷叫。"德明又在笑了。这小鬼头，越来越刁，痴笑，却是个精灵人，大起来比德荃还有出息。

　　"咪咪，和你调个位子坐。"

　　德荃闷闷地说，他那个地方，已经有点太阳了。

　　咪咪容易激动，她不会去占德荃的位子，却非常感谢他……三个人坐着，大眼瞪小眼，无聊，咪咪想唱歌了。昨天晚上，刚跟着录音机学会了一首新歌，《万水千山总是情》。咪咪口一张，便认认真真地唱了起来。

"……莫说水中多变幻，水也清水也静，柔情似水爱共永……"

德明不"吃吃"地笑了，德荃却十分惊讶地盯着咪咪看，他还从来没有这样地看过咪咪。传达室老头竟开了窗子探出头来，一会儿就被那歌声引了出来，站在离咪咪不远的地方，直愣愣地听着。

咪咪有点害臊了，声音发抖，但还是鼓了鼓气，继续唱下去："万水千山总是情……"

一位三十岁上下的年轻人，进了校门。匆匆路过皮匠摊，又猛地站定了，退了回来，和传达室老头站在一起。

咪咪瞥见那人左胸佩着红校徽，知道是个青年教师，不好意思再唱了，停了下来。

"哎，哎——"那年轻的大学教师也有点不好意思，支支吾吾，像患了牙病似的，"你，你……"

咪咪"扑哧"笑了，德明也"吃吃"地笑了。

"你……叫什么？"年轻的大学教师终于进出了一句话。

"叫咪咪，猫咪的咪……"

德明痒痒的，抢在前面说。德荃和咪咪同时瞪了他一个白眼。

咪咪低垂着眼睛。

"哦……咪咪，再唱一个给我听听，好吗？"年轻的大学老师认真地、郑重地提出请求。

德荃狐疑地看了他一眼，张了张嘴，没有说话。

咪咪扭扭捏捏，不肯。

传达室老头认识那老师，管他叫"小周老师"。老头咬咪咪的耳朵，告诉她："这是音乐系的老师。哪天相中了谁，谁就交好运呢，进大学生教室呢……"老头边说边瞄一瞄那六层高的学生大楼。

"唱吧……"大学老师说。

"唱呀……"老头说。

咪咪还是不肯。

音乐系的老师叹口气，扶一扶眼镜，问咪咪："你，你怎么没有考我们音乐系？"

"什么？"咪咪一时没转过念头来，看了德荃一眼。

德荃说："她一直没有机会报考，没有……伯乐来发现她……"

年轻的大学老师"哦"了一声，扬一扬眉头。伯乐，是的，学校里设了伯乐奖，即使没有什么奖，发现和培养一个人才，难道不令人高兴吗。他自己几年前，曾经是这里被公认为极有前途的一位男高音歌唱演员，可是他的声音突然哑了，怎么医治也不见效，好在他有一定的理论水平和修养，所以还留在系里，从事理论课教学。几年来，莫大的遗憾始终缠着他。但是，如果自己的理想能在另一个人身上实现……他激动了。急匆匆地，连招呼也没有打，就走了。咪咪和德荃他们愣怔在那儿，不知哪一句话讲错了，还是怎么了。

德明"吃吃"地笑："咪咪，叫你再唱你不唱，走了，喏，自己不好……"

咪咪不以为然地嘻嘻着，一点不在意。

德荃却不高兴，微微皱着眉。

"再唱呀，咪咪，再唱给我们听听……"德明兴趣犹浓，老头也跟着起哄。

咪咪没有再唱，有生意来了。大学生们已经开始下考场，松绑。

大学生们还在对答案。叹气、高兴。

三个鞋匠忙起来了，各自忙着自己的手头活。传达室老头知趣地退回自己的地盘。

生意不少，可大都是些修修补补的小生意，五分一个，一角一次的，半天，也赚不了大头。现在钉掌子的是越来越少了，连加响钉也不多，特别是男的，皮鞋一买回来，就有现成的三角钉嵌在鞋底里，走路时咯的咯的，响底响钉交响曲、合奏曲。皮鞋厂赚钱，可苦了鞋匠了。咪咪突然心情有些灰暗，也不知为什么，她看了德荃。德荃一如既往，一丝不苟。德明也认认真真的，这小鬼头，一来生意神经就绷紧了，不再会"吃吃"地痴笑。

咪咪的速度减慢了，短短的队伍变长了，她一定神，赶紧做生意。

"咪咪！"德荃突然急颠颠地喊她。咪咪一抬头，发现德荃朝她一努嘴，一看，刚才那位音乐系的年轻教师来了，身边还跟着一位半老太太，穿着银灰色呢大衣，特别有派头，也佩着红校徽。

两人匆匆忙忙走到咪咪跟前，年轻的老师对年长说："喏，就是她，叫……叫，咪咪……"

半老太太像打量一件商品似的看着咪咪。年轻的音乐老师神情严肃，却抑制不住一种喜悦之情。

"小姑娘，"半老太太对咪咪说话了，声音好听极了，"我们系里想请你去面试一下，跟我们走吧，好吗？"

咪咪有点发愣。

"面试，请你唱几首歌，提几个问题，没有关系的，别紧张！"半老太太和颜悦色。

　　咪咪倒不是紧张，她是有胆量的，气壮得很，什么都不怕，可是……

　　"咪咪，去吧，别弄了……"德荃催她，他也显得很兴奋。

　　咪咪不大干脆，还排着好几桩生意："我……这里……"

　　"咪咪，去！"德荃的声音一下子变得那么凶，那么严厉，咪咪料想不到的，她吓了一跳。德荃又对那些等着咪咪补鞋的大学生说，"来，来来，都到这边来。"

　　咪咪没有再敢说什么，她好像是有些怕德荃，德荃从来没有对她说过重话。她也没有敢看德荃的脸，听那声音，那脸一定更吓人。咪咪站起来，解下围身，拍拍手，无须交代德荃兄弟什么，便跟着两位大学老师走了。

　　个把小时后，咪咪又乐呵呵地回到了北校门口，回到了自己的位置上，她的那些生意已经叫德荃应付走了，生意上出现了一个小小的低潮。

　　"什么样，咪咪！考上了吗？"德明抢在德荃前面。一般情况下，德荃是不会轻易喜怒形于色的。

　　咪咪大大咧咧地摇摇头，笑着说："考不上，难死了，烦死了，哪里是什么唱唱歌呀……"

　　"什么样子！那里面有琴吗？"德明问。

　　"有，钢琴，嘻嘻，一大堆人。那个老太太，在钢琴上弹一连串的音，叫我跟着弹一遍，还要一模一样。哪里跟得像哟，难死了，我不会弹，教我也不会。笨死了，嘻嘻……"

　　德荃不易觉察地叹了口气。

　　"后来呢？"德明又问。

"后来么，问我识不识五线谱，我说不识，简谱呢，我也不识。他们都笑了，问我不识简谱怎么学唱歌的，好奇怪。那有什么难，跟录音机学呗……"

"再后来呢？"德明像听故事。

"再后来么……"咪咪瞪了德明一眼，"老是后来后来！后来，他们一大堆人叽叽咕咕，说什么我也听不懂，听不清。什么没有乐感啦。哎，德荃，什么叫乐感？"

德荃叹了口气："乐感么，大概就是对音乐的感觉吧，我也说不清，反正……"

"反正除了那个年轻的老师，其他人我看见都在摇头，我偷偷地看的。那年轻的老师可不高兴了，最后送我出来的时候，还对我说：'可惜呀，底子差了一点，你念过中学吗？'我说念过初中，他还不相信地摇摇头，嘴里唠唠叨叨，什么文化素养，什么知识结构。真是，不知道和唱歌有什么关系……哎，来吧，我来！"

咪咪喊住了一个来修鞋的，接了生意，是钉皮鞋底的。

"咪咪，他们回你头了吗？"德荃声音低低的。

咪咪一边剪皮块一边说："什么回头不回头呀，说什么有事再来找我，嘿嘿，我才不相信呢，骗人的，谁看不出来……"

德荃想了一想，说："你还是应该弄点书去看看，那些老师说得有道理的……"

"屁道理……哎哟！"榔头敲了手指，咪咪把手放在嘴里吮了吮，"什么叫有道理呀，赚的钱还不及我一半呢，没花头的。你自己说的么。那年轻的，没准还不如德明呢，五十几块钱，顶屁用……"

德明"吃吃"地笑。

补鞋的大学生也在笑，还不住地点头，非常赞同咪咪的话。

咪咪得意地又说："让我去我还不一定愿意呢……"

德荃盯了咪咪一眼："不管去不去，学点知识总没有坏处吧？"

"没有坏处，也不见得有什么好处……"咪咪针锋相对。

德明"吃吃"地笑。

咪咪快活得很，无忧无虑，她不像德荃，那样喜欢动脑筋。自在得很，自豪得很，她比那些白斑斑的老教授还能呢，她没有什么可以自卑的。想想当初，真好玩，还想看书，做个大学问，改行呢，真有意思……咪咪一边做生意，一边又乐滋滋哼起了好听的歌曲……

三

一百商场热饮部门口，加森停下了，拉住了咪咪。

咪咪身子一扭："不，上那边去，地下餐厅！"

咪咪大声说，必须让加森听明白。加森的耳朵好像有点问题，或者是大脑有点问题，听起话来总是那么费劲。不像德荃，一点就明白。

加森怔怔地看她，又没有听清，周围的噪声是不小，不会低于五十分贝。

"上那边去！"咪咪又提高了八度，几乎达到戏剧女高音的练声要求了。

咪咪执拗起来是很执拗的。她就是要到那边去。一看见热饮部里乱糟糟的样子，她就不乐意，墙壁的色彩太难看，顶壁上只有几盏惨淡的四十瓦日光灯，既不富丽堂皇，亦无高雅别致之感。地下不光洁，很脏。那么多人，比肩接踵，慌慌张张。吸啜吸啜地喝什么，咕咚咕咚地咽，喉骨上起下落地滚动，来不及细细品味。

"那边？"加森思索了一下，"西餐馆？"

"嗯！"

咪咪径直向西餐馆的霓虹灯走去。

霓虹灯变幻着，赏心悦目，发出一股强大的诱惑力。

咪咪笑了。西餐馆很大，人少，清爽、舒适，一步入那里面，心里就会产生一股很了不起的感觉。淡雅的绿色贴墙布，各式的壁灯、吊灯，墙上各种名画……身穿雪白工作服的服务员，步履轻盈地在厅内来回走动，锃亮的刀叉餐具，雪白洁净的台布。咪咪和加森已来过一次，她掏腰包。只要痛快，花钱又有什么呢？那次她的叉子滑到地上，在大理石般的水磨地上发出清脆的回声，大家都回头看。咪咪有些窘，但并不泄气，一回生两回熟嘛。

"喝牛奶还是咖啡，还是菠萝汁……"

"我不，我吃西餐……"咪咪两眼盯着菜牌子。

"你……"加森又怔怔地看她，"没吃晚饭吗？"

咪咪瞟了他一眼。晚饭是吃了，哪有西餐够味。既然晚上出来约会，干吗还吃那么饱呢？

加森看看咪咪的脸色，小心翼翼地叽咕着："一份客饭，三块五……"

咪咪从仿鳄鱼皮小提包里摸出黑丝绒钱包。

"别……"加森已经拦不住了。

咪咪气呼呼地朝售票员报菜名："两份客饭，外加一只乡下鸡，一只奶油牛肉，一只……"

"咪咪！"加森的声音，从来没有这么大过，"咪咪，你——你看么，一只乡下鸡，两块！这个，这个，什么奶油……"

"喂喂！"售票员鄙夷地盯了咪咪一眼，"买不买啊？"

咪咪狠狠地瞪了加森一眼，把两张十元的人民币往柜台里一扔。

西餐上得快，不像那些有名的中式菜馆，一只一只上菜，等下一只炒菜，差不多要等到前一只菜消化了才来。咪咪气还未消，加森罪还没有赔完，就上菜了，一桌子放不了，只好叠起来放。邻桌的少男少女投来羡慕的目光。咪咪感觉到了，舒坦极了，开始用粉红色的卫生纸擦拭餐具。加森不怎么高兴，但也学着咪咪，笨手笨脚地擦。咪咪怕他出丑，有些担心。

"几块？一……二……三……要命，一盘鸡，只有四块鸡骨头，卖两块钱……"

加森忍不住又咕咕叨叨。

咪咪的食欲却全被调动起来了，随着食欲的增强，兴趣也提高了。她不在乎加森的啰唆，津津有味地品尝着，不住地给加森劝菜。

"咪咪……"加森嘴里鼓鼓的，他也喜欢吃，边嚼边支支吾吾，"咪咪……我……"

"什么呀？"咪咪笑着问。

"我报了名，参加高等教育自学复习班，中文的。我看了，课程不很深，自学完全有把握……"加森一讲到这些，说话也顺当多了。

咪咪噎了一下，没有作声。

"考十一门，合格的可以发文凭，大专待遇……"

咪咪撇了一下嘴，不以为然："哟，什么了不起，人家大学老师还请我去考试呢……"

加森憨憨地一笑，那是一种不相信的憨笑。

咪咪有点不高兴："不相信？骗你是小狗，那个年纪很轻的大学老师，说我天资好，能成为大歌唱家呢……"

加森有点信了，歌唱家，而不是文学家、科学家，加森觉得有可能。

"怎么回事？"

咪咪轻描淡写地复述了一下事情经过，并不停止她的咀嚼，加森却听得入了迷，张着嘴，像个呆子。咪咪忍不住踹了他一脚，他才醒悟过来，一迭声地叹息："可惜！可惜！太可惜……"

"看你说的，不去就可惜啦，有什么可惜的。"

"当然可惜啦，这么好的机会，去深造。"加森顶真得很，"好像听你的口气，他们对你还不是全失望的，是不？咪咪，这可是个好机会呀，我可以帮助你，哪怕我那个自学辅导班暂时不参加……"

"什么呀！"咪咪不耐烦。

"我那儿图书馆有关声乐和音乐理论方面的书不多，我可以替你到市图书馆去借。咪咪，你再去问问音乐系的老师，最需要哪些书……"

"不要！"咪咪挑了一块猪排，有滋有味地咀嚼，甚至像德明那样，"呱嗒呱嗒"地嚼出了声，一边神气地瞟瞟加森。

"哎，哎……"加森很急，"真太可惜了呀，咪咪，以后你会知道的……"

"又是可惜！"咪咪白了加森一眼，"可惜可惜，我现在不是很好么……"

咪咪把啤酒杯往前一推，声音尖尖地说："你说我糊里糊涂过日子吗？没有追求吗？我倒以为我比你清楚，比你有花头。你追求到了什么呀，追呀求呀，还是个穷鬼，你一个月工资还不如我一半多，和女朋友出来约会尽吃女的，不害臊，还追求呢……"

咪咪停住了，一口菜没咽下去。加森脸上红一块白一块，肌肉都发了僵。

咪咪稍稍有些后怕，但也有些高兴，加森还是有自尊心的，骨子里不是那种窝囊废物。咪咪想重新婉言几句话，安慰一下加森，却又想不出什么话来。

很久很久，加森脸色才好了些，随即又叹了口气。咪咪的鄙视竟丝毫没有使他改变自己的看法，够固执的。

气氛有些沉闷了。咪咪自觉没趣，匆匆低头吃了会儿，便和加森一起走出了西餐馆。

两个人默默地走了一阵，咪咪终于忍不住了，说："喂，还生我的气吗？"

"不。"加森说，"你说得也不错，可是，我还是认为，一个人，特别是年轻人，应该趁年轻时多长点学问。咪咪，我早就想同你讲了，要不然，一个人就太没有出息了……"

咪咪一下子挣脱了加森的手，她似乎终于发现了隐藏在加森心底里的真实想法——看不起她的职业。可是咪咪现在已经不是三年前刚学修鞋时的咪咪了。也不是两年前和那个傲气十足的小白谈恋爱时的咪咪了，咪咪早已变了，她不仅自己很看重自己的职业，做这生意能赚钱，她还要让别人都接受她的思想。她的小姐妹服了，传达室老头也服了，有不少大学生甚至谈起来还很羡慕她，那是因为她的气魄，她让事实说了话。可是这个加森，平时对她言听计从，唯唯诺诺，她的气派却难以改变他……咪咪真气恼了，冷冷地对加森说："你是不是觉得我做鞋匠丢了你的脸？你在别人面前面子上不好看？不过，我可以告诉你，我准备一直做这个生活了，不会变的……"

加森哭笑不得，无法解释，却又不想苟同，只好默不作声，任咪咪发牢骚、说怪话。加森似乎开始朦朦胧胧地感觉到，他和咪咪之间，有些什么令人不愉快的东西出现了……

咪咪没有察觉加森内心的变化，发了牢骚，排泄了怨气，也就顺和了。

加森送咪咪回去，到了分手的地方，加森停下了。咪咪有些恋意，但见加森不热，只好作罢。

"咪咪，以后，我参加了自学辅导班，可能晚上时间少一些了……"

咪咪嘟着嘴，不好反对。

加森走了。咪咪在夜幕中目送他。加森走得很快，一点没有在咪咪面前那种笨拙缓慢的样子。咪咪下意识地看了一下表，刚好九点，咪咪心里不知怎的，突然涌起一股不大好受的却又讲不清的滋味。

咪咪转身朝自己家走去。

天上没有星星，也没有月亮，黑得很，又冷，虽然家门就在二十步外，咪咪还是打着哆嗦，又怕又冻。

周围的人家大都已经熄了灯，这里的邻居都睡得很早，白天一天劳动、上班，晚上没事干，不如早早上床。

妈妈已上床了，还没睡。电视里一直没有什么好节目，妈妈喜欢看的越剧，好久不放了。

"咪咪，"妈妈在床上喊，"你来……"

咪咪走了过去。

"刚才德荃和阿珍来过了……"

咪咪"哦"了一声，好几天没见德荃，怪想的。学校放假后，咪咪就搬了场，德荃和德明回家准备德荃的婚事了。

"德荃初二结婚，请你去吃喜酒，关照什么礼也不要送……"妈妈说。

咪咪又"哦"了一声，心里那一种说不出的感觉又开始上来了。

"不过，一点礼不送总归不好意思去的，你想想，咪咪，买点啥，不好叫人发笑话，说我们小家子气……"

咪咪心不在焉地"嗯"了一声，送德荃的结婚礼怎么能差呢，她早想好了。

"妈，阿珍怎么样？"咪咪本想问德荃的，却问了阿珍。

妈妈一拍床沿："噢，想着了，德荃说了，要你找加森帮他借几本书……"

"什么书？"

"喏，德荃写了一张纸头，全写在上面的……"

咪咪接过一看，第一本就是什么《企业的经营与管理》。咪咪皱皱眉头，她不明白德荃是怎么回事。她有些失望，莫名其妙地失望。

妈妈睡下了，很快睡熟了。

咪咪躺在床上，把录音机的耳机塞在耳朵里，听音乐，流行歌曲，像窃窃私语在对她说话。咪咪曾经被迷住了，迷得吃饭不香，睡觉不稳，一天到晚哼哼唧唧。现在这股疯劲似乎过去了，听来听去大同小异，都是那么一个调。

咪咪可有可无地听着，思绪却胡乱地转着，过了一会儿，她又拿出德荃的条子看看——

借这些书？难道德荃也想干什么其他事情吗，企业经营管理……哼哼，想当企业家？当大经理？就凭这几本书。

咪咪长长地出了口气。拔下耳机，关了录音机，那音乐听厌了，没有味道，咪咪看着自己房里全套豪华的布置，想想自己的今后，突然，她觉得无聊透了。有什么意思，那么多衣服，还有……陪嫁的。加森今天走的时候，好冷啊，现在是冬天，大冬天，到了春天也许会好的。天冷了，脾气也会变的。

春天，春天到来的时候又会怎样呢……

上次就听德荃说，开了年，春天的时候，德明不会再来摆皮鞋摊了，德荃已经替他找了个师傅，要送小德明去学电器维修。少了德明，少了德明那"吃吃"的笑，会冷清很多的。传达室老头大约也要回家了，他已经很老了，不知会换个什么人来顶替老头，会不会像老头那么有趣。

德荃近来又变了，做生活还带几本书来，一有空也不同别人闲聊什么了，在那儿装模作样地看书。这下又要借什么《企业的经营与管理》，风马牛不相及，和修皮鞋有什么关系……

德荃也太认真了，并且危言耸听，什么竞争，什么淘汰……可是，不管怎么样，他们都有事情干，就是她没有，要不就是做生活，要不就是上街……

　　咪咪听见家里养的那只小花猫在妈妈床边低低地呼噜，她想闭上眼睛睡，可是，一股从来有过的孤独感涌上了咪咪的心头。

　　咪咪突然想哭，但没有哭，她也不知道为什么。也许，这是她的那位语文老师讲的，莫名其妙地笑，莫名其妙地哭，也许，因为现在是冬天，或者，是因为……

　　咪咪后来还是睡着了。

小巷人家

一

两颗无名的小星，又爬上了天窗。

每年秋天，如果没有云遮雾障，上半夜，它们都在那个位置上，悄悄地，温情脉脉地注视着舒涵。

两颗星星。一颗大一些，一颗小一些；一颗亮一些，一颗淡一些。许多人相信一颗星便是一个人的说法。舒涵也相信。她愿意，这两颗星星，就是扬扬和帆帆，她的两个孩子。她只希望扬扬和帆帆能像这两颗星星，每天晚上来守着她。可是，扬扬和帆帆长大了，连晚上的时间都不属于她的了。

舒涵心里有点儿凄凉，因为那扇天窗，因为那两颗星星。

许许多多的新式公寓拔地而起，许许多多的现代住宅破土动工，渐渐地，越来越多地取代着这种带有天窗的低矮阴暗的平房。每每看到邻居乔迁，舒涵很难不为所动。她和孩子们在这间有天窗的屋子里，住了二十几个年头了。她依恋它，孩子们却不然。它远离着霓虹灯，它容纳不了迪斯科，它不能提供更多的欢乐给孩子们。孩子们不爱它了……

的咯、的咯——的咯，由远而近，皮鞋敲打着小巷的卵石，清脆，富有节奏，搅扰着静静的小巷。像帆帆，但不是，帆帆的皮鞋声响起之前，总会有一阵摩托车声作前奏。凌潇每天晚上送帆帆到巷口。三千多元一辆的"幸福"，后座可以带个姑娘兜风。

的咯、的咯——的咯，由近而远。确实不是帆帆。帆帆似乎还要晚一些。她为什么总不让凌潇进巷子？舒涵的眉毛跳了一跳。当母亲的，有义不容辞的责任，告诉女儿应该怎样对待人生。可是她总是不忍。她从帆帆的黑眼睛里看到了一切，她觉得自己要说的已经晚了一点。更重要的，舒涵相信自己的女儿。

星光和月光直泻进小屋，照得小屋竟有些像白昼了。这屋子白天是很暗的，小天窗所能吸收的光线太有限了。玻璃上有了灰垢，亮度还要打一点折扣。两个孩子住的地方不透气、不通风、不见光，早就想开一扇窗，在临街的那一面。可是，想不到，要开一扇小小的窗，竟是那么不容易，房管部门爱理不理，对这种小平房不屑一顾。舒涵是学会忍耐的，可孩子们不行，随着年龄的递增，抱怨也增加了，老觉得生活不公平。

生活是不公平的。

帆帆还在吃奶的时候，他们的爸爸，那个仅仅只能是血缘关系上的父亲，有了外遇。他欺骗了年轻幼稚的舒涵，让她辞去公职，离开了那所小学，告别了她的音乐教师的生涯。领到的一笔退职费，被丈夫和情妇不多久就奢侈光了。从此，舒涵带着两个孩子一直过着没有地位的生活。"文化大革命"第一年，丈夫就自杀了。舒涵在居委会的介绍下，替人家做保姆，一做就是十几年……用一双曾经是那么纤细、那么灵巧的，弹过钢琴，在小乐队担任过第一小提琴的手，替人家带孩子、洗衣服、买小菜、抬井水、倒马桶，拉扯大了两个孩子。

舒涵有点发冷，这冷是从心里流出来的。

小时候，舒涵的妈妈，一位受过教育的旧式女子，常常督促她背诵《爱莲说》，荷花出淤泥而不染。现在的年轻人不会再像她年轻时那样受感动了。扬扬昨天突然对家里的一只金花的小茶壶感兴趣，问她茶壶是什么朝代的。舒涵没有告诉儿子，那是她结婚时一个朋友送的，比祖国要年轻几岁。她只是淡淡地说："那外面是喷金。"扬扬是很聪明的。他会知道，历史从什么时候开始，才有这么完美的喷金术。

的咯、的咯，又来了。由远而近。夹杂着不很清晰、不很响亮的歌声。行人手中的手提式四喇叭。扬扬为了买那样一只收录机，在食堂只吃五分钱的青菜汤，人瘦瘦的，脸黄黄的。舒涵心里很难受。现代化的音乐构成和古老的乡土感情融为一体，那么和谐。年轻人都喜欢流行歌曲那种亲切感人的特色，舒涵也不能不为之所动。那时候，舒涵最喜欢的是贝多芬的《热情奏鸣曲》。她很文静，却爱热烈，许多人不理解她的性格和她的爱好之间的差异。多少年以后，当她的性格变得粗犷的时候，她却更喜欢在宁静平淡中生活。孩子们要开窗户、要空气、要阳光，然而，随着空气和阳光一起来的，会有嘈杂，会有混乱，还会有病菌……

那一切，钢琴、热情，早已成为过去。最多，只是在夜深人静的时候，偶尔在她心中浮现。白天，在平时的生活中，她是一个感情粗糙、躯体粗壮的劳动妇女。二十年，不仅能改变一个人的外部世界，也同样能影响一个人的内心生活。更多的时候，她已经不是两重性格的人了。她在长期的保姆生活中统一了自己，可是她却统一不了孩子们。每当她看到儿子消瘦的脸庞和双肩，看见女儿失望的神情，心中就会隐隐作痛。孩子们应该享受美好的青春年华。

她却没有能力让他们生活得更好一些……

明天得去找居委会主任。孩子们要开扇窗户，这个要求并不过分，房管所应该受理。

终于，在小巷的巷口，摩托车来了。舒涵不由自主地舒了口气。那声音，对她，竟也有些亲切，有些依恋了。

隔了好一会儿，还没有帆帆的皮鞋声音。

天窗上，两颗小星星还在默默地温情地注视着她。

的咯、的咯——的咯，轻一点，再轻一点，也许妈妈累了，睡着了。妈妈太辛苦、太操劳。帆帆心疼妈妈，却又有些不理解。她不明白，妈妈为什么那么固执。买洗衣机的人家越来越多，自己改装卫生设备的人家也越来越多。妈妈却还到处觅那种活儿干，洗衣服、倒马桶，就是不愿意另找工作，比如到服装社承包点绣工，哪怕糊火柴盒子、敲核桃仁，也比做保姆强。帆帆劝不了妈妈，只有一个希望：家家用上洗衣机、电冰箱，家家都装上先进的卫生设备，早一点进入家庭现代化，妈妈就失业了。

　　的咯、的咯——的咯，轻点，再轻点。小巷的居民都睡了。小巷的居民都是很平凡、很普通的。劳作了一天，等不到电视台的播音员微笑着祝晚安就安睡了。小巷很窄，也脏，因为它穷。帆帆曾经抱怨命运为什么让她生活在这里。她曾经坦率地向凌潇描述过她的环境，她成长的气氛。那时候，她还能冷静地暗示他郑重考虑。第二天，凌潇请帆帆到他家去。在那儿，帆帆发现凌潇还是个业余绘画爱好者。凌潇告诉帆帆，他很喜欢美国的一个以"垃圾箱底"著称的画派。这个画派的画家专门画城市的角落，穷街和陋室，画平常人、穷人甚至流浪汉………帆帆明白了凌潇的暗示，差一点掉下眼泪来。

　　帆帆开了门。屋里很静。哥哥是中班，要到十二点以后才回家。妈妈没有说话，也许真的睡了。

　　她悄悄地上了床，舒舒服服地躺进了被窝。一股紫外线的清香沁入了心脾。被子是旧的，普通的花洋布被面，布被里，却柔软、干净。妈妈常给他们洗被子，要不就是拿出去晒。可是，尽管妈妈把小屋拾掇得找不见一点灰星星，却无法改变这小屋阴暗闭塞的本质。帆帆时常觉得烦闷，在家里待不住。新鲜的空气、柔和的光线进来得实在太少了。何况，在家里什么也看不见。如果开个窗子，靠着小街，只要摩托车一响，在窗前就能看见他……

　　妈妈在床上翻了个身，轻轻地叹息一声。帆帆的情绪渐渐地低落下来。妈妈一直没见到凌潇。可不知为什么，帆帆总是预感，妈妈不会喜欢凌潇的。因为凌潇有"幸福"，哥哥只能骑一辆从调剂商店买来的旧车。因为凌潇长得帅，妈妈当初就是以貌取人嫁给爸爸的。因为凌潇从来没有看见过带有天窗，却没有正窗的低矮的平房。

因为……

夏天的一个晚上，凌潇送帆帆到巷口。街坊们还在乘凉。帆帆的皮鞋声吸引了所有的目光。

"帆帆，男朋友又开摩托车送你了？"

帆帆羞涩而快活地点点头。

"听说，他们家里有小洋房？"

"当然，有钱的，买'幸福'……"

帆帆有点不自在了。她怕别人误解，她认识凌潇的时候，他只不过是那个病区里的一个普通的阑尾炎患者。

"帆帆，什么时候让他进来，让我们看看嘛，王子是什么样的，不要怕，不会抢你的……"

帆帆赶紧往家跑。

"哈哈哈哈……"

在笑声后面，她又听见了一些对话：

"我们这种人家的孩子，可不敢高攀人家。我家小妹，我就让她找个般配的……"

"高攀总归是要吃苦头的，倒不是眼热帆帆……"

帆帆跑进屋里，扑在床上，好长时间一动不动。她实在不明白，他们的思想、观念怎么永远是那么一个水准呢。

"帆帆。"妈妈轻轻地喊了她一声，果真没有睡。在她回来之前，妈妈是睡不稳的。

"嗯。"帆帆轻轻地答应。

"……"妈妈好像有什么话要说，却没有说出口来，"……睡吧，明天要上班……"

"妈妈，吃过晚饭出去时，我碰到芳芳，说要你去帮几天，她嫂子快要生了……"

"知道了。"

"不过……"

"不过什么？"

"嗯……妈妈，"帆帆顿了一下，想了想，还是说了，"妈妈，其实，你……"

"睡吧。"妈妈知道女儿要讲什么，又不愿意听女儿讲出来。

帆帆也叹了一口气。不过，更多的是快活和思恋，凌潇大概已经回到家了。

帆帆熄了灯，屋里一片漆黑，只有小天窗是一块深蓝的颜色，并有些发亮、发白。从帆帆这个位置看上去，没有星星，什么也没有。

二

人上了年纪，睡眠的需求，就不再像年轻人那样。

舒涵的生物钟是很准的。四点半，虽然要做的事没有那么多，几天前又有两家主顾回了生意，舒涵还是轻手轻脚，悄无声息地起了床。习惯成自然，要违背习惯，人会难受的。

时间很早。舒涵轻轻地开了门。小巷还很静，带着凉意的空气是那么宁馨。万籁俱寂。黎明前的黑暗，生命复苏前的沉默。在遥远的天际，还有些星星在颤抖，为自己的生命将要融进光明而激动不已。天窗上爬着的两颗小星星隐没了，被浮云？被最初的晨曦？

　　慢慢地，有些声息了，早班工人的自行车轮子悄悄地碾着被露水洗湿了的石子。赶早市的主妇们，睡眼蒙眬，却边走边盘算当天的菜金该怎样合理安排。舒涵把炉子抬到巷子里去生。为了节省两个封煤，这里的居民每天早上都在巷子生煤炉，从来没有人觉得麻烦、嫌累。有时候，烟被倒卷的风刮着，呛得咳嗽、流泪，似乎倒成了一种乐趣、一种幸福。尽管下一代对此颇为不满，嫌老人们太小家子气，为了一个煤球，几分钱，哼哼……可是这又何妨呢，老人生炉子的时候，孩子们都还在睡梦之中，既呛不着烟，又熏不着眼睛。事实上，熄炉子过夜，早已经不是单纯地为了节省一到两只煤球的问题了。至少在舒涵家里，孩子们长大了，有了工作，每天几分钱浪费得起，那是因为习惯，老年人的固执，两代人的差异。舒涵是明智的，不像有些长辈。但她仍然感觉到，自己和子女之间有着一种无形的障碍。

　　炉子生着了，淘米、煮早饭。秋天的早晨，自来水已经有点凉意了。原来这儿都是用井水的，冬暖夏凉。那口井在小巷尽头，很远。现在已经很少有人去用了，井水也没有那么清净了。前两年，自来水公司就挨家挨户装上了自来水龙头，一家配一只水表。当时舒涵稍稍犹豫了一下，就遭到扬扬和帆帆最猛烈的攻击。她只有妥协。接上自来水，才知道每个月的水费也得花上好几角钱，甚至一块多，尤其像她这样替人家洗衣服，用的水更比一般人家多。左邻右舍不少人家都有一个共同的秘密：每天把水龙头开到最小限度，小到能滴水而水表的指针纹丝不动的程度，让水一滴一滴地滴进盛水器里。积少成多，一天倒也能滴上一两桶，一家人食用的水便白白地到手，一个月也能省下几个小钱来。可是舒涵从来没有干过。

帆帆翻了个身，好像说了一句梦话。过了一会儿，含含糊糊地，她又听见了女儿的梦话……不要去洗了。凌潇……说……送洗衣机……双缸的……

送洗衣机……舒涵心一动。她为帆帆担心。帆帆从来不是个没志气的孩子。可是，似乎现在的年轻人都这样。难道因为，现在已经是洗衣机、电冰箱的时代了？舒涵心里又是一动，洗衣机，不管是送还是买，家里终究会有一台的，也许是单缸的，也可能是双缸的。小巷的居民们，已经有不少人家添置了洗衣机。她想象得出，用不了多久，洗衣机就会像半导体、缝纫机一样普及了，即便在这个贫穷的小巷里。一股悲哀涌了上来，失业的日子不远了。这世界似乎不再属于老一代的人了。每天早上，她很早起来，替人家倒马桶、洗衣服、买小菜，总是赶在孩子们起床之前，可是，这番苦心，他们却不理解。

稀饭烧开了，她封了炉门，将稀饭焐在炉子上，拿起菜篮，上小菜场了。

天大亮的时候，舒涵已经买好了菜，倒好了三十几只马桶，挨家去取要洗的衣服。

在张师母家门口，她刚要敲门，听见了张师母和儿子在讲话——

"今天我来同舒家姆妈讲，"小伙子声音粗粗的，"姆妈，你真滑稽，洗衣机买了一个多礼拜了，放在家里不拿出来用，衣裳还要手工洗……"

"你轻点，人家舒姆妈快来了。你想想舒家姆妈帮我们洗了这么多年，你还是小毛头的时候，就……"张师母压低着嗓音说。

“不过，洗衣机买了总归要用的，不用买来做啥？”

“我总归不好意思开口，这许多年，老相识了。我不像别人，好意思开得出口，要用人家喊得来，不要用人家推出去……”

“你不好意思，我来同舒家姆妈讲……”

“不要你讲。等等再说，舒家姆妈挺可怜的，儿子女儿自己赚钱自己用还不够。”

“你看她可怜，索性送几个钱给她算了……”

……

舒涵不敢相信自己听到了什么。她伤心极了，这么多年来，难道自己在别人心目中，只留下这么一个可怜巴巴的印象？她什么时候想到过要别人送几个钱给她……她挣扎着转身想走开。又听见张师母的儿子一句更刺心的话：“不过，舒家姆妈早点晚点要没有事做的……”

舒涵拖着沉重的双腿，慢慢地离开了张师母的家。其实，这样的结局，没有事情可做的结局，她早已想象过千遍万遍了。可是，她总觉得那毕竟应该是很远的事，很久以后的事，她还可以有很长的时间来适应这样的过渡。想不到，结局却已经在眼前了，来得这么快，这么急，容不得她有一个适应阶段。是的，帆帆说的，也许今天，也许明天，她自己就要有一台洗衣机了……一股悲哀又一次袭来。前两年，曾经有过一次，就是在安装自来水的时候，不再需要她替他们拎井水了。可是，这一次的悲哀比前次强烈多了。她知道，在另一些住宅区，在那些知识分子、高级干部的家庭，还是会用保姆的，但那是长做保姆，是要当作人家家庭中的一员住进去，替人家管理全部家务的。她扔不下自己的家。在这一带，没有谁家会用那种长做保姆的。

舒涵到林老师家领了小艳艳，抱着往回走，遇到另一条街上的一个熟人，打起招呼来。

"舒家姆妈，还帮人家带小孩啊？这是谁家的小孩？"

"9号林老师家的！"

"几岁了？"

"四岁！"

"哟，蛮大了，好送托儿所了……"

言者无心，听者有意，舒涵的心又一次翻腾了。里弄托儿所规定五岁的孩子可以入托。小艳艳也快了。她替人家带大了多少孩子，领大了就送托儿所，上小学，走了，远离了，很少会再回来。小艳艳在她手里已经过了两年多，多快啊，一种大势所趋的感觉又悄悄地爬了上来。

"艳艳，婆婆不带你了，你哭吗？"舒涵和孩子说起话来。

"小弟弟你也不带吗？"小艳艳答非所问，舒涵一时无以对答。可是，小艳艳的话却牵动了她的心弦，无意中给了她极大的慰藉。小艳艳走了，还有李家的小弟弟，小弟长大了，还会有其他孩子，一茬一茬，孩子是不会断档的。舒涵不相信社会真会发展到可以让小狗小猫来带小孩，或者让机器人来管理孩子的吃住睡。即便真的会出现那样的事，那也一定是很遥远的。在舒涵的有生之年，孩子还是属于她的。她不由得紧紧地搂住小艳艳，怕孩子被人抢走了似的。小艳艳也搂紧了她，舒涵心头一热。

帆帆醒的时候，已经不早了，可屋子里还是暗暗的。朝北有一扇窗，但扬扬的床就在窗下，有窗帘挂着，不能开。扬扬还没有起床，门也不能开。帆帆叹了口气，愣愣地坐在床沿上，看着靠街的那堵墙，墙上糊着图案很好看、色泽也很协调的墙纸，可帆帆不喜欢，她要的是光线、空气。她不缺少美。

扬扬在床上翻了个身，打断了帆帆的胡思乱想。她愣一愣神，赶紧穿好鞋袜，忙自己的早事。早饭已经烧好了。帆帆端下锅子，盛满一壶水放在炉子上。没有什么家务事要帆帆干的，所有的事，妈妈全包揽了。帆帆转了一圈，总想替妈妈做些什么。她拿出一只小碗，打开小酱坛盖子，捞出半碗萝卜干，坛底朝天了。不多久，又到腌萝卜干的时候了。每年秋天妈妈都要亲手腌一坛萝卜干。小时候，帆帆和哥哥最喜欢妈妈腌萝卜干。小兄妹俩在一边帮忙，洗萝卜、切萝卜，买好多盐，晒干，装进坛子，再用木杠子捣、压。多有趣啊。可这几年，帆帆再也不觉得腌萝卜干是桩有趣的好玩的事了，她真不知道孩提时候的兴趣为什么那么容易满足。每每看到妈妈头发挂在眼前，弓着身子，洗、切萝卜干，帆帆很可怜妈妈，觉得寒碜、难为情。她劝过妈妈，可妈妈不听劝。今年妈妈还会腌萝卜干的。唉……味觉也和过去不同了。那时候，总觉得妈妈腌的萝卜干是世界上最好吃的东西，咸滋滋，甜蜜蜜，又鲜又脆。帆帆和哥哥一有空就去掏酱坛子。现在却再也品尝不出那么好的滋味了。妈妈一年比一年卖力，动脑筋，想把萝卜干腌得更好一点，可到头来，两个孩子都不爱吃。

扬扬也起来了。一看见帆帆，扬扬就摆出脸孔来："帆帆，一大早晃荡什么？"

帆帆斜了他一眼。哥哥过去是从来不凶的。现在……现在，自从谈了那个叫冰冰的女朋友以后，哥哥好像变了一个人，不，变成了两个人。在冰冰面前，他是只哈巴狗，在妈妈和帆帆这里，他眼不是眼，鼻子不是鼻子，挑剔这个家。帆帆对哥哥不满，却又不敢说他。

扬扬洗了脸，还擦了一点面友。帆帆偷偷地笑了。连她还没有开始用珍珠霜呢，哥哥倒赶得早。

帆帆摆好碗筷，盛上稀饭，妈妈抱着小艳艳，买了油条回来了。

"这根油条这么小，卖油条的孩子，真不像话！"

扬扬夹起一根油条，一肚子的不满。

帆帆埋头吃饭，妈妈喂小艳艳，没有人答话，只有小艳艳"咿咿呀呀"的嘟哝声。

"帆帆，"扬扬觉察出妈妈和妹妹的冷淡，心中的不快更强烈，"吃东西干吗老是咂嘴，咂巴咂巴，难听死了，那是没有教养的表现，下等人的习惯……"

没有教养，下等人……就因为他的那个冰冰是什么教授的女儿？八字还没见一撇呢。帆帆甚至希望哥哥失败。要不，哥哥身上所有的一点点热都要叫那块冰冻结了。

扬扬还在继续他的训导："像我们这种人家出身的孩子……"

"扬扬！"妈妈严肃地打断了儿子，"什么叫我们这种人家？我们这种人家低下吗？可耻，还是可悲……"

扬扬一摊饭碗："可悲，可悲之处不在于洗衣服，还是倒马桶，而在于既做了保姆，却还要表现得那么清高……"

"扬扬！"妈妈放下小艳艳，嘴唇有点哆嗦，"你说这话，什么意思！"

扬扬站了起来，他已经吃好了。"现在外面什么都涨价，连喝杯茶也涨了一倍。妈妈倒好，收人家的工钱，姿态那么高，一件衣服八分钱，50年代的水平，一只马桶一分钱，60年代的标准，现在连上个厕所都要两分钱……"

妈妈没有说什么，重新抱起小艳艳。帆帆小心地吸溜着稀饭。扬扬的话不是一点没有道理的，涨价，抬高工钱，合情合理，妈妈为什么……

小街上飘来一阵熟悉的乐曲声。小艳艳拍一拍手，含糊不清地跟着唱："莫愁……莫愁……"

帆帆过去开了收音机，市台每周一歌，朱明瑛深情委婉地唱"莫愁……"

扬扬走开了，他对"莫愁"不感兴趣，他正处在"不愁"的年龄，却有许多东西让他去愁。帆帆有点怕他，也有点可怜他。

"帆帆！"妈妈一边给小艳艳喂稀饭，一边严肃地对女儿说，"我们家穷了几十年了，你们也是这么过来的。应该懂得，穷不可怕，可怕的是志短……"

扬扬回过身来，这话更多的是对他讲的。

"妈妈，你好像永远生活在50年代。50年代认为穷不可怕。可现在是80年代，80年代最可怕的便是穷。你好像应该多看看报纸，报纸上都这么说。可不是我这个志短的儿子标新立异。"

妈妈张了张嘴。说不出什么。

帆帆吸干净了碗底的稀饭。没有看哥哥的脸。哥哥叫她害怕，有时又叫她服气。她也不喜欢穷，人们都不喜欢穷。凌潇送给她一条项链，足金的。她不敢告诉妈妈。她还送不起金首饰给凌潇。想买一件高级羊毛衫，四十几块，不容易啊。

朱明瑛还在唱:"人生自古多风浪,何须愁白少年头……"

扬扬走过去,"啪"地关了收音机。

三

中午,扬扬和帆帆都不回家,舒涵带着小艳艳和小弟弟吃过午饭。两个孩子都不想睡,缠着要出去玩。舒涵一手抱一个,一手拉一个出了门。

小巷里很冷清,各人有各人的事,舒涵觉得很闷,孩子们却快乐。

路过居委会,那里面倒是一片热闹。舒涵稍一犹豫,便进了居委会。

老主任正送一个中年人出门,看见舒涵,便招呼她:"舒家姆妈,坐一歇……"

舒涵坐了,两个孩子在一边玩。好长时间不来了,居委会里布置一新。在日常生活中,居委会正在越来越大地发挥它的作用,调解邻里矛盾、家庭纠纷、解决待业青年的吃喝住行问题、负责环境卫生、安全保卫、文明建设,等等。

老主任精神抖擞地走进来。

舒涵不再犹豫,直截了当地提出了要求。

老主任乐呵呵地看着她,眯缝了眼睛:"舒家姆妈,窗子用不着开了,刚刚来人通知我们,这条街,要拆迁了……"

"拆迁?"舒涵愣了一下。

"是要拆迁了,这里要造新大楼,不晓得是哪个单位买去了……"

"迁……到哪里？"

"新公房，三湾新村的新公房。"老主任笑眯眯地说，"舒家姆妈，这下子你好享享福了，新公房条件是一等的，全套卫生设备。"

舒涵也笑，心中却别是一番滋味。

老主任明白舒涵的心思，开导她："舒家姆妈，儿子女儿全大了，可以歇歇了……"

舒涵不由自主地点点头。她领着孩子们走出居委会，远远地看见自己那座低矮的平房，一种孤独的、被抛弃的感觉又油然而生。这房子就要被拆了，只要一动手，用不了半天时间，这里就是一片平地，一片残砖碎瓦和墟土。可是，也用不了多久，一座现代化的大楼就会在这儿竖起来。一切都是那么迅速，令人目不暇接。扬扬说电脑时代即将到来，那时候的生活应该叫作全自动生活。舒涵想象不出那样的生活，但是有一点她至少是明白的，也许，若干年后，保姆这个名词，会从下一代人的字典中消失。

夕阳西下。小艳艳和小弟弟的家长把孩子接回去了，舒涵便一个人回家。

小巷里的人都在讲拆迁。信息的传递迅速得令人吃惊。人们兴奋、紧张、激动、不安，欢快中夹杂着恋恋不舍，却又恨不能立即搬家。

舒涵默默地听他们诉说，听他们争论，听他们讲她的事情。

"舒家姆妈，你老是怨房子小、地皮潮、光线不好，还要开窗，幸亏没有开……"

"就是呀，舒家姆妈，拆迁起来你们家是合算的，成年子女，一男一女，起码分一小中户，两间一厅……"

"舒家姆妈，这下好了，你们两个孩子可要开心了……"

舒涵深深地出了一口气，她被大家的情绪感染了。是的，一切都是孩子们的，只要他们快乐。

一轮夕阳正从小屋背后落下去。下班的人们行色匆匆，无暇光顾日新月异的市容。几年前建成的宽大通畅、气魄宏伟的立体交叉桥，很快又不适应了，变得狭窄了，又容纳不下日益增多的机动车和非机动车。远远望去，立交桥上，像爬满了蚂蚁似的，那是自行车队。

帆帆不骑车。汽车站就在立交桥上层引桥末端。人很多。似乎都习以为常。叹息了，抱怨了，人还是那么多，焦虑地注视着来车的方向。上班人们怕迟到，下班都想早一点赶回去。都说中国人是一个节奏缓慢、懒懒散散的群体，现在毕竟不同了。广州的快节奏正在向全国蔓延、渗透。年轻人几乎在一夜之间都懂得了"时间就是金钱，效率就是生命"。

帆帆感受着这种变化，不由得也感到兴奋了。

下午凌潇在电话里告诉她，他父亲的单位按规定可以给他一个中户，两间一厅，三十八个平方米。在三湾新村。现在有二层三层四层，可供挑选，凌潇让帆帆决定，晚上见面时告诉他。

挂了电话，帆帆心有些乱。三十八个平方米。她和妈妈、哥哥二十几年才住了十多个平方米。帆帆想到了妈妈。她走了，妈妈会难受的。若是哥哥也走，那个教授的女儿，是不会愿意住这种带天窗的小屋的。留下妈妈一个人……如果让妈妈和自己一起住，凌潇也许不会反对，可是妈妈绝不会同意的。妈妈的思想，总是那么固执。难道向往好的生活，追求好的生活，便是失志吗？

帆帆想好了，下班回家，一定好好同妈妈谈一次，一定要谈好。

妈妈仍然和往常一样，备好了晚饭，默默地等着她回来。

这种沉闷的气氛，把帆帆的心绪破坏了。

"帆帆！"妈妈突然叫她，那声音有点异样，"帆帆，你知道吧，这里，要拆迁了。"

"迁……到哪里？"

"说是三湾新村，听说那里造了几十幢新大楼。"妈妈似乎又恢复了平日的淡漠。

帆帆定定地看着妈妈，不知道该说什么。

窗子终于没有开成，拆迁的事也好长时间听不见提起了。不过，小巷里的人家都充满了信心等待着。

春雨秋雨

"滴答""滴答""滴答"……

"又下了！烦死了！——吊主！"荣根从捏着的四五张牌中抽出一张，甩在被子上。被面是花的，牌打在上面，要细细地看。灯泡吊得不高，再低就要碰额头。不聚光。棚子太小，一只小灯泡只能照照起来撒尿的。

"还要下得大来。"阿发的脚在被子里动了一下。荣根的牌翻了过去，小耳朵赶紧扶正。阿发看看小耳朵，小耳朵哭丧着脸。阿发丢出一张废牌，不是分，没有王牌了。

"沙啦啦""沙啦啦""沙啦啦"……

"下大了！"小耳朵讨好地盯着对家阿发，下大的雨更印证了阿发的了不起。小耳朵放出一张副司令："哈哈，我最大。"

"叭叭""叭叭""叭叭"……

"漏了。"小耳朵说。

"让它去。漏不死的。笨死鬼。谁叫你出这张的？这副牌又败在你手里了。"阿发盯着小耳朵耳朵上的木夹子看。小耳朵是他的徒弟。小耳朵笨，打牌没有人肯同他搭档，只好阿发来。阿发同小耳朵合家，也有好处的。该输家两个人轮流受的罚——木夹子夹耳朵，由小耳朵一个人承当。

"这么漏法，我的被头要打湿的。"野兔子爬起来，被面上所有的牌都翻掉了。野兔子跑到墙根，拿过一只白瓷饭盆，放到漏雨的地方。

"叮当""叮当""叮当"……

"你倒好，拿我的盆子。"荣根也爬起来，跑到墙根，拿出一只龌里龌龊的饭盆子，把自己的饭盆子换出来。

"叮当""叮当""叮当"……

阿发把剩下的三张牌往打过的牌里一和。

小耳朵把耳朵上的木夹子拿下来。

"烦死了。又下了。"荣根把牌一张一张收齐，灌好壳子，放在一只黑色的人造革包里。

二月里该有十八场夜雨。今年越加特别，惊蛰前，天就打雷，天老爷醒得早了。说是要落七七四十九天。工棚里日脚难过，地铺湿漉漉，被头筒里冰冰冷、邦邦硬，钻被头筒直像钻一只水泥管。

"断命。天天夜里落，日天出太阳。出鬼了，日里落雨么还好歇歇。"小耳朵说。

"歇个屁，歇了啥人给你发铜钿。"荣根过年要办喜事，正在一点点一点点地积，抠得不得了。

小耳朵去撒尿，走到门口，"哎呀哇"，叫了一声跌跌滚滚逃进来，接水的饭盆也被他踏翻了。

"要死了，小耳朵，你把盆子踏翻了，你看看水，我的被头全潮光了，你作死，阿是要吃生活？"野兔子要拷小耳朵。

"不好怪他的。"阿发走过去，在门口看看，讲，"小耳朵触着了电。"

拖在地上的电线，一直泡在水里，漏电了。阿发朝它看看，懒得去弄，只是叫大家当心点。

"沙啦""沙啦""沙啦"……烦死了，大家心里都在骂，其实是因为闲得难过，就觉得烦。

"咦，阿满呢，又看不见了。"阿发眼睛朝一排溜的地铺上一扫。

"这个小赤佬这两日夜里老是出去，碰着点啥了。"荣根打个哈欠，嘴巴张得老大，"不得了！这只小杀千刀，把我的脚踏车又偷出去了，落雨，烂泥，不得了！"

大家幸灾乐祸，面孔上总算舒展了一点。荣根的新脚踏车是碰也不许人碰的。阿满偷去踏烂泥，等歇转来，总有一场戏看看的。

笑得煞了念，笑得称了心，面孔又板起来了。野兔子说："阿满个赤佬，啥事体，夜里出去，阿是轧女朋友？"

"轧女朋友？"荣根咬牙切齿，"那张贼秃面孔，有女人肯跟他？"

"你不要讲，阿满花功不比你荣根差，文绉绉，作兴弄个女人转来压压你……"野兔子存心同荣根寻开心。

小耳朵盯牢阿发看看，小声小气地讲："不是寻女人的，我晓得的，阿满我晓得的……"

"啥事体？"

"读夜学，文学班。交、交八块，八块洋钿学费，读半、半年。"小耳朵有"独家新闻"，激动得有点发憨了。

大家不响。过了一歇，阿发叹一口气。

荣根"哼哼哼哼"："哦哟，当是啥大事体了，有啥稀奇，又不好当饭吃的，又不好加点工资的。"

大家不响，阿发盯牢荣根看看，荣根也不响了。

"沙啦""沙啦""沙啦"……

"几点钟了，师傅。"小耳朵眼睛眨巴眨巴，问阿发。

"七点一刻。"

"今朝礼拜几？"野兔子问大家。

大家不响，不晓得，晓得也不高兴讲。烦死了。

小耳朵有一只天蓝的塑料皮夹子，皮夹子里有一张年历片，正面是一个漂亮得叫人心里难过的女演员，反面是年历。小耳朵看了半天，说："礼拜四。"

"哟，礼拜四，有好电视，武打片，《射雕英雄传》！不得了，轻功夫，还有死人骷髅头上练功。"

大家不响。小耳朵有点激动。

"去看？"野兔子问大家。

大家不响。小耳朵点头。朝阿发看看。阿发朝荣根看看。

荣根摸摸头发："落雨。"

"落不死的。"阿发立起来。大家全立起来。像一阵风，小耳朵心里怦怦跳。

只有荣根有一把自动洋伞，四五个头钻在里面。阿发想叫小耳朵也来钻一钻，小耳朵根本没觉得在下雨。

白球鞋、黄军鞋、田径鞋、旅游鞋、健身鞋，踏水，地上全是水塘。水溅起来，溅到裤脚管，溅到屁股，溅到背心。

雨地里，一窝蜂的人，黑乎乎地一道往前面奔。

工棚附近已经有几幢新公房。当中一幢是市里一个局的办公楼，三楼东头的大会议室里有一只二十四吋的彩电，前个阶段，野兔子一个人来看过《上海滩》。鲜得不得了，吹得阿发心里也难过了。

大家跟牢野兔子，像有鬼在后面追。

一窝蜂的人，一群落汤鸡。跑过雨地。过道里回音大。

一楼哄到三楼，像地震来了。

玻璃门里面，江南七怪，同道长交手，难分难解，一只大钟推过来推过去，把人的心推得荡悠悠，就是听不出声音。

急鼓鼓地敲门，一眨眼睛就要死人的，什么功夫弄死的，要看看清爽的。

再敲门，响呼呼地敲。有人来开门，一个男人，四十几岁，着中山装，门开了一条缝，眉头皱到鼻梁上。

"什么人？"

"泥水匠。"

"吵啥吵，这里的电视对外不开放。"

中山装要关门，门被野兔子夹住，关不牢。

"我前几日也来看的。"

"前几日来看，便宜了你，现在开始不许了。"

"谢谢你，让我们看看吧！"小耳朵要哭了。

"不许，有规定的，一共里面有多少人，有几张凳子？来一个两个么还好商量。"

大家不响。没有人进去。要死一道死。

"房子是我们造起来的！"野兔子说。

"咦，你们造房子同我搭什么界，我住房子交房钱，造房子全出钞票的，又不是白造白住的。"

大家响不落。

野兔子面孔血血红，阿发面孔煞煞白。

房子没有造好的时候，这种人就来看房子，一口一个师傅，舔屁股也肯的。

门关紧了。大家不响。

"你们也不要想看！"野兔子拿巴掌碰门。

"你们也不要想看！"荣根哇哇地叫。大家笑，笑得蛮开心，其实不看电视也呒啥，只要开心。

"我们唱歌？"小耳朵提醒大家，"叫他们看不成！"

大家便唱歌。你唱你的，我唱我的。阿发面孔不白了，叫大家唱一支歌，一条声唱起来响。野兔子打头，大家唱。

门不开。唱了几支歌，还是不开。

"算了。"阿发扫兴，看看门上的一副金属拉手，吩咐小耳朵，"到下面去寻一根铁丝来，粗点的。"

小耳朵去寻来了。蛮粗的，阿发拗了一点点弯就拗不动了。大家轮过来拗，终于把门上的两个金属拉手套上了，锁起来。

他们又开心地笑了。

"看吧，看一夜天吧！"

一群人出来。雨小点了。公房里的灯光照到路上。有辆脚踏车过来了。女的，小车子。

他们一字排开。

"新公房里的？"小耳朵讲。

"骚货，全是骚货！"野兔子讲。

"不让！"荣根讲。

"不让！"大家讲。

铃响得急，像要哭。不让。车子歪倒了，踏在水塘里的，是一双皮靴子，看不清颜色。

他们又笑，还是不让。

"野兔子，妹妹哭了，去帮她抹抹眼睛啊。"荣根怪腔怪调。

"当心人家哥哥来拷你耳光。"阿发也熬不牢。寻开心，寻开心，寻寻就会开心的。

小姑娘不哭，蛮凶的："让我走。"

"哦哟，妹妹发火了。"

"流氓！"小姑娘声音里有点哭腔了，"流氓！畜生！"

"啥人畜生，讲讲清爽！你们新公房里的才是畜生！"阿发面孔又有点白了。

小耳朵眼睛眨巴眨巴，小声小气地讲："算了吧，让她走吧。"

"哈哈，小耳朵倒肉麻人家了，不舍得人家了，人家把你眼都不入的，当你流氓、畜生的。"

总算让出条路来。车子推过去，带过去一阵抽鼻涕的声音。

大家不响，心里说不出的不适意，一窝蜂地转去了。

阿满已经回来了。手脚蛮快，脚踏车已经擦清爽了，泥星星水星星都没有。荣根不讲什么，"咔嗒"一锁，钥匙放到袋袋里。

"哎！"阿满不看讪色，起劲得不得了，手里拿一张报纸，"哎！帮我们上课的一个大诗人写的，登在报纸上。"

阿发认真地看看阿满，其他呒啥，登在报纸上，批评还是表扬，一出一进，奖金要相差不少的。

"我来读，阿好？"阿满咳嗽一声，一本正经。

　　总是先有你，

　　而后有那大楼，

　　总是要折了你，

　　而后有那大楼……

"讲的脚手架。"阿满下注解。

"啥事体？啥意思？"小耳朵有点急。

"诗嘛，就是讲，我们做泥水匠的，工作伟大，人家不会忘记的。"

"屁话！"阿发一口唾沫，吐在墙壁角上。

阿满不服气地哼哼，没有回嘴。阿发是他们这里的头头，啥人生活做得怎样全在他嘴里。

"困觉困觉困觉！"阿发钻进冷冰冰的被头筒。

大家全钻进被头筒。

一歇歇工夫，一棚棚的呼噜声，此起彼伏，像唱歌比赛。

雨总算停了。雨一停，天气就一天一天地暖和。做生活进度快得多了，有时夜工开到十二点钟。开夜工，荣根顶起劲，最好天天开。大家笑他是要女人不要命。

命是要的，女人也是要的。何况荣根要的女人，不晓得有多少灵光。

金妹到工地上来的那天，荣根正爬在四层脚手架上做生活，听说金妹来了，差一点把边上的野兔子推下去。

荣根把金妹领到东领到西，像是展览。金妹倒也蛮大方，一直笑，笑出来嘴巴拉到耳朵根子。天晓得，荣根是根据哪一点讲她漂亮的。大家暗自好笑。

下半天，荣根生活不做了，陪金妹去白相，直到吃过夜饭转来。

野兔子同荣根寻开心："荣根，今朝开夜工，开通宵。"

荣根面孔上苦涩涩的，不理睬野兔子。闷了一歇，煞有介事地把阿发喊到门外头。

金妹屋里要造房子，金妹两个兄弟年纪全不小了，造好房子，要去请媒人了。金妹屋里要叫荣根转去做私人生活。还要叫荣根带几个师傅一道去，那边有几个人，只好拎拎泥桶做做小工。

这种事体，阿发是要为难的。近阶段工地上讲承包，做起来做煞，赚起来野豁豁，不过，假使过期失约，罚起来一样野豁豁的。走脱荣根一个，问题还不大，现在荣根还想带几个人转去，事体就尴尬了。

荣根自己晓得这个要求提得不上路："要么，就我一个人……"

阿发看看他，一道做生活也不少年了，你帮我我帮你，人总要讲点义气，让荣根一个人转去做，他阿发也是不上路的。阿发对工棚里喊了一声，大家全出来了。

"野兔子，你跟荣根回去做，还有阿满……"

野兔子蛮情愿。阿满问荣根："在哪里住宿？远不远？"

"蛮远的，总归在金妹屋里住宿了。"阿发代替荣根讲。荣根一直不响。

"不来的，不来的，我夜里有事体，礼拜三、礼拜四、礼拜六……"

"你这种狗屁事体，比得上造房子大？"阿发说。

"我……我不来的，我要……"阿满头低下去，支支吾吾，面孔有点红。

"就我同野兔子两个吧，够了。"荣根说。

"明朝就走？"野兔子工地上的生活老早做厌了，换个地方蛮有劲。

"后天走，明朝，金妹还要买点东西。"荣根转过头问阿发，"明朝要不要同头头讲一讲，请个假？"

阿发不响，过了一大歇，点点头。

天气慢慢热起来，做生活出汗出得多起来。工棚前面就是一条河。河面不宽。河对过是一座村落。到吃夜饭辰光，总有不少女人在河滩头汰衣裳、汰头，看见对过泥水匠赤身露体，只着一条小裤头到河里洗浴，起先是吓得全逃掉。后来不逃了，叽叽咕咕骂人。越骂，泥水匠越加开心，有几个素性小裤头也不穿了。

野兔子顶起动，一到河边上，就朝对过喊："喂，走开点，我们要脱了。"

这面一开腔，那边马上搭讪，七嘴八舌："不要面皮，不要面皮！"

那边的女人起哄，朝这边丢泥巴。

这边的男人也起哄，朝那边甩小石子，到天黑下来还不肯散。

没有多少时候，名字也都叫得出了，只不过面孔看不清爽。

野兔子吓人家："你们再笑，我过来了！"

"你过来！过来阉掉你！"结过婚的女人野得不得了，姑娘听了全笑。这边的男人就怂恿，挑唆野兔子。

野兔子不敢过去。他只会游狗爬式，汆不到对岸的。

不过，野兔子还是过去了，不光他一个人。阿发、荣根、阿满、小耳朵全过去了，一只船停在岸边上，船家上岸买东西去。阿满扳舵，野兔子撑篙，船荡过去了。吃着几只隔年山芋，甜到心里。

"喂，要不要我们帮你们做小工？"

野兔子要，阿满、小耳朵要，荣根也不反对，大家看阿发，阿发不好做主。人手倒是缺的，是想要几个人拎拎泥桶，搬搬砖头。不过现在讲承包，钞票全在生活里，要想适意，要想少做点，要想做生活辰光有点乐趣，钞票就要少拿，要同他们分红。

荣根第一个想到。阿满，小耳朵也想到了，野兔子自然也是明白的。

船家在对岸骂人、跺脚。泥水匠只好回过去。

后来，再没有小船停在河边了。

野兔子开始练游泳，叫阿满教，下工就抱块木板到河里去汆，汆到老晚才回来，一身的水汽。

"少汆汆吧，水蛮冷的，要浸出毛病来的。"阿发劝他。

"不会。"野兔子劲头十足。

"阿嚏！"野兔子打了一个喷嚏。

大家笑了。

“阿嚏！”又是一个。

野兔子真的受凉了，发寒热。可是毛病一好，又去氽河水，不多几日，给他学得差不多了。再过几日，吃过夜饭就不见野兔子的影子了。再过几日，野兔子的眼睛真的像兔子眼睛了。日里做生活辰光，要么想啥心思，要么昏头昏脑打瞌睡。

阿发心里有数。蹲在工棚里也实在厌气，让他出去尝尝鲜。

到热天快要过掉的时候，野兔子不过去了。大家也不去问他。

有一日已经熄了电灯，不少人已经开始打呼了，外头有人叫开门。

阿发开开灯，刚要骂人，看见野兔子呆呆地坐在地铺上，吓得不得了。阿发有点数目了。大家心里都有点数目了。

门开了，三四个大汉闯进来，手里有木棍。

“谁叫野兔子？”

“野兔子不住这里。”荣根讲。

木棍举起来。

“打是打不过我们的。”阿发慢吞吞地讲，工棚里有十几个，也是大汉。

“打不过？我要去告！”

“告什么？”阿发笑笑，“告女儿偷男人？”

“两相情愿，告不成功的。”阿满蛮懂法律。

“叫你女儿来讲讲清爽，阿是自己情愿的？还要告？告个屁，少出自己的丑。”荣根笑。

三四个大汉退出去了。

野兔子爬起来，对阿发磕一个头，再对大家磕一个头。

阿满回来吹，说街上有一本电影，演泥水匠的，喜剧片。

"去看？"小耳朵问阿发。

"去看！"阿发点点头。

野兔子换好新衣裳，一套中长花呢西装，四十五块，裤子倒合身，衣裳大出一壳。

大家臭他。野兔子不睬。横七竖八地结一条鲜鲜红的领带。镜子太小，照着领带就照不着面孔，照着面孔就照不着领带。

"走吧。"阿发不耐烦，"野兔子你快点，着这么漂亮做啥，上趟的事体还没有完结，你倒把人家忘记了？又要去花别人了？"

野兔子贼脱嘻嘻。小耳朵觉得他有点可恶可恨。

"票好买么？"荣根问，他不想白跑。

"笃定。"野兔子的嘴像兔子嘴，豁豁的，吹牛没有边。

一群哄哄地上了街，卖票窗口竟还亮着。野兔子去买了票，一群便进了电影院。

笑是笑得蛮厉害，从头笑到尾。结束的时候，泥水匠全分到新房子，结婚的结婚，搬家的搬家，皆大欢喜。

他们一群从公路上走回去。公路上黑咕隆咚，一个人也没有，汽车也少。

"踢拉塌""踢拉塌""踢拉塌"……公路上乱糟糟的脚步。大家不讲话。

八层楼的新公房看得见了，窗洞里有灯光。

"全被那些赤佬住了！"野兔子指指高高的大楼。

"这种赤佬……"荣根眼睛尖，看见前头工地上有黑影子，"看喏，那里有人，啥事体？"

黑影子也看见了这边的人，开始逃跑，大家去追，几步就追上了。

偷水泥的。着一件中山装，手里一只蛇皮袋，装满了一袋，足有三十斤，倒蛮黑心的。

"啥人？"阿发问他，"哪里来的？"

"就，就是这里的……前面新公房的。"

"好哇，住新公房的人还偷水泥，走吧，陪你到工程队去。"野兔子上去揪中山装。

那个人赖着不动。

"住新公房，还要偷东西，真真，越是有钞票越是贪心！"阿满喷喷嘴，摇摇头。

"我住新公房。我没有钞票的。"偷水泥的人声音有点抖，有点哭腔，"两个小人儿读书，两个老人没有工作……"

"少装腔，住上新公房还要哭穷，你们这种人，面皮真厚。"野兔子还要去揪他。

"真的不哭穷。我们六个人本来只住一间十五个平方米，这趟分到一个中户，三十五个平方米，开心煞了，想想做点水泥地坪……"

"就出来偷水泥？"阿发反问，甩掉一个香烟屁股。

"正人君子。"阿满说。

"喂，我问你，这幢办公大楼是不是你们办公室？"

"是的，我在里面办公的。"

"电视为啥不许我们看？"野兔子想到上次的事体，气还没有消。

"我，不晓得，我从来不去看电视，夜里帮两个小人儿补功课，两个小人儿笨。"

"算了!"阿发扭头走。

都有些不懂,又都跟了走。

一幢大楼又完工了。

头头陪了人家来验收。一张张扳错头面孔。

错头扳不着,毛病也寻不到。

头头拍拍阿发的肩胛:"阿发,你的功夫不错,做得不错,我们心里全有数目。"

阿发面孔铁板。

小耳朵看看阿发,对头头讲:"你讲师傅功夫好,为啥不肯让他当领导?"

"你走开!"阿发刮小耳朵一个头皮。

头头眼睛眯成一条缝:"是呀是呀,我老早想提拔阿发的,不过,不过,上头讲,现在提拔全要讲文凭。"

"文个屁。"野兔子凶凶地讲,"文凭又造不出房子来,还要靠我手里的泥刀。"

"话不能这么讲,现在不比老早,随便做啥,全讲知识。以后的房子越造花样越多,不好吃老本了……"

大家哄哄地反对,阿发不响,呆呆地盯牢头头看。

头头告诉大家一个好消息,工地上自己要办食堂了,有炒菜。大家精神一振。到人家单位去蒸饭,讨人家嫌。

既办食堂,就说明一时半时还要在这里做下去。到底这里要造多少房子,头头也讲不清。

拆脚手架了,这是最开心的生活。

阿满顶有劲，酸酸地念诗：

　　总是先有你，
　　而后有那大楼……

"滴答""滴答""滴答"……

"又下了，烦死了……"野兔子出牌。他和阿满搭档。荣根回去筹办喜事了。阿满为期半年的夜学也上完了。白白地丢了八块钱，好像什么也没有学到。

他们造一百幢房，好像还是老样子，新公房里的电视室还是不开门，只好打牌。

"还要下得大来。"阿发说，他的对家还是小耳朵。不过小耳朵的牌艺进步多了，阿发不再骂他笨死鬼了。

"沙啦""沙啦""沙啦"……

"下大了！"小耳朵看看阿发。阿发叹了口气。

春天的雨多。秋天的雨也不少。

交叉点上

我从县委宣传部调到市文化局已经两年多了。这儿的生活，既忙忙碌碌，又平平淡淡。当然这与我生性懦弱，全无好胜心有关。按巴甫洛夫的人类性格分析，我无疑应归入"弱型"之类。

最近，我突然被召见了。找我谈话的是传闻即将离休的牛局长。他悠然地点着一支烟，郑重地陈述了我的种种优点和长处。我诚惶诚恐，真有茅塞顿开、大彻大悟之感。我还从来不知道自己有那么多属于性格上的优点。

"可是……可是……"我轻声地说，"我毕竟太懦弱了，我的个性……"

"偏见，完全是偏见，受当代小说和戏剧影响。难道干事业的人，全是叱咤风云的汉子和那些能喝酒会抽烟的丫头？新的公式化嘛！我认为稳健、善于沉思也是难得的长处……"牛局长弹弹烟灰，端起茶杯呷了一口茶，说，"所以，局里决定让你去市文工团挑重担！"

我惊愕得弄翻了茶杯。黄黄的茶叶水在玻璃板上缓缓地流淌，我心里却火烧火燎……文工团……不不。我鼓足了勇气说："牛局长，请局里再考虑一下吧，我……没有当过领导，至于能力……"

"得啦！"牛局长得意地一笑，眼角的皱纹犹如半朵金丝菊，"别给我打马虎眼，你当过领导，文艺宣传队长。怎么样。你当过宣传队长……"

宣传队长。是的，我当过宣传队长，当过……牛局长的话牵动了埋在我心底的那些往事。

我走马上任了。

一踏进文工团奶黄色的大门，我的不规则的心跳又出现了。牛局长说过，文工团是一块难啃骨头，干部子弟多，条件优越，设备齐全，应有尽有，就是少一点……

十多年前，我被告知要担任一个大队的宣传队长的时候，也是这么战战兢兢，毫无信心。

"好啦，别啰里啰唆的了，这件事就这么定了！"大队书记一挥手，气势非凡。既有杨子荣打虎上山的威武气概，又有李玉和怒斥鸠山的钢铁意志，还有阿庆嫂智斗刁德一的英勇胆识。他是料定我已经没有招架之势，于是又不无自信地乘胜追击："从今天起，这批人听你调治，有什么困难，大队解决！"

让我领导和调治宣传队这二十四名少男少女？

"这孩子没有一点点儿文艺细胞，五音不全……"这是小学音乐教师曾对我下的结论，为此我曾伤心过几天几夜。

"你能搞好的！"大队书记并不知道小学教师的结论，把我抛给了那个刚刚组成的宣传队。

我朝那一堆人走去，他们是开社员大会被点名留下的。十二个生产队平均摊派，免得你多我少，又制造新的矛盾。至于任人唯贤，还是任人唯亲，全在于生产队长至高无上的权力了。这在生产队看来无足轻重，对我们这个集体却是生死攸关的。

我讲不出一句话来。我这个人口才很差，尤其是在大庭广众之下。我看着他们，他们也看着我，窘得冒汗。和我一起插队的男知青余国庆站了起来，抱着吉他，拨了一下琴弦："咚……"

有人偷偷地笑了。气氛开始活跃，围绕吉他，大家来了兴致。

"给他？干吗叫给他呢。不能叫，给我吗？"

"你懂，人家那是外国名字。"

"咚……"有人把手伸到余国庆怀里，又拨了一下琴弦，大家都笑了，紧张的气氛彻底解冻了。

我于是趁热打铁，问问他们能不能保证每天晚上来大队部训练。

"我……我爹让我夜里扎鞋底……"沉默了半天，有个叫品娜的姑娘胆怯地说。

于是小伙子说夜里要脱泥砖，姑娘说夜里要做针线活儿，倒不是自己不想来，怕娘老子不依。

我苦苦地看看这个，看看那个，半天才想起大队书记那句话："有什么困难，大队解决。"我说："要不要让大队做做工作，和你们家里讲讲？或者换些人来？"

没有人回答。

余国庆又拨了一下那悠悠的琴弦，和上他那富于感染力的嗓音："不用了吧，这点困难，我们还不能克服？都是年轻人，拿出点朝气来，早起一点，晚睡一点不全解决了吗？"

"倒也是。"

"就是么。"

"总归想得出办法来的……"

其实他们心里是很愿意参加宣传队的，余国庆这么一讲，便把大家的干劲鼓了起来。

"我们这个大队事事落在别人后面，外队的人一提到我们大队，都是一脸看不上的神气。这一次，我们一定要争口气。"

余国庆激动地抱着吉他，眼睛闪闪发亮，宣传队员们愣了一刻，随即拍起手来。我也被感染了。我感激地看看余国庆，真想对他说："应该你来当队长。"不过那是不可能的，余国庆的母亲两年前"畏罪自杀"了，而我，却是出身响当当的"红五类"。

我突然觉得我还是有信心的。

按着指路标牌的指示，找到了文工团的办公室，一位年近五十的半老太太正坐在那儿。她接过我的介绍信，并不看，随手扔到桌上，却拉下老花眼镜，严厉地盯着我，我看出了那眼光里的怀疑和不满。我惶恐不安，不知身上哪个部位不符合她的要求，不顺她的眼。我烫着短发，穿着极其大众化的藏青色中长纤维两用衫，咖啡色涤纶筒裤和一双黑色的中跟猪皮鞋……

半老太太开口了，音色竟然是很美的，也许是演员出身："你知道吗，我们团能跳能唱的人员有多少？超编百分之三十！哼哼，仗着娘老子，以为文工团是块肥肉。"肥肉！可惜她忘了现在连农民都不吃肥肉了。

我说："您误会了。我不是分配来当演员的，我……"

她抬起眼镜又重新审视了我一遍，仍然是怀疑和不满："嗯，你是来搞编剧的吧，哼哼……"

我真想大声对她说："您回去看孙子吧。"可惜我没有说。

"你以为编剧就不超编？编剧也超编！白拿了国家的薪水，成年到头编了些什么？还不都是演的别人家的本子……要不，就是搞副业，写小说捞钱……"

我虽然不大喜欢这个半老太太，可是，看着她那张愤懑的脸，我相信并不是在胡诌。我的心一阵阵地隐痛。

窗外一阵风吹来，我的那张介绍信，飘到了半老太太脚下，她嘟嘟囔囔地捡了起来，戴上老花镜看了一下。

"哦，你……就是韦碧华同志。"

她的眼第三次严厉地审视了我，还是怀疑和不满。这回我倒不怎么生气了，却想笑。这搞人事的半老太太，倒是个人物呢，有着独特的个性。

我谦逊地点点头。

"嗯，早听说了你要来，不过没想到……嗯，既然来了，大家欢迎，是不是先找个人领你看看？"

我说："不麻烦了，您忙吧，我自己去熟悉熟悉……"

我总算逃出了半老太太那双严厉的目光扫视，深深地吐了一口气，朝排练厅走去。

门敞开着，大厅里二十几名身穿练功服的青年演员，有的席地而坐，有的斜靠道具，正在聊天。有个上了年纪的男人，对一个噘着嘴的姑娘央告着："小丽，你是这台戏的主角，有事慢慢商量，说什么也不能影响排练啊。"

"我不。你们不解决问题，就不……"小丽矫揉造作。

我有点讨厌这个漂亮的姑娘。

"张副团长，还排不排呀？不排我们先走啦……"小青年们乱嚷嚷。

"哎哎——哎，等一等，再等一等嘛，是不是，小丽……"张副团长可怜巴巴地哀求着。

"等什么？别等啦，该干什么干什么吧……"说话人背对着大门，声音是那么熟悉。我一惊，会是他？余国庆？前几年听说他考上了一所戏剧学校。

"余导说啦！余导让我们走啦……"小青年们又嚷嚷起来。余导？果真是他？我心中一阵狂喜，感谢上苍的安排，把余国庆送到了我的身边。

我一下子信心倍增，走了过去，笑着向他伸出手："我们又合作了。"

余国庆略一思索，明白了，笑着说："惊人的相似。"

周围的人却一个个愣在那里，只有张副团长听出了点眉目，正待开口，余国庆已经把我给"出卖"了。

几十双眼睛射出了几十道不同色彩的光，像舞台上的聚光灯，全集中到我身上。我有些心慌意乱，只说了一句："大家该干什么还干什么吧……"

张副团长立即对小丽说："小丽，你看，韦团长都讲了，还是排吧……"

小丽瞟了我一眼，继续扭着身子。我有点恼了，正想再开口，余国庆却示意我出去，我只好跟着他走出了排练厅。

"她是什么人，这么大的架子？"我迫不及待地问。

"一般演员，不过是个主力。"余国庆平平稳稳，一点也不激动。

"那……她凭什么……"

"她是有理由的！"余国庆严肃起来。

"什么理由？"

"这可以算是一种……罢工。"余国庆说，"为了争取合理的报酬，制定岗位责任制……"

"报酬，怎么不合理？"

"这难说了，比如有些演员，生孩子休三年，一年请六个月事假，工资奖金照发不误，可像小丽这样的顶梁柱，却……"

"那么为什么就她一个人闹情绪，其他人不也如此吗？"我疑惑不解。

"其他人……小丽不过是个代言人罢了，那些嚷着要走的演员都是后盾，当然也包括我……"余国庆对我并不避讳。

"你？"我万万想不到，余国庆会为了几个夜班费，几个奖金而……我不由脱口而出，"还记得那一毛四分的大铁桥烟吗？"

余国庆一愣，奇怪地盯着我。不知为什么，我有些怕他的目光，这种目光是我所不熟悉的，不理解的。

那时候，我们整天忙着排戏。有些眼皮子薄的人，看见二十多个姑娘和小伙子不参加劳动，整天嘻嘻哈哈的，便受不了。尤其是小队干部，常到大队提意见，有一次正巧碰上公社分管农业生产的副书记来检查工作，一状就告准了。他指示大队书记，让我们宣传队参加冬季围湖造田工程，都搬到工地上去住，既要完成每天规定的挑土方任务，又得排练节目。这样，白天黑夜地拼了一阵，"大少爷"作风是没有了，可队员们也一个一个地累趴下了。尤其是余国庆，为了编排节目，常常通宵不眠，因为我的文艺细胞太少，而他的文艺细胞又太多，于是编、导、演他一身兼数职，常常累得咳嗽连天。我向大队书记反映，是否能想想办法，让他休息一下。书记想了半天，说："这样吧，每天发他一包大铁桥，由大队支付。"我哭笑不得，还是告诉了余国庆，他笑了，说他不抽烟……他图什么呵，名？利？不，什么也没有。为了支撑入不敷出的体力，他后来居然开始抽烟了，一毛四分一包的大铁桥烟，在日收入只有三四毛钱的时候。后来他就咳嗽得更厉害了……

我心中隐隐作痛，仿佛那咳嗽声还在折磨着我。

"不会忘记的，不过也绝不想再尝那个滋味了。"沉默了许久，余国庆说，眼睛从我脸上移开了。

我有些悲哀，对我们的"第二次合作"的前景不敢想象。

我向大厅望去，小丽姑娘还在闹情绪。十几个演员依然悠闲地袖手旁观。我感到一阵难受，一股火辣辣的东西涌上心头。这不仅是对我的蔑视，更是对……我又一次把目光投向余国庆，去寻找那些熟悉的东西。

我们宣传队挑大梁的品娜也闹过情绪。宣传队开始彩排不久，品娜就噘着嘴找来，说她不参加了。我吓了一大跳，这一台十二个节目中，有七八个必须她出场，非同小可！

“我爹昨天夜里骂我了，不叫我来。说咱们光疯疯癫癫，跳跳闹闹的，也不给家里干点活，赔钱的货……”

真丧门！我真想把那老头子揪来，把他的胡子一根一根揪下来。但是，我不要老头子的胡子，我要品娜。余国庆自告奋勇去找品娜爹，他们是一个生产队的。我不敢抱一丝希望。可是，余国庆居然把那个倔老头给说服了。怎么说服的，他不肯告诉我。过了好久，我才知道，余国庆每天傍晚帮助品娜刈两大筐草，把他家的兔子草全包了。

“夏老太，也常给我们大家上课……”余国庆的嘴角露出了一丝笑意。

“夏老太？”

“人事干部。”

我心中很不快，余国庆把我和那半老太太联系上了，我注意到，他用了一个“也”字。

“讲她自己参加抗美援朝文工团的情景……”余国庆慢慢地收敛了笑容，很认真地说，“她讲的那些，还有我们经历过的许多，也许会永远伴随着我们，但是，时间是不会倒流的，再回到过去也不可能。要用过去的经验来指导现在的一切，同样是不现实的……”

我久久地回味着他的话。

岗位责任制还是定出来了。

尽管张副团长好几次暗示，生孩子三年不上班的是某市长的儿媳妇，长期请事假的是某局长的公子，我没有在乎那些。

小丽他们果真变了面貌。我又去看他们排练，看到演员们汗水"啪嗒啪嗒"地往下掉，我很感动，却又有股说不出的滋味。

我忍不住问余国庆："你，相信金钱万能吗？"

他显然有些意外，停了一会儿，答非所问地说："你误解了他们，至少，你不理解他们……"

他毫不客气，颇有些指责的味道。我虽然生性懦弱，但忍耐性极好，我笑笑，说："当然，我才来几天嘛。"

余国庆又看了我一眼，这才回答我刚才的问题："我不相信金钱万能，但我相信人……"

我朝演员们努努嘴："那他们为什么……"

"你……小看人！"

余国庆不乐地打断了我的话，他变了，说话真叫人受不了："你知道吗，小丽他们曾利用休息时间，自费到外地去向兄弟剧团学习。没有要团里报销一分钱，连补贴也没有要，或者说，是要不到……我也是后来才理解他们的。"

哦，理解他们。也许吧，不过，像小丽这样的姑娘，从个人感情上讲，我不喜欢，这倒不一定是同性相斥，我觉得他们吃的苦少了一些。

就在这时，为了做演出服，团内又争执不休。于是，我请来了编导及演员的代表一起协商。

没有人带头发言，到会的代表们，旁若无人地闲扯着。

张副团长看了我一眼，小心翼翼地说："是不是，还用中长华达呢？"

"中长华达呢……"有人应和着，听不出是赞同还是反对。

"中长华达呢？大概又是那种猪不吃、狗不闻的滞销货色吧。"一个留小胡子的青年演员油腔滑调地说。

在众人的哄笑声中，我觉得自己的眉心沉重起来。我求援地望着余国庆，他很有意味地看着那个青年演员，虽然不能说是鼓励，却也是一种默默地赞赏，绝不是谴责。我想说什么，可是又忍住了，因为——因为，我心底里一直是信任余国庆，并想依赖他的。过去如此，现在也……我新来乍到，并不了解团里错综复杂的内幕，仅凭最单纯的感受去处理问题是不行的。我相信余国庆会帮助我的。

"做全毛的！"小丽又打了头炮。这准是他们一伙商量的结果，再由她出面提出。

张副团长不易觉察地皱了皱眉；夏老太咳嗽了一声，大约要讲些什么了。团里的会不论大小，她每次必到，她觉得有资格参加任何一个会议。行政上，她是这里的人事干部；组织上她是党支部委员。

"全毛？什么全毛？"

有人认真地回答了她的问题。

夏老太叽叽咕咕，十分不满："我们那时候，每人总共只有一套军装，脏了就到河里去洗，洗了就在河边晾干，人躲在一边，等衣服干了才好出来……"

我脸上有些发烫，不是为夏老太，而是为我自己。说实话，在他们提出要做全毛服装的时候，我和夏老太一样，又想起了我们的宣传队。

　　那时候，我们是名副其实地白手起家。除了余国庆的那把吉他，我们没有一件像样的乐器……品娜爹是木匠出身，余国庆凭着给他家打兔草的面子恳求他给打了几十副竹板，一人一副已使我们欣喜若狂。至于我们的演出服装就更是可怜。有一次我们排练采茶舞，要求六个姑娘都穿红衣服上台。一件好找，六件红衣服难寻。临到演出前一天，才弄了五件，而领舞的品娜还没有借到。还是余国庆灵机一动，买了包红颜料，把一件浅色褂子染了色。那褂子红倒红了。只是深一块浅一块的。品娜虽不乐意，但也无法，只好凑合着穿上演出。没料到，这个采茶舞竟在全公社演出第一名！而我也因此被提拔到了县委宣传部。

　　此时夏老太还在发表她的"缝缝补补又三年"的议论。

　　我不知道，我为什么老是要想起这些。也许余国庆说得有道理，现在和过去不大一样了。我终于捕捉住了余国庆的眼神，但那眼神却分明流露着对我的失望，我不由地低下了头，应该想一想我们的现在了。过去的那些东西，是特殊环境下产生的特殊东西，小丽他们理解不了，接受不了。

　　"做全毛的西服！演员本来就是美的传播者，现在人民生活水平都提高了，我们为什么不可以穿得好一点？我自己原来就想做的，要是团里统一做，就省得我们掏钱了。"小丽显得很兴奋。她为了省下自己的几十块钱？

　　我记起几天前，和余国庆去看一位练功时受了伤的演员。还没坐下来，那演员就感激开了："现在团里真是大变样了，练功受了伤，歇病假，还不扣奖金……"

我没想到刚刚实行的岗位责任制，竟这样受拥护，其实这也是在余国庆的督促下，我才下了这决心的。

"韦团长，你这么忙，还派小丽他们送来苹果、鸡蛋糕，对我进行慰问……"

我心里不觉一动。

那演员泪水盈眶："回去告诉同志们吧，这伤不重，我保证误不了参加演出……"

我点点头。余国庆在一旁顺水推舟，让她安心休养，我们就告辞了。

"你知道小丽他们来？"我激动地问。

他摇摇头，他不会撒谎的……

小丽……不好理解，但又必须去理解。我感激余国庆，是他帮我沟通了和小丽他们的思想联系。那么现在呢？我感到人们的目光正在注视着我。

一张字条递到我手里，那字迹是熟悉的："一团之长连这点事都定不下，会有开下去的必要吗？"

"做全毛西服！"连我自己也不知道怎么会这样果断。

下午接了牛局长的电话，我准备到局里去了。一路上，心里有些忐忑不安，牛局长找我听汇报吗？我几乎一无所有。

有人挡住了我的去路，是余国庆，我有些意外。

他看着我说："你——不会怪我上午写得太苛刻了吧？"

"不会的！"我脱口而出。不过，我要告诉牛局长，像当初让我担任宣传队长一样，叫我干文工团长也是一个误会。我这个人，不仅没有一点文艺细胞，而且没有丝毫领导者的细胞。与其让我在这儿再当文工团长，还不如仍让我回局里去干些一般性的事务工作。然而，来文工团这几十天，倒是不虚此行。我将向牛局长推荐一个合适的文工团长人选——余国庆。不过，要是真让我仍在文工团留下来，我会在这儿找到一个合适的位置的。

　　在过去和现在的交叉点上，我将重新开始寻找我的着眼点。

一夜故事

　　三五是个老实本分的人，外面的交际接触不多，在单位里做自己的一份工作，也做得还可以，不算太出色，也不太差。三五的个性也不很鲜明，性格不突出，经历上也没有什么值得说一说的事，身上没有什么闪光的地方，所以在单位里并不出众，不引人注目。单位里的人，都知道自己单位有个人叫三五，恐怕主要是因为他名字和许多人喜欢抽的一种烟相同，如此而已。

　　三五在单位做的是内勤工作，在科长的领导下，管管单位职工的福利什么，比如到了夏天，买些毛巾、洗衣粉之类，过年过节发点副食品什么，新鲜水果下来的时候，想方设法到哪儿的果园去弄些便宜水果，卖给大家。早几年前，这样的事还比较受欢迎，大家还比较重视，分苹果时论大小，发洗衣粉也会嫌洗衣粉不去污之类。但是渐渐地，社会进步了，人的观念也变化了，说到底，经济条件也有所改观，所以单位里的职工大家对这些鸡零狗碎的小东西，真不怎么放在眼里了。要不大家就说，什么呀，什么也别发了，干脆发钱算了。这和领导的想法也是一致的，发钱最省事，免却不少麻烦，所以，能发钱的时候，就尽量发钱，每人一个小信袋，朝口袋一塞，走人。

就这样，三五的工作眼见着越来越清闲。科长和别的领导也不是没有意识到这一点，有时也想叫三五跟着一起做做内勤以外的事情，比如单位来了客人，也一起帮着陪陪，张罗张罗，三五能喝那么几两酒，公关小姐和办公室主任招架不了的时候，也应该让三五出面抵挡一阵。三五也乐意，毕竟比守在冷冷清清的办公室愉快多了，再说了，有酒喝，三五总是高兴的，在家里，要喝口酒，老婆得摆一个星期的脸，难受。所以有这方面的事一叫到三五，三五总是很高兴的。可是三回两回试下来，大家就摇头了，三五实在是缺少公关才能，也没有这方面的兴趣，说是叫他喝酒，其实是叫他陪客人喝酒，这连刚刚分配来的高中生也明白，可是三五好像不怎么明白。到了酒桌上，他就自己和自己喝，科长或者别的领导，让他站起来敬谁的酒，他就站起来敬谁的酒，也没有什么酒词酒话，也没有什么客套，就说，某某人，我敬你一杯酒，也不知他敬的什么道理，"咕咚"一声三五那一杯酒就下肚去了。其他人喝完了杯中酒要将酒杯的杯底侧给大家看，表示自己真心实意，没有耍赖，三五并不如此，他只是笑眯眯地坐下，大家面面相觑。如今坐到酒桌上喝酒的，怕多半并不真的爱酒，真爱酒之人，是不讲究啰里吧唆的，喝就喝了，没什么可多说的。现在坐在酒桌上的这些人，哪是什么喝酒呢，整个就是闹酒罢了。所以敬酒之人，废话多多，说了一大笋，酒还未沾唇呢，被敬酒的人呢，也是闲话不少，总之，说出来的话要比喝下去的酒多得多。只是三五不明白这一点，三五是个真心爱酒的人，他喝酒不说话、不应酬，这样，三五也就起不到陪酒的作用，后来科长也就不再叫他陪酒了。科长不叫三五陪酒，三五也没觉得有什么不高兴，工作需要，单位要他干什么他就干什么，这是三五一贯的作风。

三五有相当长的一段时间没有机会到酒席上去，上班的时候，也有的同事说起喝酒什么，三五总是笑笑，有酒喝蛮好，没有酒喝也罢，和对待世界上其他许许多多好东西一样，有当然好，没有也不懊丧，三五就是这样想的。倒也不是三五的境界有多高，只是三五比较实在，三五知道，不该你的东西，你懊丧了它也不会来，比如说酒。

有一天三五下班回家，自行车穿马路的时候，被一辆小车小小地蹭了一下。小车里的人探头出来好像要骂三五的样子，可是一看到三五的脸，愣住了，停了一会儿，笑起来，说："是三五呀！"那人很激动的样子。

三五也认出他来，说："是牛头！"

牛头将车停到一边，下车来就握住三五的手，说："三五，想不到，在路上碰到了你。"

三五笑笑说："我也想不到在路上碰到了你。"

牛头说："你到哪里去？"

三五说："我下班回家呀。"

牛头说："三五你到现在还在上班呀？"

三五奇怪地说："我不上班干什么呢？"

牛头说："我的意思是你没有自己做事呀？"

三五不好意思地一笑，说："我不能和你比，我没有能力，也没有条件。"

牛头"嘿"一声，说："什么能力条件，现在外面给自己做事的人，哪个有什么能力了，哪个的条件又怎么好？是个人，都能挣一把，三五，听我的，自己做吧。"

三五说："再说吧，再说吧。"

牛头说："不要再说，说干就干，我帮你一把，让你上路，下面的事你自己做。"掏出一张名片给三五，三五收了，牛头停了一会儿，很有感情地拍拍三五的肩，说，"三五，当初的事，我永远也不会忘记的。"

当初三五和牛头同时喜欢上一个姑娘，姑娘对两人的好感平分秋色，牛头对三五说："三五，求你了，让我吧。"

三五说："好吧。"

最后由牛头娶了那个姑娘。

三五说："小秋现在好吧？"

牛头说："我们早离了。"

三五说："你变心了？"

牛头说："天地良心，是她变心了，她跟人走了。"

三五说："真是的，什么事都是不能预料的。"

牛头说："三五，走吧，把自行车放在我车后，跟我走吧。"

三五说："到哪里去？"

牛头说："不到哪里去，吃饭。"

说着就动手把三五的自行车放到车后，让三五上车，自己开起车来往前直冲。三五说："你慢一点。"

牛头朝三五看看，笑了。

到了饭店，牛头告诉三五是请几个朋友一起聚聚，没有任何事，让三五尽管放心喝酒。

三五说："我得向老婆说一下。"

牛头说："这个应该。"拿出"大哥大"，看三五也不像会用"大哥大"的样子，说，"多少号码，我替你打。"

三五报了号码，接电话的是个男的，牛头朝三五挤眼，对电话那头说要找某某人。三五的老婆接了电话，牛头就把大哥大给三五，三五向老婆说了，将大哥大还给牛头。牛头说："嘿嘿，谁在你家？"

三五说："哪里是我家，是我老婆店里。"

他们一起进餐厅。装修得十分豪华的餐厅，中间是大厅，四周一长排走廊两边，有许多小单间包厢，都起着很美的名字，像倚翠、倚黛、听枫、听笋什么的。三五被牛头领着走进其中的一间，已经有人坐在里边。看到牛头来，大家说牛头来了。牛头说："我还带了个朋友，江三五。"

大家说："好，好，带得好，江老板幸会幸会。"

很快就进入酒席的中心，喝酒找乐。三五仍然是老脾气，话少，酒不少。大家说："江老板人爽，江老板脾气爽，豪爽，不像我们这般人。"

三五不好意思，说："我也不会说话，喝酒我是喜欢的。"

大家说："喜欢就喝，人生在世，有快乐为什么不快乐，今日有酒今日醉。"

三五说："那是，有的喝我就喝。"后来三五就有些过量了，三五过了些量，话也渐渐多了，说话也幽默起来。他的话题，和在座的牛头的一般朋友有所不同，毕竟不是吃同一碗饭的，所以三五说的话，在别人听来，蛮有新鲜感，加之三五舌头大大的，脑筋木木的，特别逗乐，大家很愿意听他说，就再灌他的酒。开始牛头还想保护三五，倒被三五说，我用得着你保护？牛头你旁边站站吧。牛头也不好保护他了，三五再后来真的有些醉了。

三五起身去方便，排泄以后，走出卫生间，一阵轻松愉快，忍不住哼哼起歌来，往自己的小包厢去。到了门口，一看包厢里已经空了，各人堆放在一边的外衣、包什么的，也都不在了。三五想，咦，走了？退出来，正好碰上进来收拾桌子的服务员，三五问："请问这里边的人是不是走了？"

服务小姐说："人不在了，总是走了。"

三五说："这里边是不是一桌做生意的人？"

小姐看了三五一眼，说："到这里来吃饭的，都是做生意的，不做生意，哪有这么大的派头。"

三五退出来四处看看，也没看到牛头他们，到隔壁包厢看看，也不是牛头，再又进来问小姐："请问是不是由一个姓李的先生付钱的？"

小姐不假思索说："是的。"

三五看出小姐是在应付他，还要问，小姐打断他，手一指门外，说："还啰唆什么，你们的人都上车了，你还不快去。"

三五一听就往外奔，奔到大门口，停着一辆豪华的中型面包车，果然有人在往车上去。三五奔过来喊牛头，车上的人笑，说，"还有个马面呢，快上来吧。"

三五被站在车门口的人拉了一把，上车来，车厢里昏暗，三五也看不清，说："牛头，你怎么走也不等我一等。"

一车的人大笑，说："过了过了，今天大家都过了……"

三五被扶到一个位子上坐下，旁边已经坐着个胖子正冲三五笑，三五也朝他笑笑。笑过之后，三五说："刚才我们一起喝了？"

胖子指着三五又笑，说："你看你看，过了，过了，不一起喝酒我们怎么认得呢，不一起喝酒我们怎么坐到一起来了呢。"

三五不好意思，说："是，是……"

胖子说："你真逗，刚才还一起喝酒，一会儿忘了呀？"

三五说："对不起，对不起，我这个人记性实在不好。"

胖子说："你的记性是够差的。"

一车子的人都被酒弄得很兴奋，有大声唱歌的，也有夸夸其谈的，这些声音在三五耳边哄哄闹闹，给三五的感觉像在唱催眠曲，车身颠颠簸簸，像摇篮，一会儿，三五就昏昏睡去。

三五做了一个梦，梦见自己来到一家很大的酒厂，站在一眼望不到边的酒窖前，闻着酒香，感觉好极了。

三五被人叫醒的时候，正对一个长得很像牛头的客户大谈酒道……

胖子推推三五："起来吧，到了。"

三五迷迷糊糊跟着大家下车，走进一家旅馆，和他一起下车的许多人都往房间去，拿出钥匙开了门进去。三五愣愣地站了一会儿，他始终没有看见牛头，有些奇怪，正想找个人问问，有个戴眼镜的人过来说："这位，你是刚过来吧？"

三五说：“是呀，我也搞不清楚，牛头呢？我们到这里来做什么？”

看得出“眼镜”在忍住笑，向三五招招手：“你跟我来。”

三五跟着到一间房里，两张单人床上堆满了五颜六色的订单，三五粗略地一看，都是些酒的广告和照片，床边地上，堆着各式各样的酒，屋里散出浓浓的酒香。三五说：“做什么？”

“眼镜”将一张什么纸送到三五眼前，说：“你先填一下姓名。”

三五说：“做什么？”

“眼镜”说：“住宿。”

三五说：“住宿？住什么宿？”

“眼镜”终于忍不住笑起来，说：“这些家伙，给你灌了多少，这些家伙……”接过三五的纸和笔，说，“你叫什么？”

三五说：“江三五。”

“眼镜”听到这个名字愣了一下，说：“你姓江？”

三五说：“是，我姓江。”

“眼镜”又愣了一会儿，说：“是江总？”

三五说：“是三五，三五香烟的三五。”

“眼镜”说：“是姓江？江河湖海的江？”

三五说：“对，江河湖海的江。”

“眼镜”放下手里笔，很恭敬地和三五握手，脸上的笑也和起先那种笑不大一样了：“说，我是大会服务处的，我姓刘，你叫我小刘好了。”

三五也和“眼镜”握住手，说：“牛头呢，他到哪里去了？”

小刘说：“牛头，哪个牛头？”看着三五的脸，想了想，说，

"噢，我知道了，是你的司机吧？"

三五说："他哪里是我的司机，他自己开车的。"

小刘说："那是，那是，现在司机派头是很大，有的司机比老板派头还大，所以许多老板现在都自己开车。"停了一停，看三五一脸不明白的样子，又说，"吃晚饭的时候，大家都在等你呀，你在哪里？"

三五说："我就在吃晚饭呀。"

小刘说："咦，怎么没见到呢？"

三五说："见到的，见到的，有一个胖胖的，他和我一起喝酒的。"

小刘说："胖胖的？噢，知道了，是灵泉厂的李科长，胖子，好酒量。"

三五说："大概是吧。"

小刘说："今年灵泉厂带了个新产品，蛮好上口的。"看三五愣着，小刘起身做了个请的动作，说，"请吧。"说着先走出来。

三五跟着，问："到哪里去？牛头呢？有什么安排？"

小刘说："今天晚上自由活动，明天有舞会，请歌舞团女演员伴舞。"

三五跟着小刘走到一间房门口。小刘拿出钥匙替三五开了门，将钥匙交到三五手里，说："这是你的钥匙，给你的是一个套间，司机住外间，你住里间。"

三五脑子有些糊涂，酒力上来了，思想不受控制，努力想了又想，仍然不明白这是怎么了，问："小刘，这干什么？"

小刘又露出一开始的那种笑意，把三五往房间里轻轻一扶，再

轻轻按到沙发上，说："你先休息吧，等醒了你就知道干什么。"四周
看了看，说，"我给你泡杯茶。"泡了茶端到三五面前，带上门走了。

三五口干得厉害，喝了口茶。烫茶下肚，酒力更厉害，浑身热
烘烘的，脑袋瓜子像团糨糊，怎么也理不出个头绪来，昏昏沉沉，
似睡非睡，想，牛头这个家伙，到哪里去了？正迷糊着，听得有人
敲门，摇摇晃晃过去开门，一看，吓一大跳，一个浓妆艳抹的年轻
姑娘站在门口向他笑。三五说："你找谁？"

姑娘笑着要往里走，三五没有挪动身子。姑娘说："呀，我不能
进去，是不是屋里已经有人，我迟到了？"

三五说："什么屋里有人，哪里有人？"

姑娘说："没有人就好。"说着从三五身边挤进房间。

三五跟着进来，说："你找谁？你是不是找错人了？"

姑娘说："怎么会找错人呢，我找的就是你呀。"

三五说："你找我？我是谁？"

姑娘笑得弯了腰，说："果然，果然……"

三五说："什么果然？"

姑娘说："晚上被灌多了吧，你早应该找我的呀，若是有我在你
身边，还怕谁灌你的酒吗？"

三五说："我是不行，我是不行，酒量大不如从前。"

姑娘说："没事了，以后有我，你没事了。"

三五说："你找我什么事？"

姑娘盯着三五看了一会儿，突然露出一种恍然大悟的样子，又
笑，说："原来你是装醉呀。"说着变戏法似的从哪里变出一小瓶
酒来，打开盖子，递到三五鼻子下，说，"你闻闻，我们这酒，怎

么样？"

三五闻到一股酒香，不由得说："好，好酒。"

姑娘笑得更加灿烂，说："好，好，太好了，既然……"

姑娘的话，被进门来的人打断了，进来的是个大个子，也是一身酒气，一脸酒相，朝姑娘一看，说："张小姐神速呀。"

姑娘也向大个子看一眼，说："你也不落后呀。"

大个子走到三五跟着，也和姑娘一样，递上一小瓶酒，另外有两个精致的小酒杯，说："请您看看我们泗水厂的货，不怕不识货，就怕货比货。"说着又朝姑娘瞥一眼，说，"我的货，实在，我们不相信花架子，货真价实就行，是不是？"

三五在大个子的硬劝下，尝了一口他们的酒，忍不住又说："好酒，好酒。"

大个子高兴地说："既然好酒，再喝，我陪您喝。"

三五感觉到自己已经不能再喝了，但是架不住别人的劝，又喝。喝着，门外又拥进些人来，也是个个举着酒瓶的，叫唤着江总江总。三五此时，已经糊里糊涂，他只能想起他在车上做的那个梦，面对一眼望不到边的酒窖。三五真的醉了。

三五醒的时候，仍然糊糊涂涂，不知自己身在何处。看了一下表，七点，也不知是早晨还是晚上，起来将遮得严严实实的窗帘掀开来看看，知道是早晨了，努力回想昨天夜里的事，怎么也想不起来，到桌前看看，看到一大堆没有盖章的合同，每一份上都写着自己的名字，每一个名字都写在打印的"甲方：省烟酒糖总公司"几个字下面。三五突然清醒过来，昨天夜里的一切慢慢地浮现出来，这一浮现，把三五吓出一身冷汗。

三五将房间钥匙留在桌上，悄悄地开门出来，走廊里静悄悄的，三五轻手轻脚穿过走廊向外走去。快到门口时，看到小刘从外面进来，看样子是刚刚跑了步或者是锻炼了回来，精神焕发，朝三五一笑，说："江总早呀。"

三五心里直抖，脸上勉强笑着，说："不早，不早，习惯了。"

小刘说："奇怪，一般像江总你这样的，晚上睡得迟，早上也就起得迟了。"

三五不敢再多说，往外走。小刘在背后关照："江总，八点钟吃早饭。"

三五不吱声，一直奔到大街上，面对车流人群，三五再次吓出一身冷汗。一夜未归，怎么回去面对老婆呀，自行车也没了，也不记得停在哪里了。情急之中，想起牛头给过他一个名片，找出来，到路边小店给牛头家里打电话，电话叫了半天，牛头才接电话，十分不耐烦说："什么人，这么大早打电话，不知我牛头的习惯！"

三五说："牛头，是我。"

牛头听不出他的声音，继续凶巴巴地说："你是谁？"

三五说："我是三五呀。"

牛头"噢"了一声，说："好你个三五，装老实呀，我请你吃饭，中途溜走了，看中了哪里的小姐？"

三五说："没有，没有，我喝醉了，糊里糊涂上错了车……"

牛头说："我们还没散呢，你就去上车？鬼相信，上谁的车？鬼的车，好你个三五，害我们好找。"

三五说："真的，我真是弄错了，弄了个大误会，我现在来不及详细和你说，有时间慢慢向你说……"

牛头说："我才不要听你说呢。"

三五说："牛头，别的事以后再解释，求你帮个忙。"

牛头说："什么？"

三五将自己一夜未归的事情说了。牛头在那边一阵大笑，睡意显然也消了，来了劲，和三五开了一阵玩笑，最后说："别的忙不帮，这个忙总要帮的。"

三五说："你能不能给我老婆打电话，说我和你在一起，一夜。"

牛头说："冤枉吧，明明搂个姑娘，偏要说和我在一起……"

三五说："我真的没有，你不相信我……"

牛头再又大笑，说："相信，相信，好，我给你老婆打电话，行了吧。"

牛头果然照三五说的给三五老婆打了电话。三五老婆一夜担心，总算有了三五的消息，气恨恨地说："他为什么不给我打电话？"

牛头说："他醉了到现在没醒呢。"

晚上回到家，虽然少不了老婆一顿大吵大闹，但三五总算是挨过这一关。

过了几天，三五晚上在家里看电视，看到一个新闻，说最近诈骗犯活动猖獗，有一个骗子冒充省烟酒糖总公司江总经理，到一个烟酒供货会上行骗，签下几十万元的订货单，幸亏与会者及时发现，没有让骗子得逞，遗憾的是让骗子溜了，希望广大市民提高警惕，你的身边，很可能就是一个诈骗犯。最后一句话，像广告词。

三五是和老婆一起看这个新闻的，看了，三五"哈"了一声，就愣住了，老婆也没有在意三五"哈"的什么，自言自语地说："到底没给他骗到，现在做骗子，也不容易呢，现在的人，个个精，要骗到也不容易呢。"

三五没有听到老婆的话，说："你说什么？"

老婆懒得理他，说："我没说什么。"

第二天三五去上班。电话铃响了，有同事去接电话，说："找谁？找江总？"抓着电话向办公室的人看看，又对电话说，"我们这里没有江总。"

电话那头哈哈大笑，说："江总就是江三五呀。"

同事将电话给三五，说："江三五，你的电话，怎么叫你江总？"

三五去接电话，说："哪个开玩笑吧。"

同事几个互相使眼色，其中一个说："说不定江三五真的在外面做总经理呢。"

三五有些着急，说："我是那样的人吗？"

大家说："看人是看不出来的。"

又说："江三五，做得好，也带我们一带呀，不要忘记穷同事呀。"

三五苦笑笑，对着话筒"喂"一声，话筒那边是牛头的声音，说："好你个三五呀。"

三五说："牛头你说什么？"

牛头故意压低嗓音说："昨天晚上我看电视了。"

三五知道牛头指的什么，心中一虚，说："牛头你不可以瞎说，不是我。"

牛头鬼笑一阵，说："不是你，不是你，江总当然不是你……"

三五再要说什么，牛头已经笑着挂断电话。三五的脸色不对，同事都盯着他看。

孕　育

一

　　小黑在窗下轻轻地呼叫着。阿琴以为伟兴回来了，她拉开窗帘，朝外面看。

　　外面，是明净的月夜。

　　白云的隙缝中倾泻下一片皎洁的月色，轻柔地抚摩着院子里两棵梨树，那是伟兴自己动手嫁接的新品种苹果梨，宽宽的卵形树叶闪烁着绿色的银光。门前不远的小河，明晃晃地流着，挂机船的轮廓，清清楚楚地浮现在河面上……

　　伟兴没有回来。

　　小黑听见动静，站了起来，亲昵地朝灯光闪亮处张望。

“小黑，去，到路口看看……”

小黑好像不大愿意离开女主人，但又不想辜负女主人的重托，犹豫不决地向院门走去。“吱呀——”小黑用嘴衔开了没有关上的大门。出了门，又是“吱呀——”一声，门被小黑反衔上了。

阿琴重新拿起刚才放下的活儿。那是一只电视机罩子。整个套子已经做好了，可是，她还想绣一只孔雀。他们准备去买苏州电视机厂生产的十四吋孔雀牌全频道黑白电视机，听说那机子质量很好，价钱又公道。阿琴一想到五斗橱上很快要添上一台电视机，心中就一阵阵高兴。倒不完全是她和家里人急于想看电视。如今村上电视机多了，想看，上哪看都行。主要的是，她和伟兴都是好胜的人，不想落在别人之下，虽然家里刚造了新房子，手头不怎么松了，但电视机还是买得起的。

三五牌闹钟敲了整整十下，阿琴不觉瞌睡过去……

毛茸茸的，在她身边抚摩，痒痒的……小黑怎么又进来了。阿琴伸展了一下麻木的双腿，碰到了谁——

“阿琴！”

伟兴回来了。阿琴打了个瞌睡，竟没有听见他的脚步声。

伟兴在床沿上坐下了，眼睛直盯着阿琴。阿琴嗔怪地噘了一下嘴。伟兴笑了。他拿过电视机罩子看看，半晌，问阿琴：“阿琴，想看彩电吗？咱不买黑白的，以后干脆买个彩色的，怎么样？”

“吹牛。”阿琴笑了。

“不吹！你怕我挣不来么？最多到秋天。不光彩电，还有洗衣机、电冰箱。”

“吹，吹，吹……”阿琴用手指点着伟兴宽宽的额。

伟兴抓过阿琴的手，神态严肃多了。

"阿琴，刚才开了会，南湾荡的那片废太湖要利用起来了，也搞承包。"

阿琴吃了一惊。南湾荡，那是一片很早前就形成的废太湖，这里的人管它叫"苦哇滩"。因为那地方什么都不长，只有一种鸟能在那儿生存。这种鸟浑身土灰，叫的声音很古怪，是两个音节的——"苦哇，苦哇"。人们不知这种鸟的名称，便叫它们"苦哇鸟"。寒冬的夜里，远远能听见它的凄厉的叫喊"苦哇，苦哇——"让人毛骨悚然。大人们以它来吓唬哭闹的孩子。"再哭，再哭，苦哇鸟来了！"竟灵验得很，小孩十有七八不敢哭闹了。老人们说，"苦哇鸟"是小放牛娃变的。放牛娃看见那滩子里草长得好，就赶着牛进了滩子。可是牛陷了下去，放牛娃拼命拖住牛尾巴，结果被牛一起带了下去，屈死了，变成了"苦哇鸟"。因为有这样可怕的传说，因为有那种恐怖的"苦哇"声，更因为那些年什么都被看成资本主义的尾巴，多少年来，那里一直无人敢问津。前些年，在水浅的时候，村里还有胆大的人到那儿去，陷入齐膝的淤泥，割一些茅草和枯萎的芦苇，担回来。晒干了，冬天当柴烧。可现在没有人去了，吃的不愁，烧的也不愁了。大家都用菜籽油到街上和城里人换煤球票，把一筐一筐的煤球运回来，神气活现的。要是菜籽油能换煤气，定准还有人会换回来。南湾荡几乎被大家忘掉了。人们已经不需要再向它索取什么了。更何况，"苦哇滩"是小气的、吝啬的、不留情面的，想要向它索取什么，常常要付出成倍的代价。

"阿琴，我，没有征得你同意，我包下了南湾荡。"伟兴注视着阿琴惊恐的眼神，"事先没有让你知道。怕……"

"怎么能不怕？"阿琴忍不住打断了伟兴的话，"那儿全是芦滩，要担多大风险。"

"是有些风险，可是阿琴，你知道那新开的田地，只要我们每亩交五十斤粮……"

"可那里面长不成东西的，那么荒芜的地方你怎么……"

"阿琴，琴，你听我说……"

寂静的月夜，响起了小黑的叫声和剧烈的敲门声，打断了伟兴的话。

"哥！哥哥！开门！"

"是伟明！"阿琴赶紧跑去开了大门，小黑围着她撒欢，她没有理它。

"我哥呢？"伟明脸色铁青。

"在屋里呢。"

伟明奔到里屋，阿琴也急急地跟了进去。

"哥！你疯啦？包那个鬼地方！你想想，阿坤家那么多劳力不敢包；老茂经验丰富，比你强几倍吧，人家也不敢包。你吞了豹子胆？现在人家责任田都不要，连饲料田、口粮田都不稀罕，你倒好……"

伟明是个急性子，和伟兴不同，在村上有"霹雳火"之称。可是，此刻，伟明的话句句讲在阿琴心上："是呀，伟兴，你还不如伟明懂事。"

"那财就让人家先发了去了，哈哈哈哈……"伟兴大笑起来。

阿琴叹了口气。伟兴似乎变了，一天到晚，嘴里只有发财呀，钱呀。

阿琴刚想开口劝劝伟兴，伟明又抢在前面了。

"哥。人家都说你聪明，这回你怎么钻了牛角尖，现在哪一行不比种田活络，赚头大，又可以少吃苦头。再说你这样拼命，不怕累坏阿琴嫂子吗？"

阿琴看了伟兴一眼，心中委屈极了。

谁知，伟兴却坦然一笑："不会要阿琴吃苦的，她也有她的事要做，我早已想了办法，请了人……"

二

"他叫秦力。"伟兴拍拍一个五大三粗的城里小伙子的肩，对阿琴介绍说，"就是我请来的。秦娟的弟弟……"

秦娟？阿琴心里"怦"地一跳，就是那个和伟兴谈过恋爱，后来甩了他的插队青年！

秦力朝她笑笑。她觉得那笑太可怕了，不由避开了他的眼睛。

阿琴闷闷不乐地端上了午饭，想到今后要长期和这个人同桌吃饭，同屋生活，她不由心情沉重了。

伟兴和秦力一边津津有味地大嚼大咽，一边天南海北地扯着。阿琴匆匆扒了一碗饭，推说要喂猪，离开了饭桌。

不一会儿，伟兴跟了过来，一边看她拌猪食，一边说："阿琴，你怎么啦，人家刚来，你就不高兴？"

阿琴坦率地说："我不喜欢这个人。你怎么会找他来的？"

伟兴"嘘"了一声："我早就知道你心里是什么小九九。"

阿琴不满地看了他一眼。

"阿琴。"伟兴压低了嗓门，"你可不能对别人讲，千万不能告诉别人。秦力是个劳教犯，刚释放的。"

阿琴惊愕地睁大了眼睛："他……犯什么？"

"嗯……那个……"伟兴支支吾吾，"我也不大清楚，反正刑事犯……"

"前些时，我上街碰到秦娟。她看见我就流了泪，她怕秦力释放后找不到工作又犯罪，希望我能替她想想办法。我看秦娟怪可怜的，就答应了。"

阿琴又气又恨，忍不住说："不光可怜，还可爱呢。"

伟兴"吃吃"一笑，拉过阿琴，点着她的鼻梁："我就知道你小心眼里想什么了。啊，吃醋啦？"

阿琴鼻子一酸："我没有资格同城里人比的。"

伟兴又刮了一下阿琴的鼻子："好啦好啦，别自己苦自己啦，瞎想那些干吗，不可能的事！"

阿琴也觉得有点难为情，不再作声了。

"阿琴，下午我们就要去了。要干就得抓紧，时间不等人。"

阿琴眉心重重的："伟兴，请人的事，有人说是变相雇工。你问过人吗，行不行得通呀？人说出头椽子先烂，我就怕……"

"怕什么？"

"你听见村里人怎么说我们吗？"阿琴心中很是难受。这么多年来，和村上人都是和和睦睦，客客气气的。可这几天，她家一下成了众矢之的，连两个孩子小彩彩、小明明也回来告诉她，说孩子们骂他们"小地主"。

"随他们讲去吧，反正掉不了一根汗毛，怕什么！"伟兴还是乐呵呵的，叫阿琴恼也恼不得，急也急不起来。

歇了一会儿，伟兴就喊上秦力上南湾荡去了。阿琴说什么也要跟去看看，不去，她是放不下心来的。

南湾荡大约有几百亩。不过属于阿琴他们这个村的"苦哇滩"只有七八十亩。伟兴就是看中了这七八十亩地，想叫它长出金子来。远远地望去，南湾荡一片灰茫茫，芦草丛生。要开发这片废太湖，首先得把芦苇、茅草除尽。阿琴跟在两个男人后面，提心吊胆地向"苦哇滩"走过去。一路上惊动了草丛里的"苦哇鸟"，一会儿"扑"地飞起几只，一会儿"苦哇苦哇"地冲着她叫几下。路越走越烂，伟兴让她别再往前走了。阿琴看看自己脚上穿着的布鞋，只好止住了步。

不一会儿，在一片灰色之中，出现了一个小红点，阿琴知道那是秦力穿的汗衫背心。春寒未消，那小伙子却只穿一件背心干活，阿琴于心不忍。她怕伟兴对他太严太凶。她脱下鞋袜，踩着烂泥走了过去。才干了不一会儿，秦力的脸上手上就被茅草割开了一些口子，大的地方还渗着血水。

"哎，你的手套呢？"

秦力咧嘴一笑："戴手套太啰唆，做起来不爽快。"

阿琴悄悄地对伟兴说："人家城里人没有干过这种活，让他慢慢来，一下子太用劲，会伤的。"

伟兴笑着说："他干过，在农场什么没干过？比这苦多啦！"

阿琴小心地瞅了一眼秦力。心想，好端端的小伙子，何苦呢……

秦力精力充沛，一边挥动着粗壮的胳膊，一边吹着"在希望的田野上"的口哨。

阿琴想让他歇歇，可是被伟兴拦住了。阿琴不满地看了伟兴一眼。

伟兴完全理解阿琴的心思："让他干，他精力足，以前正是因为精力无处发泄，才去干坏事的。"

阿琴没有什么可说了。又站了一会儿，默默地回去了。

三

刚进村，阿琴就看见小点子向她跑来。

小点子去年高中毕业没考上大学，躲在家里好些时不敢出来见人。后来，乡里让他当了个什么业余通讯员，才敢出来走走。半年下来，不仅老练，竟也有些油滑了。

"琴嫂，我想把伟兴承包废太湖的事写一份材料汇报上去，要找伟兴哥谈谈。"

"小点子，你可不能乱写啊……"

"你放心，我这回，要写的题目是：《步鑫生的胆量，划时代的意义》。"小点子不无骄傲地昂了昂头。

"什么？你说什么？"阿琴没有听懂。

"你们女人家不关心国家大事，连报纸也不看，不懂形势啊。你们知道，今后咱们农村会怎么样？办家庭小农场，像日本人那样。"

"咱可不像日本人，那可了不得，"阿琴慌了，"日本是资本主义。"

"唉，你——跟你们讲不清。反正伟兴哥是知道的。他呀，走在前面了，以后大家都要这么干。中央的红头文件里有嘛……你等着好消息吧。我现在要到南湾荡去，现场采访。Good bye！"

阿琴站在村口，一直到看不见小点子的身影，心中还久久不能平静。如果真像小点子讲的那样，那是件好事。也许，伟兴要出风头了。她又有些担心。

这时，伟明的对象美芬迎面走来，看着她，好像有什么话要说，又不敢讲。

"美芬，你怎么啦？想说什么，说呀。"

"琴嫂，你家请来的那个人是谁呀？"

"城里一个没有工作的小伙子呗！"

"他……他……"美芬欲语又止。

"他怎么啦？"阿琴紧张起来。

"他的眼睛盯着人看的时候，真怕人……"

"他看你啦？"

"嗯……今天上午进村的时候，他朝我看……"美芬脸都红了，说不下去。

阿琴心里一阵阵发凉。美芬是个老实的姑娘，绝不会去对小伙子挤眉弄眼的。为了掩饰自己的不安，她和美芬开了个玩笑："那都怪你长得太漂亮了，人家小伙子能不看吗？"

当美芬红着脸走开的时候，阿琴的恐惧达到了极点，刚才小点子乱吹一通所带来的莫名其妙的喜悦被更大的不安取代了……

四

　　四十亩西瓜秧按时全部种下了。村里纷纷扬扬的议论也平息多了，大家都有自己的事要干。村支书全根听了小点子的一番介绍，什么胆量呀，什么意义呀，如梦初醒，连连叫好，把那个材料带到乡党委的会议上去了。

　　阿琴一颗始终悬着的心，总算稍稍放平了一些。

　　一天晚上，伟兴带着一脸焦虑的神色回来，没和阿琴说什么，就趴在桌上翻书。一直翻了大半夜，也没解得了他眉心的那个结。第二天一早，他才告诉阿琴，西瓜秧子长虫子了，那是种很少见的虫害，一般的书上都找不到有关这方面的介绍，他要立即上乡里开介绍信，然后到县里去请教，可能要出去两三天时间。

　　阿琴的心又被一片阴影笼罩了，被一块石子压住了，右眼跳个不停，似乎有一种预感，要出什么事了。

　　天渐渐地黑了。小黑叫了几声。秦力回来了，直接进了他自己的房，很快就没有声息了。阿琴又拿起了那只没有绣完的电视机罩……

　　"呼！呼呼！"

　　一阵疯狂的敲门声。阿琴的心抖了一下。还没等她去开门，村上的一群人闯了进来，为首的是美芬的父母亲，还有一大群男人。美芬被母亲拉着，在一边哭哭啼啼。

　　"那个流氓呢？"美芬的父亲气势汹汹，好像要拿阿琴是问，"你把那个小流氓藏在哪儿？"

"在这儿！"外面有人高声喊，把秦力从床上拖了起来。

"打他个狗日的！"美芬父亲一声令下。大伙儿拥上去，你一拳我一脚地揍秦力。

"等等！"阿琴赶了过去，企图拉住大家，"什么事，什么事，有话好讲嘛！"

"讲？好，让他自己讲！"

秦力挨了打，并不求饶，若无其事地看看大家，闭口不言。

"美芬，你讲，你讲。"

美芬抽泣得双肩在耸："他，他刚才……嗯，呜呜……"

美芬实在说不出来。

阿琴的心战栗了。她气极了，对秦力大声喊道："你给我滚，滚回去。我们不要你！"

秦力冲美芬嘻嘻一笑："滚就滚，乡巴佬，我还不稀罕呢。"

"滚！不滚老子今天揍死你！"美芬的父亲还在发狠。

秦力不慌不忙地卷起自己的行李，还没有忘记同小彩彩、小明明扮个鬼脸："完了。答应给抓的苦哇鸟，还没抓着呢。"

小彩彩、小明明揪住阿琴的腿，直嚷嚷："妈妈，别赶叔叔走，别赶叔叔走……"

阿琴又急又气，抬起胳膊，两个孩子一人挨了一下，哇哇大哭起来。

村里人都退了开去，像是押送似的把秦力押出去。秦力回头对阿琴说："瓜田可耽搁不得呀，明天一早就要去。"

"滚！"

众人又喊了起来。秦力这才悻悻地离开了阿琴的家，一步不停地走了。小黑还不识时务地跟着他走了一段，玩了一段。

五

天刚亮，阿琴就到南湾荡去了。

四十亩瓜田，好大一片啊！淡黄色的花开足了，多么美的景色。阿琴头晕目眩地看着，蹲了下来，慢慢地进行人工授粉，脑子里却思绪万千，看着那些淡黄色的花瓣上，长着斑斑点点的黑迹，像猫爪抓着阿琴的心，她不由得掉下几颗眼泪来，"叭叭"地砸在瓜田里。

"妈妈，妈妈——"

"妈妈，妈妈——"

荒无人烟的南湾荡上空，突然响起了小彩彩、小明明的声音。阿琴心里顿时涌上来一股热浪，两个孩子早忘记了昨天晚上无辜挨打的事，燕子般向她扑来。她紧紧搂住孩子，泪水滚在了孩子身上。

"妈妈别哭，我们来帮妈妈做。"小彩彩说。

"真的，妈妈，今天是星期天……"小明明心虚地说。阿琴知道今天不是星期天，可是她被儿女的心给感动了。

阿琴叹了口气："彩彩，你们来，奶奶知道吗？"

"奶奶到全根阿伯家去了。"彩彩小心翼翼地说，看看妈妈的脸色。

阿琴想不出婆婆上村支书家干什么去，她很不放心，却又不能停下手里的活，只得咬一咬牙，让彩彩、明明和自己一起干了起来。

太阳渐渐升高了。娘儿仨都没有戴草帽。明明的小脸被晒得通红，阿琴解下围裙，替明明包好头，又让小彩彩脱下外衣披在头上。

看着两个十岁刚出头的孩子像强劳力那样吃苦受累，阿琴心里说不出的难受。

"奶奶！奶奶来了！"

小明明突然尖声喊了起来。阿琴一惊，婆婆那么大的年纪赶到这儿来，路多不好走！她赶紧跑了过去，搀住婆婆。

"畜生，想钱想歪了心啦！"婆婆气颠颠地骂伟兴，"让娘儿们受这样的苦哇。"

"妈，你当心，脚下滑。"

"我一把老骨头啰。死了倒也干净。小的还要长呢，要念书呢，你让他们来做这生活。"

阿琴没有分辩，低着头，听婆婆讲。

"琴啊，和明明、彩彩跟我回去吧，别做了。"

"妈，不行呀，这个不能误的。"

"不管它了，我已经到全根那里讲过了，退回了。这倒头田！全根还说，乡里什么书记也批评他了。说这事不对的，他也搞不清楚……我就做主退了。"

"退了？妈，伟兴回来要……"

"怎么，你怕他，我还不怕呢！"

阿琴无话可说了，心情复杂地看着那一大片淡黄色的田野，那正在孕育中的希望。她舍不得扔开这瓜田，又怕这瓜田给她家带来什么不幸，她留恋地一步三回头地离开了瓜田。在村里人幸灾乐祸的笑声和同情担心的目光中，他们回家了。

阿琴在忐忑不安中等待着伟兴。直到第三天中午，才有小孩子跑来报信，说伟兴刚回村就直接到全根书记家里去了。阿琴惶惶然，两个小时也没能编出一只篮子来。

好不容易挨过几小时，把伟兴等回来了。谁知伟兴一脸阴云，责问她，婆婆老了，糊涂了，她是不是也糊涂了，撕毁合同是要罚款的。

阿琴知道伟兴会把田要回来的，或者说婆婆根本不可能去撕毁合同。她叹了口气，说："可是全根说，乡里什么书记批评了。"

"乡党委李书记不肯开介绍信。我自己跑到县农科所，人家倒挺热情的，不用介绍信就帮了大忙。可是，谁想到秦力……"伟兴责备地看着阿琴。阿琴不服，说秦力是你自己找来的宝货，按理，还得向人家美芬赔礼呢。

哪知道伟兴却说："我还得去喊秦力来，现在就去！"

"不许你去！"阿琴也火了，第一次这么大声地严厉地对伟兴说话。

伟兴推开阿琴的手："就得去！"

阿琴愣了一下。想到了什么，眼泪"簌"地冒了出来，再也顾不得脸面了，边哭边骂伟兴："我就知道。你是喜欢那个女人。为了让她高兴，让她满意，你要收留她的那个劳改犯弟弟，你这个下流坯！你……"

"啪！"

伟兴一时怒起，甩手打了阿琴一个耳光，还没等阿琴清醒过来，他自己就后悔了。可是已经晚了，婆婆冲了进来，气得直哆嗦："你，你……老实说，阿琴这样的人，浑身连汗毛也没有一根是歪的。你这个丧了良心的，狐狸精迷住啦，你敢打阿琴……"

阿琴扑到床上，失声痛哭起来；彩彩和明明见大人都动了怒，吓得也"哇哇"地哭了；小黑也急得"汪汪"乱叫。一家人大哭小喊，伟兴恨恨地跺了一脚，转身跑了出去……

六

口哨声由远而近，划破了浓密的晨雾，吹的是："在希望的田野上……"

是小点子来了。

"嫂子，想伟兴哥了吧？"

阿琴忍不住问小点子："他在南湾荡吗？"

"在呀，秦力，我也算在里面。你也不送点好吃的去慰劳慰劳。"

"秦力来了？"

"他自己跑来了。他为了西瓜长虫的事，一直跑到农场去请教了，回来告诉伟兴。"

"混说！"

"好，混说就混说，可是西瓜长出来不假，你不去看看？彩彩和明明可比你开通多了。天天下午放学后跑去看刚长出来的西瓜呢，口水都流到这里啦！"小点子做了个手势，阿琴差一点被他惹笑了。

两个孩子倒好，去看西瓜，也不告诉她，阿琴又好气又好笑。

"嫂子，伟兴哥让我向你求饶来了，赔礼道歉。让你把镰刀磨得快一点，伟兴哥过一两天回来收责任田的稻子。"

"不要他回来。"阿琴心里似乎还没有解恨。

小点子笑了："那我回去转告了，说娘子不恕罪。"

"等等！"阿琴喊住小点子，回屋把半篮子白面饼递给小点子，"给那两个孽种带去！"

"嘿嘿，到底还是舍不得啊。"

小点子刚走，乡邮递员就来了，送来一封信，写着伟兴的名字，落款是秦。

阿琴犹豫了半天，压抑着狂跳的心，拆开了秦娟的来信。

伟兴：你好！

秦力在你那儿还好吧？多亏你引导了他。当初，我拿他没办法的时候，就想到了你。我觉得只有你才能带他走上正道。可是，这给你和阿琴嫂子添了多少麻烦啊，真是太对不起了。

告诉你一个好消息，我已替秦力找到工作了，是在市运输公司装卸队，虽然属临时工，但总算可以有一条出路了。公司要他早一点儿去报到，那里边等着人用。最好在两天之内就让他回来。

再次谢谢你，也感谢阿琴嫂子。她真是个通情达理的好人！

此致
敬礼！

秦娟

× 月 × 日

阿琴深深地出了一口气，为自己的胡乱猜疑感到羞愧。可是，在这大忙的当口，秦力却要走了……要不要把这封信立即给他们送去？她又拿起信来读了一遍，"总算可以有一条出路"这几个字震动了她的心，她好像看到了秦娟那双焦虑虑的眼睛正在注视着她，她惭愧了。

小黑在院子里独个儿戏耍，见阿琴出来，欢欢地跑了上来。阿琴亲昵地俯身摸了摸小黑："走，一起到南湾荡去。"

小黑得令，快活得"呜呜"了几声，撒开腿就跑。

"苦哇滩"的面貌真是焕然一新了。四十亩瓜田碧绿，四十亩稻田金黄。

"小黑，你怎么来了？"伟兴先发现了小黑，随即一抬头，看见了阿琴。

"你，你……来了！"

阿琴走过去，把秦娟的信递给了伟兴，什么话也没说。

伟兴看了信，脸色变得阴暗了。他把秦力喊了过来，又让他看了姐姐的信。

"我不去！不仁不义的事，我不干。眼下正是需要人的时候，我走了，你怎么办？"

"不，找份工作不容易，你还是立即回去。你怕我找不到人，是吗？那你可小看我了。"

伟兴故作轻松。可阿琴知道，在这种大忙当口，要找人是不容易的。

小点子这时不知从哪窜了出来，嘴一撇："哼，别说大话了！"

秦力嘻嘻一笑："放心吧，我要走，也得等瓜熟以后……"

不知怎的，阿琴总觉得秦力一个人像两个人似的，有时候挺像个人样儿，肯干，肯吃苦，也讲道理。可有时候，比如他哈哈一笑的时候……

"这下瓜熟了，我不留情了。偷一只瓜，罚十块钱，明天竖一块牌子。哎，阿琴，让小黑留在这儿吧，也是个好帮手，能喊能叫还能咬呢……"

"哈哈哈哈……"秦力和小点子同声笑了起来。

可是，阿琴不觉得好笑。干吗让狗去咬人呢，幸亏小黑从来没有咬人的习惯。而且，要是小孩们馋了，来摘个瓜，怎么好意思罚人家十块钱呀。一个村子里的人，天天撞见，多不好意思呀！

阿琴也为西瓜可望丰收而高兴，只是，她隐约地感到，自己和伟兴的想法有了差距，不像前几年，养拉毛兔、种责任田，事事都想到一块儿，多么让人心甜啊。现在……她不知道是自己变了，还是伟兴变了，还是两个人都变了。总之，她感觉到，她和伟兴常常合不上拍。阿琴不敢瞻望前景，就像不敢越过茂盛的瓜田，去展望那更大的灰茫茫的废太湖……

七

"嘿，有人来了。"秦力大声喊了起来。

阿琴抬头一看，瓜田里来了一个不认识的青年人。

小点子嘻嘻笑着，迎上去说："唷，这是县委办公室的小赵同志。"

小赵同志挺腼腆的，还一本正经地和阿琴握了握手："侯小点写了一份材料，直接寄给县委周书记的。周书记让我下来了解一下……"

　　阿琴看了伟兴一眼，伟兴也正在看她。从伟兴的神色中，阿琴感觉到了什么……

　　阿琴放眼望去，那一大片灰茫茫的废太湖，突然变了样，千千万万的芦苇叶子，闪烁着金色的光，像一汪金色的海洋，汹涌着，向人们奔来。芦苇中的"苦哇鸟"大约是感受到了太阳的温暖，不断飞起，向光明扑腾而去。

　　阿琴做梦也没有想到，被人遗忘了的荒滩，竟是这样的壮美。她一回头，发现伟兴正眺望着那壮美的景色。他的眼睛里，是欣喜，是激动，也有……贪婪！

　　阿琴的心抖了一下……